LAULU
TULIPUNAISESTA
KUKASTA

Johannes Linnankoski

I

1. METSÄNNEITO

Iltapäivän aurinko oli vieraisilla metsäisen kukkulan rinteellä.
Loitommille puiden lomitse kättä pisti tai silmää vilkutti,
lähimmät lämpimään syliinsä otti.

Koko rinne riemuitsi.

Suvituuli kertoili tarinoitaan etelän mailta. Kuinka siellä puut ovat
kumman pitkät, kuinka metsä katveikas, lämpöä maassa, välkettä
puussa, ihmiset tummat kuin varjot, tulta silmän tuikkehessa.

Koko metsä korviaan heristi.

Käki istahti punakukkaisimman kuusen oksalle, punaisimman
tertun viereen. »On mitä on», kukahti hän; »mutta ei missään niin
rinta riemahda eikä sävel heläjä kuin pohjolan keväisessä
metsässä!»

Koko kukkula päätään nyökäytti.

Rinteen keskellä kajasti pieni aukea, jossa vaaleanharmaita
kuusenrunkoja maassa makasi—sylitysten, päälletysten,
äskenkatkaistut punakukkaiset latvat vielä värähdellen.

Puun rungolla istui nuorukainen.

Hän oli pitkä ja solakka kuin vastakaatamansa kuuset. Hattunsa

5

keinuili kuusen lehvällä ja takkinsa ja liivinsä riippuivat kuivuneessa oksantyngässä. Valkoisen paidan avatusta aukeamasta paistoi ruskea, voimakas rinta ja kyynärpäihin saakka kääritytyt hihat paljastivat lujat, päivettyneet käsivarret.

Hän istui hiukan etukumarassa ja katseli oikeata käsivarttaan. Koukisti sitä ja ojensi taasen, tarkastellen kuinka lihakset paisuivat ja jänteet nahkan alla voimakkaasti jännittyivät.

Nuorukainen hymyili.

Hän tarttui vieressään olevan kirveen ponteen. Kohotti sen ilmaan suoralla käsivarrella, piti niin hetkisen ojona ja heilautti lopuksi pari kertaa leikiten ilmassa.

Nuorukainen hymyili uudelleen:

»Viisikolmatta niitä jo tuossa makaa, eikä kirves paina vielä vähääkään!»

Käki kukahti. Nuorukainen katsoi ylös kukkulan rintaan.

»Kummallinen kevät!» ajatteli hän edelleen. »Ei ikänä ole kuuset niin tulipunaisina kukkineet eikä männyt niin ylenmäärin kerkkiä työntäneet, ei koskaan puro niin riemahdellen hypellyt eikä käki niin myötänään kukkunut. Koko luonto on kuin lumottu. En ihmettelisi vaikka näkisin metsänväkeä tänään puiden välissä vilkkavan.»

Hän istui hetkisen pää käden varassa.

»Kertovat etteivät ne enää näyttäydy… isoisä oli vielä itse nähnyt. Ovat tulleet aroiksi ja kaihteliaiksi senjälkeen, kun alettiin metsiä raastaa————.»

»Tprui Mansikki, tprui Mustikki, tprui piikain, ilta jo ois!»

Se tuli jostakin kukkulan takaa ja se soi kuin hopeatiuku talvisella metsätiellä.

Nuorukaisen sydän hypähti. Hän ponnahti pystyyn ja kallistihe ääntä kohti. Kuunteli hetkisen henkeän vetämättä, mutta ei kuullut muuta kuin oman sydämensä kiivaan tykinnän.

Nuorukainen astui pari nopeata askelta eteenpäin:»Tuleekohan se tänne, vai—?»

»Tprui Tähdikki, tprui Tiistikki, tprui tyttöin, tulkaa jo pois!»

Se helähti aivan läheltä, kukkulan toiselta puolelta.

»Hän tulee! Hän tulee tänne!»

Nuorukainen riensi muutamia askeleita ylöspäin ääntä kohti, mutta hämmästyi omaa kiihkeyttään, astui takaperin ja jäi seisomaan, silmä kukkulan lakeen tähdättynä.

Jotakin kellervää pilkisti honkien välistä, kellervää, jota tuuli liehutteli ja jonka seasta loisti sininen nauha. Kellervän alta ilmausi vaalea pusero, hoikat vyötäiset ja hetken päästä sininen hame.

»Metsänneito!»

Tyttö seisoi kukkulan laella, syrjin nuorukaiseen. Hän varjosti kädellään silmiään, huhuili taasen ja alkoi astua hiukan toisaanne viettävää rinteen syrjää alaspäin.

Nuorukainen ei tiennyt mitä tehdä. Hän miltei juoksi muutamia askeleita tyttöön päin. Ponnahti notkeasti eräälle rungolle, kohotti kätensä kahden puolen suuta ja aikoi huhuta.

Mutta kädet laskeutuivat äkkiä ja hän seisoi hetkisen neuvotonna. Hypähti sitte alas, tarttui kirveeseen, nousi jälleen rungolle ja katsoi kiinteästi tyttöön.

Tyttö kulki hiljalleen suuntaansa.

»Tuohon suureen honkaan saakka minä odotan, mutta ellei hän sitä ennen huomaa, niin kalkautan kirveelläni puunkylkeen.»

Tyttö kulki suuntaansa—kirves kohoutui...

»Tprui Mansik...»

Tyttö kääntyi huhutessaan, huomasi nuorukaisen, säpsähti, punehtui ja seisattui paikkaansa.»Olavi—?»

»Annikki!»

Hän hypähti alas ja riensi nopeasti tyttöä kohti. Tyttökin läheni.

»Sinäkö täällä? Etkä virka mitään, aivan säikäytit!»

»Aijoinhan minä virkkoa, mutta en kerjennyt.»

He kättelivät—lämpimästi, toverillisesti.

»Katsoppas!» alkoi nuorukainen innostuneesti puhella. »Eikös tämä ole niinkuin linna—Tapion linna, ja minä olen sen isäntä. Ja sinä olet Metsänneitonen, joka tulet vieraisille! Sinulla on pihkantuoksua vaatteissasi ja koivunlehden lemua hiuksissasi ja sinä soitat simapillillä tullessasi...»

Tyttö katsoi hämmästyneenä:

»Mitäs sinä nyt...? Mistäs sinä tuommoista...?»

Nuorukainen kävi hämilleen, tietämättä miksi.

»Metsä sellaista puhelee», sanoi hän kuin selittäen. »Mutta nyt sinun pitää tulla minun linnaani, aivan sisälle saakka.»

He astuivat hakkauksen keskelle.

»Ihan yksinäsikö sinä nuo kaikki olet kaatanut...?» Lämmin katse sattui nuorukaisen ahavoituneeseen kaulaan ja voimakkaisiin hartioihin: »Oletpa sinä vahva!»

Nuorukainen kiirehti askeleitaan:

»Katsoppas, täällä on linnan perä! Ja tämä tässä on peräpenkki—eikös se ole komea? Ja tämä on sivupenkki. Vieras istuu aina peräpenkille.»

»Ja isäntä...?» nauroi tyttö.

»Sivupenkille tietysti!»

He katsahtivat toisiinsa hymyillen. Istuutuivat sitte kahden ristiinkaatuneen rungon kulmaukseen, kumpikin rungolleen vastakkain.

»Ja eikös tätä ole hiukan koristeltukin—vehreillä havuilla ja punaisilla kuusenkukilla?»

»On, on; tämä on oikea linna! Siitä onkin jo kaksi vuotta, kun me olemme viimeksi puhelleet—ja nyt me tapaamme toisemme linnassa.»

»Niin, emme me tosiaankaan ole usein toisiamme tavanneet», puhui nuorukainen vieno jälleenmuistelun väre äänessä—»me jotka ennen oleskelimme kesäkaudet yksissä. Muistatko, kun sinä olit 'Isontalon emäntänä'? Ja sinulla oli viisikolmatta lypsävää navetassa ja lampaita ainakin yhtä paljo kuin Jaakopilla viimeisen palvelusvuotensa lopussa?»

»Oi muistan, muistan!» Tytön sininen katse sädehti ja kaksi raikasta naurua kiisi kilpaa kukkulan rinnettä ylös.

Metsä havahtui haaveiluistaan ja kallistausi kuuntelemaan tarinoita ihmislasten talosilla-olosta.

»Ja muistatko sitä suurta lumisotaa koulusta palatessa? Kuinka sinun tukkasi ja lettisi oli aivan yhtenä lumisykerönä ja minä sen sitte avasin, muistatko—ja letitin uudelleen keskellä maantietä, muistatko?»

»Ja letitit aivan hassusti, niin että kaikki nauroivat!»

Puut iskivät toisilleen silmää: sellaisia tarinoita he eivät olleet ikänä kuulleet.

»Ja rippikouluaika!» puheli tyttö lämpimästi. »En unohda koskaan noita kauniita kesäpäiviä, kirkkopihan varjoisia koivuja ja...»

Puut nyökäyttivät toisilleen päätä. He olivat ennen kuulleet vain kellonsoiton ja Huuhkainkallion vanhan hongan arveluita ristillä varustetusta talosta—nyt he saivat kuulla ihmislasten itsensä kertovan mitä siellä tehtiin.

... »Ja sinusta on senjälkeen soljahtanut tuommoinen suuri tyttö! Tuntuu niin omituiselta, kuin olisit sama etkä kuitenkaan sama.»

»Entäs sinä?» Tytön sinisessä katseessa leikki suvilehdon leppeys: »Tuommoinen pitkä hongankaataja!»

9

Puhe katkesi.

Puut kallistautuivat—odottaen, henkeään pidättäen.

Nuorukaisen rinnassa läikähti lämmin laine. Se huuhtasi kuin kesäinen aalto ennenkoskematonta rantahiekkaa.

Tytön pääliina oli valahtanut maahan. Nuorukainen kumartui ja ojensi sen hänelle. Heidän sormensa koskettivat toisiaan ohuen liinan läpi. Kuuma värähdys kiisi nuorukaisen päästä jalkoihin. Hän tarttui äkisti tytön molempiin käsiin ja katsoi häntä tulisesti silmiin.

»Annikki!» kuiskasi hän. Aikoi sanoa sitä, mitä veri sykähteli, mutta sai esiin ainoastaan uuden, kysyvän, tukehtuneen: »Annikki...?»

Tytön poskille oli kohonnut vieno punerrus, mutta hän katsoi nuorukaiseen tyynesti ja avonaisesti.—Lämmin kädenpuristus oli vastaus.

»Enemmän kuin kenestäkään muusta...?» jatkoi nuorukainen kiihkeästi.

Uusi puristus, ensimäistä kiinteämpi.

Nuorukainen iloitsi, mutta tunsi itsensä edelleenkin rauhattomaksi ja hämmentyneeksi. Hän olisi tahtonut sanoa jotakin—lämmintä ja kuohuvaa. Tai tehdä jotakin—heittäytyä maahan hänen eteensä, kietoa kätensä hänen polviensa ympäri ... mitä tahansa. Vaan hän ei uskaltanut.

Mutta sitte hänen katseensa sattui vieressä olevaan kuusenlatvaan. Hän irrotti toisen kätensä ja taittoi pienen tulipunaisen kukkatertun.

»Etkö ottaisi tätä—muistoksi että olet käynyt Tapion linnassa?»

»Olavinlinnassa!» nauroi tyttö.

Se oli kuin vapautuksen sana. He katsoivat toisiaan hymyillen ja nauroivat niin, että metsä raikui.

10

Nuorukainen siirtyi tytön viereen ja alkoi kiinnittää kuusenterttua hänen rintaansa. Mutta kumartuessa koskettivat hänen hiuksensa tytön kiharoihin. Se tuntui ensin kuin vieno, salaillen hyväily, jota hän ei uskaltanut itsekkään todeksi uskoa, mutta sitte se meni kuin kuuma ilmavirta hänen lävitsensä ja pysähtyi polttavina kipeninä suoniin. Niinkuin hengitys olisi lakannut ja sydän tahtonut hypätä rinnasta. Hän kiersi äkkiä molemmat kätensä tytön ympärille ja vetäsi hänet syliinsä.

Tyttö karahti punaiseksi. Hän ei vastustanut, vaan kätki hämillään kasvonsa pojan olkapäätä vasten.

Nuorukainen puristi häntä yhä lujemmin itseensä. Hän tunsi tytön veren kuumotuksen ohuen puseron läpi rintaansa vasten. Hän huumautui ja hänet valtasi äkkiä pakottava pahantuntemus, ikäänkuin hän olisi kuristumaisillaan ja hänen pitäisi tehdä joku kiivas liike, voidakseen taasen hengittää. Vyötäisille soljunut vasen käsi puristausi kuumeisesti ja hän kohotti oikealla tyttöä leuvasta.

»Annikki!» kuiskasivat hänen lähenevät huulensa. »Yksi ainoa...?»

Tyttö kohotti väistäen päätään ja katsoi hämmästyneenä:

»Kuinka voit minulta semmoista tahtoa? Tiedäthän ettei se ole oikein.»

»Sinä et pidä minusta niin paljo, kuin olet sanonut!» kuohahti nuorukainen kuin lupauksen rikkomisesta syyttäen.

Tyttö purskahti itkuun ja hänen hennot hartiansa värisivät liikutuksesta. Irtautunut kukkaterttu vierähti maahan.

»Minun kukkaterttuni...» nyyhkytti tyttö.

Häpeän häive lensi nuorukaisen poskille. Hänen kätensä irtautuivat syleilystä kuin iskun herpasemina ja hän antoi tytön soljua viereensä.

Tyttö yhä värisi. Nuorukainen katseli neuvotonna, kuin pahantekijä, joka ei ollut tahtonut pahaa tehdä.

»Annikki!» sanoi hän rukoilevalla äänellä. »Anna minulle anteeksi,

11

Annikki! En minä tiedä itsekkään mikä minun tuli. Jos tietäisit kuinka minun mieleni on paha!»

Tyttö kohotti vaipuneen päänsä ja hymyili kyynelten välitse:

»Tiesinhän minä, ettet sinä voi olla paha minua kohtaan.»

»Ja oletko taas niinkuin ennenkin, niinkuin ei mitään semmoista olisi koskaan ollut—oletko?»

Hän etsi tytön kättä ja katsetta. Ja löysi molemmat.

»Saanko panna tämän jälleen rintaasi?» kysyi hän arasti, nostaen kuusentertun maasta.

Tyttö hymyili, kuusenterttu hymyili.

»Ja sitte minun täytyykin heti lähteä—äiti odottaa lehmiä!»

»Nytkö jo?»

He nousivat ja nuorukainen kiinnitti kuusentertun tytön rintaan.

»Kuinka sinä olet hyvä!» sanoi hän tuntien sanomatonta iloa ja kiitollisuutta.

»Ja sinä... Hyvästi, Olavi!»

»Hyvästi—Metsänneito!»

Nuorukainen seisoi hakkauksen keskellä ja katseli niinkauvan, kun tyttöä vähääkään näkyi.

Tyttö kääntyi vielä kerran ja kuusenterttu paloi kuin iltarusko vaalean puseropilven keskellä.

»Tänään minä en kaada enää ainoatakaan puuta», sanoi nuorukainen, istuutuen rungolle pää käsien varaan.

2. GASELLI

Heilani on kuin mansikka, mansikka, mansikka!
Häntä nyt tahdon tanssittaa, tanssittaa!
Se tuli kuin tervehdys kylän yhteisen kisakentän laelta, kiiri

tanssien kentän rinnettä astuvaa Olavia vastaan, kohotti jalkaa ja vaati askeleet tahtiin.

Kentän taustalla kasvavat puutkin näyttivät huojuvan tahdissa, tyttöjen hennot kesähameet hulmuilivat ja siellä täällä vilahti heleävärinen lettinauha.

»Piiriin, Olavi, piiriin!»

Joku tytöistä avasi piirin ja ojensi Olaville kätensä.

Heilani on kuin mustikka, mustikka, mustikka!
Eikä hän muita muistakkaan, muistakkaan!
»Eikä hän paljon painakkaan, painakkaan!»

kertasi piirin keskellä tytön kanssa pyörivä poika omin sanoin veitikkamaisesti, tarttui äkkiä molemmin käsin tyttöä vyötäisiin ja heilautti hänet korkealle ilmaan.

Tyttö kirkasi, mutta muut nauroivat että ilma helisi.

Se oli semmoinen sunnuntai-ilo ilmassa, kaikki olivat kuin kevään juovuttamat. Kisakentän viereinen joenlahdelma karehti ja ilma väreili keväistä lämpöä. Karkelon tahti oli kiihtynyt miltei hypyksi. Poikien hatut olivat työntyneet takaraivoon ja hiki helmeili otsalla. Tyttöjen povet kohoilivat, silmät säihkyivät ja naurukuoppaset värehtivät.

Heilani on kuin puolukka, puolukka, puolukka!
Eikä hän minusta luovukkaan, luovukkaan!
»Eikä hän paljon painakkaan, painakkaan!»

kertasivat pojat, äskeistä leikkiä jatkaakseen. Mutta tyttö oli varuillaan. Poika kohotti, tyttö lyykistäysi, ja siitä syntyi niin hassunkurinen liike, että nauru remahti askeistakin äänekkäämpänä.

»Eipä se puolukka noussutkaan, noussutkaan!»

lauloivat tytöt veikistellen, minkä naurultaan kykenivät.

»Eikö jo heretä tästä leikistä—se alkaa käydä liian lämpimäksi», ehdotti joku. »Käydään leskisille, niin saadaan välillä levähtää!»

»Hyvä on, hyvä on! Täss' on minun parini.»

Piiri hajautui ja järjestäysi samassa tuokiossa pitkäksi leskenjuoksu-riviksi.

»Minäkö se leskeksi jäin? Yhtä kaikki, pian tästä suruvuodesta päästään.—Viimeinen pari ulos!»

Parikkaat vilistivät kumpikin puoleltaan, leski kirmasi keskeltä.

Paikka olikin kuin leskenjuoksukentäksi luotu: loivaa viettoa sekä eteen että sivuille.

Leskellä oli tiukat paikat, sillä parikkaat olivat yksituumaisia. Ne jo kaarsivat kaukaa yhteen.

»Hehei, lisääppäs höyryä, sinä leskimies!» nauroivat katsojat.

Ja leski lisäsi, vihkasi parikkaiden yhtymäkohtaan niin, että tanner tömisi. Ja ennätti paraiksi. Tyttö pyörsi ympäri, sujahti vasempaan ja poltalti takakaareen, mutta otti liian pienen kaaren ja joutui kiinni.

»Ympäri käydään, yhteen tullaan!»

Leikkiä jatkettiin yhä yltyvällä rattoisuudella. Se oli semmoinen tuuli tänään, että kaikki huvitti; jokainen hiukankaan harvinaisempi käänne, väistö ja pyörrös otettiin raikuvalla riemulla vastaan.

Nyt oli Olavi leskenä. Seisoi lähtövalmiina rivin edessä ja katsoi pälyen sivuilleen.

»Viimeinen pari!»

Se oli epätasainen pari. Poika paksu, ahvenhartiainen savenkääntäjä; tyttö pieni, solakka, tuskin seitsemäntoista korvilla.

Poika puoleltaan pemisti suurta, rehtiä kyntömiehen kaarrosta, tyttö suikasi kuin kärppä miltei suoraan ohitse, jotta punainen pusero vilahti ja auvennut letinpää lehahti koholle ilmaan. Olavi poltalti jälessä.

14

»Sillälailla, sillälailla!» huudettiin joukosta.

Tyttö juoksi ensin kotvan suoraan, eikä Olavi päässyt paljoakaan lähemmäksi. Mutta sitte alkoi tyttö kaartaa kentän poikki. Olavi oijusti, lisäsi vauhtia ja pääsi jo aivan kintereille.

»Nyt, nyt!» kuului kentän laelta.

Tyttö vilkasi syrjäsilmällä hätäisesti taakseen, näki takaa-ajajan jo ojentavan kättään ja teki äkkikäännöksen. Humahdus—Olavi suikahti nurmikolle suulleen.

Tytön silmät välähtivät veitikkamaisesti, kisapaikalta helähti raikas nauru.

Se nauru olisi Olavia harmittanut, mutta hän oli tytön kääntyessä nähnyt jotain muuta:

»Jumala, sellaiset silmät! Kuinka minä en ole niitä ennen huomannut?»

Hän kapsahti kuin raketti ylös, ja nyt uudelleen peräkanaa kentän poikki.

Ahvenhartiainen laidallaan teki toivottomia kaarroksia.

»Älä suotta pälyilekkään!» huudettiin hänelle. »Kyllä se sen nyt vie.»

Ahvenhartiainen pysähtyi ja jäi levollisena odottamaan.

Mutta kentän toisella laidalla oli kiista kiihkeimmillään. Olavi oli yhä lähentynyt ja päätti itsekseen: nyt minä sinut otan, kaarratpa ylös- tai alaspäin!

Tyttö huomasi vaaran ja kaarsi alaspäin. Mutta kääntyessä irtausi ulomman jalan kenkä ja lensi korkeassa kaaressa ilmaan.

Kisakentältä remahti raikuva riemuhuuto.

Tyttö pysähtyi neuvottomana. Olavi unohti takaa-ajon ja katsoi vain kenkään. Juoksi sitte äkkiä muutamia askeleita ja otti putoavan kengän koppina ilmasta.

15

Uusi, entistä valtavampi riemuhuuto kisapaikalta.

»Se se oli! Sillälailla, sillälailla!»

»Älä antau, älä antau kengätönnäkään!» kiihottivat tytöt. Tyttö puhaltihe uudelleen juoksuun. Olavi kenkä kädessä.

Sitä kelpasi katsella! Se ei ollut enää tavallista leskenjuoksua, se oli kiistaa voitosta tai tappiosta—kiistaa, joka kiihdytti katselijoitakin ja jakoi ne kahteen puolueeseen.

Tyttö kiisi kuin sukkula. Solakka varsi oli sirossa kaaressa ja pää uljaasti koholla. Letti oli auvennut kokonaan ja hajautunut tukka hulmuili kuin vaalea harja pitkällä jälessä. Punainen sukka vilahti tuon tuostakin helman alta.

Eikä se ollut Olavistakaan enää tavallista leskenjuoksua. Nyt ei ollut kysymys vain parikkaan saavuttamisesta, vaan nuoren villivarsan kesyttämisestä—tulisilmäisen, vaaleaharjaisen, punasukkajalkaisen villivarsan.

He saapuivat kentän vasempaan laitaan, juoksijain väliä oli enää vain sylen verran.

Vihdoinkin! ajatteli Olavi, pitäen varalla milloin tyttö kaartaisi ylöspäin.

Vaan tyttöpä kääntyi taasenkin alaspäin. Ja siinä käänteessä näki Olavi semmoista, jota hän ei ollut koskaan ennen nähnyt—tytön lantion kaarroksen, notkeain vyötäisten taivahduksen ja pään sorean heilahduksen taaksepäin. Hän oli niin lähellä, että tytön hiukset hulmahtivat aivan hänen kasvojensa editse—hän ei tiennyt varmaan sattuivatko ne, vai ilmako se vain poskille värähti. Ja tytön silmistä pilkahti säihkyvä sädekimppu, joka ilkamoi, kutsui ja kiihotti.

Gaselli! välähti Olavin mieleen—kuva jostakin ennen lukemastaan kirjasta. Gasellin silmät, gasellin sorja juoksu. »Gaselli!» pääsi häneltä ääneen kuin voitonhuuto ja hän kiisi kuin hurja jälessä.

Tyttö kirmasi vinosti kentän toisessa päässä olevan pienen

kummun rinnettä ylös.

»Kas, kas!» kuului kisapaikalta. »Sepä jäniksen-ajoa!» Punainen sukka vilahti kummun laella, Gaselli katosi sen taakse, metsästäjä jälessä.

Loppukiista oli lyhyt. Tyttö oli jo väsähtänyt ja oli tahallaan juossut kummun yli, päästäkseen kaikkien nähden tappaamasta. Olavi kiisi kuin vimmattu rinnettä alas. Tyttö katsahti taakseen, väisti vielä vaistomaisesti vartalollaan, mutta tunsi samassa Olavin molempien käsien tarttuvan ympärilleen.

»Gaselli!» huusi nuorukainen voitonriemuisesti. Mutta vauhti oli liian ankara, he kadottivat tasapainonsa ja kaatuivat molemmat yhdessä, silmä silmään uponneena—ja vierähtivät vielä kerran nurmella ympäri.

Se oli kuin unennäköä Olavista, hän ei tiennyt miten tuo kaikki oli tapahtunut. Hän tunsi vain että tyttö lepäsi miltei poikittain hänen rinnoillaan ja että hänen valtoimet hiuksensa olivat valahtaneet hänen kasvoilleen. Ne tuntuivat ikäänkuin hyväilevän häntä kiihkeän ponnistuksen palkkioksi, ja ne olivat vähällä hänet tukehuttaa. Hän katsoi katsomistaan tytön hehkuviin kasvoihin ja noihin ihmeteltäviin gasellinsilmiin, pitäen yhä hänen ympäriltään samalla otteella, mikä oli kaatuessa ollut. Hän olisi tahtonut ummistaa silmänsä ja uneksia—kaatumisesta ja gasellinsilmistä...

»Mutta hyvä ihme, muut odottavat!»

He katsahtivat toisiinsa hätääntyneinä ja irtausivat, mutta olivat niin hämillään, että tuskin kykenivät nousemaan. Olavi vihdoin haki kaatuessa syrjään lentäneen kengän ja ojensi sen tytölle:

»Pane pian jalkaasi, sitte lähdetään!»

Tyttö pani, mutta oli vieläkin niin hämillään, että jäi siihen paikkaansa seisomaan.

Harmin puna lensi Olavin kasvoille. Häntä harmitti oma

hämmennyksensä ja häntä harmitti tytön saamattomuus.

»Tule!» sanoi hän käskevin katsein ja ojensi kätensä. »Juostaan!»

Heidät otettiin hurraahuudolla vastaan, kun he juoksivat käsikkäin kummun rinnettä alas.

Mutta kisapaikkaa lähetessä valtasi Olavin uudelleen hämmennys. Hänen piti suorastaan purra hammasta näyttääkseen levolliselta.

»Hyvin juostu, hyvin juostu!» huudettiin joka taholta.

»Ohoh, Olavi! Kengän sait ja kengän pitäjänkin, mutta kylläpä punotatkin!»

»Vähemmästäkin!» sai Olavi vaivoin esiinpuristetuksi.

»Viimeinen pari ulos!»

»Ei, ei! Ei pilata sellaista juoksua; ei semmoista saa joka päivä nähdä!»

»Oikein! Jo tätä riittääkin kerrakseen!»

Olavin silmä loisti ja hän vilkasi salavihkaa hymyillen Gaselliin.

»Mutta me tahdomme vielä hiukan pyöriä ennenkun erotaan!» sanoivat tytöt.

»Ka pyöritään!»

Mitä nuo tähdet merkitsee, joita meidän kohdall' on kaksi? Että tyttö ja poika toisilleen on tullut jo rakkahaksi!

»Onpa se kaunis laulu!» ajatteli Olavi ja puristi tietämättään rinnallaan astuvan Gasellin kättä. Tyttö otti kiinteämmän otteen. Samassa joku vei Olavin piirin keskelle.

Mitä nuo tähdet merkitsee, joita meidän kohdall' on neljä? Omalle tytölle kättä annan ja muille käännän seljän!

»Enpäs minä noitakaan sanoja ole ennen huomannut», jatkoi Olavi mietteitään, ojentaen Gasellille kätensä.

Mitä nuo tähdet merkitsee, joita meidän kohdall' on viisi? Toivon on loimet ja kaihon kuteet ja lemmenlangasta niisi!

»Olkoon vaikka kultalangasta», sanoi joku nauraen, »mutta kyllä ainakin meidän pitkämatkaisempien pitää jo lähteä.»

»Ei mitään eriseuraisuutta; yhdessä sitä lähdetään, kun lähdetään. Mutta sitä ennen vielä pieni loppupyörähdys!»

Enkä mä sinusta eroais, en eroais, vaikk' kivet kiljuis, maa halkeis, puut puhkeis, meri mustaksi muuttuisi En eroais, en eroais! »Mutta erota sitä nyt pitää, vaikka itku pääsisi! Hyvästi, hyvästi!»

Eri haaroille erkanevat kattelivat toisiaan hyvästiksi.

Olavi aikoi juuri lähetä tyttöparvea, mutta samalla hänen edessään seisoi syvä, avonainen, sininen katse—Metsänneito! Se katse oli tyyni ja rauhallinen, niinkuin ennenkin; mutta siinä oli samalla jotain muutakin, joka tunki naskalina Olavin lävitse. Hän tunsi itsensä syylliseksi ja kavahti kalpeaksi kuin palttina. Ei voinut astua askelta eteen eikä taakse, tunsi vain kuinka sininen katse yhä tähtäsi häneen.

Mutta siihenkään hänen ei sopinut jäädä seisomaan. Hän kohotti arasti katseensa Metsänneitoa kohti, mutta se sattuikin hiukan syrjään ja kohtasi erään toisen silmäparin. Sekin katsoi häneen—kysyen, ihmetellen, ja sitte siitä tulvahti sellainen kimppu kirkkaita, säihkyviä säteitä, että kaikki muu soentui hänen ympärillään ja veri syöksähti jälleen kuumottaen poskille.

»Hyvästi!» Hän kohotti koko tyttöparvelle yhteisesti hattuaan ja kääntyi selin.

Nuoriso hajausi kukin suunnalleen.

»Enkä mä sinusta eroais,
en eroais!»

kuului kotiin menevien Metsäkulman poikien laulu joen toiselta puolelta, kun Olavi astui kotipellon rinnettä ylös.

»En eroais, en eroais!»

toisti Olavi hyräillen—outo, päättäväinen, miltei hurjanriemukas ilme kasvoillaan.

3. ÄIDIN KATSE

Kevätyön hämärä oli astunut tupaan ja istuutunut peräpenkille. Kaikki oli hiljaista.

»Onko se siinä taasen?» kysyivät suuren astiakaapin hyllyillä etunojossa lepäävät lautaset. Sillä he olivat ylemmillä hyllyillä ja heillä oli muutenkin huonompi näkö.

»On!» vastasivat alihyllyillä olevat lusikat surullisesti.

He tarkottivat harmaata miehen hattua, joka lepäsi hyllyn, ruokakaapiksi ulkonevan alaosan kansilaudalla. »Se on nyt jo toinen yö», jatkoivat lautaset.

»Niin on!»

»Yöllä tulee ja yöllä menee—ei täällä ole ennen sellaisia näkynyt?» ihmettelivät taasen lautaset.

»Se on tyttö nyt siinä ijässä!» hymähti kerma-astia, joka seisoi kahvilautasten takana eikä voinut mitään nähdä, mutta tiesi hyvin mistä oli puhe.

»Ja poika kanssa!» lisäsi sokeriastia merkitsevästi.

Lautaset kohauttivat paheksuen olkapäitään: kerma-astia ja sokeriastia olivat tunnetut kevytmielisistä puheistaan.

Sitte oltiin hetkinen vaiti.

»Ihmetyttää mitä ne oikein keskenään puhelevat?» virkahtivat taas lautaset.

»Ei tänne voi mitään kuulla, ne kuiskailevat», vastasivat lusikat.

Sitte kukin painautui omiin mietteisiinsä.

»Voi kuinka minä sinua odotin!» kuiskasi tyttö, kiertäen lämpimät käsivartensa nuorukaisen kaulaan. »Minä niin pelkäsin että jos sinä et tulekkaan, että jos olisi joku este sattunut.»

»Kuinka voisi semmoista sattua, kuka voisi minua estää sinun luoksesi tulemasta? Mutta minä en päässyt aikaisemmin—minä en tiedä miksi äiti oli tänä iltana niin kauvan ylhäällä.»

»Vaan jospa...» alotti tyttö, mutta kiihkeä suudelma sulki hänen huulensa.

»Jos tietäisit», jatkoi nuorukainen hetken päästä, »kuinka minä olen sinua kaivannut ja koko päivän vain odottanut että ilta joutuisi. Siitä asti kun minä sinun gasellinsilmäsi näin, en ole voinut muuta ajatella.»

»Niinkö, Olavi?» Tyttö puristausi lujempaan.

»Ja tiedätkö, mitä minä tänään ajattelin, kun olin pellolla kyntämässä? Minä ajattelin että kun sinä olisit pieni kukka, niin minä kiinnittäisin sinut rintaani, että voisin alati sinua katsella. Taikka kun sinä olisit pieni omena, niin minä kantaisin sinua taskussani, ja ottaisin sinut aina salaa esiin, puhelisin sinulle ja leikkisin sinun kanssasi, eikä kukaan tietäisi mitään.»

»Kuinka sinä puhut kauniisti, Olavi!»

»En minä olisi voinut uskoa, vaikka kuka olisi sanonut, että rakkaus on tällaista. Se on niin kummallista—tiedätkö, minä tahtoisin...»

»Mitä sinä tahtoisit? Sano!»

»Puristaa sinut kuoliaaksi—tällälailla!»

»Kunpa minä saisinkin sillälailla kuolla—nyt, tähän paikkaan!»

»Ei, ei! Tukehuttaa minä sinut tahtoisin—yhteen ainoaan loppumattomaan suudelmaan.»

Hämärä räpäytti silmiään—ja ummisti ne hiljalleen kiinni. Niinkuin joku olisi koskettanut eteisen oveen, niinkuin se olisi liikahtanut.

Kaksi päätä kohoutui, kaksi sydäntä miltei lakkasi lyömästä.

Ja taasen uudelleen, selvemmin—niinkuin ovi olisi työnnetty selälleen.

Nuorukainen kohosi istualleen, tyttö tarttui tyrmistyneenä hänen käteensä.

Ja nyt jo aivan selvästi—askeleita, jotka lähenivät. Raskaita, viivähtäviä askeleita, niinkuin tulija olisi ollut lopen uupunut, tai epäilisi astuakko eteenpäin vai palata.

Veri pakeni nuorukaisen kasvoilta. Se oli kuin uskomatonta unta, ja kuitenkin hän tunsi nuo askeleet pettämättömästi—olisi tuntenut tuhanten joukosta.

»Minun täytyy nyt lähteä!» Hän puristi tytön kättä niinkuin olisi tahtonut sen musertaa ja tarttui hätäisesti hattuunsa. Astiat hyllyillään vavahtivat.

Nuorukainen hoiperteli ovea kohti, vaistomaisesti, mitään näkemättä. Tarttui kädensijaan, mutta ei ollut voimaa avata.

Sitte tuntui niinkuin hänen kuitenkin pitäisi mennä—hänen tähtensä, joka vuoteessa värisi, ja vielä enemmän hänen tähtensä, joka eteisessä seisoi. Ovi avautui ja painui jälleen kiinni.

Hämärässä eteisessä seisoi vanha vaimo. Hän seisoi liikkumatonna kuin patsas, kasvot näyttivät ryppyihinsä kivettyneiltä ja katseessa kuvastui sellainen suru ja tuska, että nuorukainen tunsi lyyhistyvänsä kokoon kuin raskaan painon alla.

Kului hetki ja toinen, kumpikaan ei liikahtanut.

Vanhan piirteet näyttivät häipyvän ja sulavan pois—jälelle jäi ainoastaan katse. Se näytti äkkiä värähtävän, ja sitte ei nuorukainen nähnyt enää mitään, vaan tunsi kuuman virran tulvahtavan luomiensa välitse.

Vanha vaimo kääntyi sanaa sanomatta ja astui raskaasti portaita alas.

Nuorukainen seurasi jälessä.

Vanha vaimo kulki tietä pitkin, pää painuksissa ja kädet hervottomina sivuilla. Hän näytti tuona lyhyenä hetkenä muuttuneen isoäidiksi.

Nuorukaisen olisi tehnyt mieli juosta hänen luokseen ja heittäytyä hänen eteensä maantielle polvilleen. Mutta hän ei uskaltanut, eivätkä hänen jalkansa olisi totelleet.

He tulivat Kankaalan riihirakennuksen kohdalle.

Riihenikkuna käänsi äkkiä mustan silmänsä ja katsoi kummastellen kulkijoita. Nuorukainen säpsähti ja hänen korvansa alkoivat humista.

»Mitä ne nuo ovat?» kysyi riihenikkuna. »Eikö se ole Koskelan emäntä? Ja mikä se tuo toinen on, joka kulkee pää riipuksissa jälessä? Eikö se ole hänen poikansa?»

»Poikapa poika!» virnisti leveä luuvanikkuna koko seinän pituudelta. »Koskelan poika käy kosintaretkillä, hah hah haa! Ja äiti hakee kotiin.»

»Hm», virkahti siihen riihenikkuna. »Eipä sen äidin ole ennen tarvinnut poikaan yöjalasta hakea.»

Olavin pää painui yhä syvempään.

Vanha vaimo astui raskaasti Seppälän-mäkeä ylös.

»Mitä ne nuo yöllä kulkevat, äiti ja poika?» helähti Seppälän kaivokiulu rautaisessa kahlassaan. »Onko poika pahaa tehnyt—?»

Nuorukainen tunsi tien huojahtelevan jalkainsa alla.

Kotiportilla tuli Musti vastaan, lyykistellen ja iloisesti häntiänsä heilutellen. Mutta sitte se painautui äkkiä nurmeen liikkumattomaksi:

»Miksi emäntä niin murheellinen on? Ja missä sinä olet ollut— yöllä?»

Olavi käänsi päätään toisaanne ja astui varpasillaan ohi.

23

He olivat saapuneet portaitten eteen.

»Mitä?» hyrähti väkkärä piha-aidan seipäässä. Se oli Olavin itsensä tekemä tuulihyrrä—poikavuosien muisto. Eikä sanonut muuta, vaan hyrähti vielä toisen kerran:»mitä?»

Vanha vaimo nousi portaita ylös. Ei sanonut mitään eikä edes katsahtanut taakseen, mutta nuorukainen astui kuitenkin hänen jälessään, askel askeleelta. Ei olisi mieleenkään juolahtanut mennä nyt omaan kammariinsa saunarakennuksessa.

Vanha vaimo kulki porstuan läpi perikamariin, astui ikkunan luo ja lysähti hervotonna tuolille. Nuorukainen tuli jälessä aivan lähelle ja jäi hattu kädessä seisomaan.

Kului pitkä, äänetön hetki.

»Enpä minä luullut tarvitsevani koskaan näitä askeleita ottaa», sanoi vanha vaimo syvään huokaisten ja ikäänkuin kauvas katsellen.

Nuorukaisen polvet vavahtivat, hän tunsi niiden aivankuin herpoutuvan.

»Minä häpesin, kun sinä synnyit, sillä minä synnytin sinut vanhalla ijälläni. Merkitsikö se, että minun täytyy sinun tähtesi suureksi tultuasikin hävetä…?»

Se putosi kuin lyijypuntti, painaen nuorukaisen polvilleen.

»Äiti!» sopersi hän. Eikä saanut muuta sanotuksi, vaan painoi päänsä äidin helmaan ja nyyhkytti että hartiat vavahtelivat.

Äiti tunsi kuin suuren lämmön syttyvän sydänalaansa ja soutelevan sieltä suonia myöten joka haaralle.

»Äiti!» sanoi poika. »Minä lupaan ettei sinun tarvitse enää toista kertaa minun tähteni sellaisia askeleita ottaa—ja…»

Lause katkesi.

Äiti tunsi lämmön kohoovan aina silmiinsä saakka ja pyrkivän sieltä ulos.

»Ja—?» kysyi hän lempeästi. »Mitä aijoit vielä sanoa, poikani?»

Nuorukaisen otsa oli syvissä kurtuissa, niinkuin hän olisi yhä ankarasti miettinyt sitä, mitä aikoi sanoa. Mutta sitte hän nosti päättävästi päänsä ja lausui: »Ja minä tahdon naida hänet!»

»*Naida*...?» Äiti tunsi jäykistyvänsä jääpuikoksi ja hengityksensä salpautuvan.

»Olavi», sanoi hän vapisevalla äänellä, »katso minua suoraan silmiin! Onko ... *onko jotain huonoa jo tapahtunut?*» Sanoi ja jäi henkeään pidättäen vastausta odottamaan.

»Ei», vastasi nuorukainen katsoen avoimesti äitinsä silmiin; »mutta minä *rakastan* häntä!»

Äidin kädet vavahtivat ja hän huokasi syvään. Mutta hän ei puhunut pitkään aikaan mitään, vaan näytti ikäänkuin taasen katselevan kauvas ja kyselevän sieltä, mitä hänen nyt pitäisi sanoa.

»Niin se onkin», sanoi hän vihdoin, »että se on otettava, jota rakastaa; se eikä kukaan muu. Sinä kuitenkin tiedät, ettei tähän sukuun ole vielä koskaan piikaa naitu ... ja mitä rakkauteen tulee, niin siitä asiasta sinä et tiedä vielä mitään.»

Nuorukaisen veri kuohahti ja hän aikoi sanoa jotakin, mutta näki äitinsä kasvoilla sellaisen arvokkuuden ja vanhemmuuden ilmeen, että ajatus kuoleutui sanoiksi syntymättä.

»Mene sinä nyt maata!» sanoi äiti lempeästi. »Me puhumme joskus toiste näistä asioista enemmän.»

4. ISÄ JA POIKA

Aamiainen oli syöty, väki työntyi tuvan ovesta ulos.

»Jäähän, Olavi!» virkahti Koskelan isäntä peräpenkiltä. »Olisi hiukan puhumista.»

Olavi tunsi korviensa kuumenevan. Hän tiesi mistä isä tahtoi puhua—oli vain odottanut milloin se tapahtuisi.

He olivat nyt kolmen, äiti uunin luona seisoen.

»Istu!» tömähti peräpenkiltä kylmästi.

Olavi totteli. Sitte ei kuulunut kotvaan muuta kuin könniläisen harvat iskut seinällä.

»Minä tiedän missä äitisi kävi yöllä.—Ettet sinä häpeäkkään!» Olavin pää painui alas.

»Sietäisit korvillesi, äläkä ole kovin varma ettet vielä saakkin!» Olavi ei uskaltanut nostaa katsettaan, mutta tunsi äänestä että isä oli kiihtymään päin.

»Mitä sinä oikein aijot?» jyrähti taasen peräpenkiltä. »Ruveta piijoille lapsia laittamaan—vai?»

»Isä!» kuului uunin luota ja äidin kasvoilla oli sellainen ilme kuin hän pelkäisi onnettomuuden lähenevän.

Peräpenkiltä kimmahti kylmä, vihainen silmäys uunia kohti.

»Ja tuoda ne tänne, vanhempiesi ruokittaviksi?»

Harmin puna lensi nuorukaisen kasvoille. Hän pelkäsi veren tipahtavan poskistaan: onko se hänen isänsä tuo, joka tuollalailla puhuu? Vai joku raaka, vieras mies, joka on tunkeutunut heidän tupaansa?

Ja samassa hänen sisässään alkoi myllertää outo, raivoisa tunne— hän ei oikein tiennyt mitä se oli, mutta tunsi kuinka se sakeni ja levisi kaikkialle. Hän kohotti päänsä ja aikoi vastata, mutta nousikin ylös, ikäänkuin joku olisi häntä kädestä vetänyt, ja alkoi astua ovellepäin.

»Minne nyt?» jyrähti peräpenkiltä.

»Pellolle!»

»Vai pellolle—?» Ääni oli sellainen, kuin se olisi tahtonut karata häntä kaulukseen. »Sinä et mene minnekkään, vaan vastaat—ja paikalla! *Sitäkö* sinä aijot?»

26

Nuorukainen oli kahden vaiheilla. Vielä äsken hän oli hävennyt ja tuntenut olevansa valmis millaiseen sovitukseen tahansa, mutta nyt tuntui niinkuin kaikki olisi silmänräpäyksessä muuttunut ja hänen täytyi iskeä vastaan sen puolesta, mikä oli viime päivinä levotonna ja salaperäisenä hänen veressään kuohunut. Hän kääntyi äkkiä ympäri ja vastasi pää koholla, ylpeästi ja varmasti:

»En! Minä aijon *naida* hänet!»

Ukon kasvot vetäytyivät ensin ivan väreisiin, mutta katsahtaessaan pojan silmiin, hän kävi epätietoiseksi miltä kannalta oikein asian ottaisi.

»Naida?» ärjäsi hän ja kuuristausi eteenpäin, ikäänkuin olisi äsken väärin kuullut.

»Niin!» tuli oveltapäin taannoistakin varmemmin.

Ja sitte tuntui niinkuin hänen pitäisi kostaa äsken kärsimänsä häväistys ja sekä omasta että tytön puolesta vielä kerran viskata tuolla samalla aseella, jonka tiesi teräväksi kuin partaveitsen.

»Ja minä *nain* hänet!» kuului kuin salpaan menevän lukon helähdys.

»Nulikka!» räjähti peräpenkiltä kuin haavotetun otuksen karjahdus. Ukko syöksähti tuulispäänä ovellepäin, riuhtasi ohimennessään tukin vierestä luudan, tarttui nuorukaisen kaulukseen ja tempasi hänet lattialle polvilleen, niin että palkit tömähtivät. Kaikki kävi silmänräpäyksessä. »Nulikka!» kuului vielä kerran ja luuta kohosi.

Mutta se huojahti samassa kuin poikki-isketyin polvin—ukko lensi pallina keskilattialta aina perälle saakka, jotta seinä jysähti.

Niinkuin ukkonen olisi iskenyt alas. Isän valtasi kamala tunne, hän tunsi seisovansa kuin vararikon tehnyt hovinherra torpparijoukon keskellä. Ei ollut enää valtaa tuon »nulikan» yli, ei isällistä eikä käsivarren voimaan perustuvaa. Ja tuo toinen ovenpuolella seisoi pää pystyssä, täydessä nuoruuden jäntevyydessä ja silmässä paloi uhman lieska.

Könniläinen seinällä korotti äänensä ja teki painokkaita kysymyksiä, mutta kukaan ei vastannut.

»Vai niin?» kuului vihdoin isän masentunut, läähättävä ääni.

»Niin!» karskahti ovenpuolelta toinen, liikutuksesta väräjävä, mutta yhä vieläkin uhkaava.

Isä heitti luudan nurkkaan, astui askeleen taaksepäin ja istahti raskaasti penkille.

»Jos sinussa on minun vertani», virkahti isä hetkisen päästä »niin tiedät myöskin mitä tämä merkitsee.»

»Tiedän!» kuului ovenpuolelta. »Minä lähden paikalla!» Äiti väänsi tuskaisesti yhteenpuristettuja käsiään, astui askeleen eteenpäin ja avasi suunsa jotain sanoakseen, mutta katsahti samalla molempia silmiin ja jäykistyi kurotettuun asentoonsa katkenneen aikeen äänettömäksi ajatusviivaksi.

Könniläinen seinällä korotti taasen äänensä.

»Minä *tarkotin* sinusta jotakin», puhui kylmä ääni perältä.

»Mutta sinusta ei kelvannut tulla herraa eikä oppinutta miestä, vaikka päätä olisi kyllä ollut. Piti tulla muka talonpoika, ja niin heitit parin vuoden päästä kirjasi nurkkaan. Mutta talonpojallakin on kirjansa, ja ne kirjat sinä näyt heittävän—piikaletukan sängynolkiin!»

Nuorukainen suoristausi ja silmästä tuikahti kipenöivä lieska.

»Jätä sanomatta!» huusi isä. »Se on parasta!»

Sitte hän nousi ylös, seisoi silmänräpäyksen tuumien ja astui avoimesta kamarin ovesta sisään. Avasi kaapin ja otti sieltä jotakin.

»Ei Koskelan poikaa kerjuulle ajeta!» sanoi hän ylpeästi, ojentaen ottamansa poikaa kohti.

»Pankaa ne vaan takaisin!» kuului yhtä ylpeä vastaus. »Ei niillä eväillä pitkälle päästä, ellei ole parempia omasta takaa», lisäsi hän olkansa yli, kääntyen syrjin tarjoojaan.

Isä pysähtyi paikkaansa ja loi pitkän katseen.

»Hyvä on, jos on jotain omasta takaa!» sanoi hän painokkaasti, pikemmin tyytyväisenä kuin harmistuneena.

Poika seisoi hetkisen mietteissään.

»Hyvästi, isä!»

Isä ei vastannut, katseli vain kiinteästi kokoonpuristettujen silmäkulmien alta.

Äiti oli istuutunut penkille ikkunanpieleen. Hän istui syrjin, katse ulos käännettynä—ikkunanpenkille tipahteli kuumia pisaroita. Nuorukainen läheni hitaasti, ikäänkuin kysyen. Äiti kääntyi päin, heidän katseensa kohtasivat ja molemmat astuivat peräkkäin ulos. Peräpenkillä istuva näki katseitten yhdynnän ja tunsi viiltävää pistosta rinnassaan. Loukkautumisen ja suuttumuksen puna lensi ohimoille ja huulet vavahtivat, mutta hän tunsi samassa ikäänkuin näkymättömän jänteen sitovan kieltänsä ja jäi lattiaan tuijottaen paikalleen istumaan.

Eteisessä tarttui äiti tuskaisesti nuorukaisen käteen: »Olavi!»

»Äiti!» vastasi poika liikutettuna. Ja peläten ettei jaksaisi kauvemmin itseään pidättää, hän lisäsi kiireisesti: »Minä ymmärrän, äiti; älä sano enempää.»

Mutta äiti tarttui hänen molempiin käsiinsä ja upotti hänen silmiinsä läpitunkevan katseen.

»Minun *täytyy* sanoa—siitä, mikä jäi silloin kesken. Olavi! Sinä olet isäsi poika, ja te ette paljon välitä mitä teette, hajotatteko vai rakennatte.»—Ja sitte hän ikäänkuin kärjistyi yhdeksi ainoaksi katseeksi ja puristausi yhdeksi ainoaksi vannottavaksi ääneksi: »*Älä petä ketään, ja mitä lupaat, se täytä—olkoon ihminen mitä säätyä tahansa!*»

Nuorukainen puristi tuskaisesti hänen molempia käsiään, voimatta sanoa sanaakaan.

»Jumalan haltuun!» sanoi äiti. Ääni horjahti. »Älä unohda kotiasi
—palaa kun...»

Nuorukainen puristi vielä kerran ja kääntyi nopeasti. Hän tunsi
että ellei hän nyt lähde kiireesti, niin hän ei voi ensinkään lähteä.

II

5. TUMMA TYTTÖ

Pilvet kiisivät öisellä taivaalla, rannan raidat katselivat editseen
vierivää tummaa virtaa ja sen pinnalla hiljalleen soluvia tukkeja.
»Antaa tulla!» huusi alhaalta pitkä, voimakas koski.

Kosken niskassa, rantatörmän suojassa lekotti pieni nuotiotuli.
Sen ympärillä lojuivat laskumiehet, neljä luvultaan. Laskupuomi
oli parahultaisesti auki, ylhäältä tulevat tukit soluivat
harvakseltaan, ennättäen suoltautua toisaalta auttamatta lävitse,
eikä koski ollut ruhkannut pariin tuntiin. Laskumiehillä oli
huoleton sydänyön hetki.

»Talonpojalla lämmin sänky ja pehmeä pumpulipeitto;
tukkipojalla turvetuutu ja taivaan kasteesta peitto. Vaan tuskinpa
virkaa vaihdettais, vaikka saataisi sata markkaa; kun tukkipojan
rinnalla se talonmies on parka!»

Koski havahtui öisistä unelmistaan, väylän laitamille latoutuneilla
tukkikasoilla, »kossilla», istuvat vahtimiehet liikahtivat.

»Kun tukkipojan rinnalla
se talonmies on parka!»

kertasivat lähinnä olevat vahtimiehet. Ja sitte vieri laulu kuin
vauhtiin viskattu kiirikka kossalta kossalle, rannalta toiselle, aina
kosken alapäähän saakka, jopa siitäkin eteenpäin allaolevien
sumansoluttajien joukkoon.

Sitte oli taas kaikki hiljaa, sillä sydänyö ei pidä laulusta, vaikka
sietääkin tuommoisen lyhyen, miehestä mieheen kulkevan
tervehdyksen. Se kuuntelee mieluummin virran tarinoita

joenhaltijasta, joka vaatii joka vuosi uhrin, lapsen tai aikuisen, mutta joka vuosi ainakin yhden.

Silloin valtaa juhlallinen hiljaisuus mielet. Miehet istuvat kuin kirkossa ja tuijottavat veteen, raaimmankin huulilla kuoleutuvat sanasutkaukset. Useimmat muistelevat omia näkemiään, kuinka mies katoo kuin näkymättömän käden tempaamana, kuinka leski vääntelee vaikeroiden käsiään rantatörmällä, taikka orporaukat epätoivoissaan nurmella viereksivät. Ovatpa nähneet haltijan sormenjälkiäkin vainajan vyötäisillä, jalassa tai kaulassa, taikka itsensä haltijan jonakuna sydänyön hetkenä uida viilettävän virtaa pitkin veden alla, niin että vain kohisevat aallot sen kulkua osottavat. Kenenkä nyt taasen on vuoro? Kenkään ei tiedä, mutta kaukana ei onnettomuus silloin ole.

Pieni nuotiotuli lekotti laskupaikalla, koski alensi ääntään. Miehet istuivat sanaa sanomatta, veteen tuijottaen ja virran sydänyön tarinoita kuunnellen.

Silloin kuuluu äkkiä kosken alapäästä voimakas huuto. Miehet säpsähtävät.

»Puomi kiinni, puomi kiinni!» jatkaa huuto.

»Jumalan kiitos!» huokaavat tarinamaailmasta havahtuneet miehet, joista ääni ensin kuului hätähuudolta. Kaikki ponnahtavat pystyyn, keksit nousevat poikkipuolin päiden yläpuolelle, merkiksi että väylä on tukossa, ja »puomi kiinni, puomi kiinni», vierii viesti miesryhmästä miesryhmään koskea ylös aina laskupaikalle saakka.

»Puomi kiinni!» vastaavat laskumiehet ja syöksähtävät nuotionsa äärestä joenrantaan. Puomivarppi irrotetaan patsaasta ja puomin pää vedetään rantaan.

»Kyllä jo pysyvät!» virkahtaa muuan. »Mutta pelkäänpä että siitä tuli pitkä kahvitunti koko sakille. Ei nyt lähde kukaan ruhkalle, jos se vaan lie vähääkään tiukempi. Käydään katsomaan!»

Laskumiehet alkavat painautua koskenrantaa kulkevaa polkua

alaspäin.

Heihin liittyy pitkin matkaa koskimiehiä, jotka tulevat
vahtipaikoiltaan sikäli kuin viimeiset tukit ennättävät ohitse.

»Missä se oikein on?»

»Siellä se on jossain alasuussa, kunhan ei vaan liene Pyörrekiveä
vasten!»

»Sitte otti olkileipä, ei se ole helppo päivälläkään purkaa!»

Pyörrekiveä vasten se olikin. Miehiä kihisi mustanaan rannalla.

»Kyllä se nyt pysyy, istuu kuin naula reijässään!» selittivät alapään
koskimiehet, jotka palasivat hikisinä ja hengästyneinä rannalle,
koetettuaan turhaan saada ruhkaa vasemmalta laidalta
avautumaan.

Pyörrekiveksi sanottiin muuatta tuskin puolta metriä
vedenpinnasta kohoavaa kiveä aivan virran alasuussa, missä koski
jo alkaa suvannonsuuksi levittäytyä. Se oli hiukan oikealla, niin
että tukit enimmäkseen kulkivat sen vasemmalta puolelta, eikä
kivestä ollut tavallisesti mitään haittaa. Mutta sattuipa joku pitkä
puu sopivasti poikittain kiveä vasten, niin se jäi siihen kellumaan,
solumatta kummallekaan puolelle, puu kertyi puuta vasten ja siitä
kasvoi vähitellen kalan purston tapaan molemmille rannoille
levenevä ruhka. Se oli tuiki vaikea lauaistakin, sillä kiristyskohta
oli kiven luona ja rannoille ei siinä rytäkässä kukaan ennättänyt
juosta. Tavallisesti tultiin kivelle ruuhella alhaaltapäin, mutta
miehillä oli aina tulinen kiire veneeseensä, päästäkseen rytinällä
purkautuvan tukkiläjän alta pois.

»Vieköön minut se ja se», kuului uittopäällikön ääni rannalta,
»ellen ensi kesänä lennätä tuota kiveä tuhannen sirpaleina ilmaan!
Saamme nyt mennä kahdentoistakahville koko joukko, kunnes
aamu valkenee.»

»Jospa minä kävisin ensin tarkemmin katsomassa—jos sen
hyvinkin voisi lauaista?» kuului joukosta nuori, reipas ääni.

32

»Sitä minä en usko», sanoi tukkipäällikkö,»vaan eihän ole haitaksi katsoa.»

Nuori mies hypähti ruhkalle ja kiisi kuin sukkula kiveä kohti, keksi koholla ja vartalo vasempaan kaartuneena. Perille päästyään hän kumartui ja puuhaili siellä kotvan.

»Hohoi!» kuului hetkisen päästä kiveltä.»Kaikki riippuu yhdestä ainoasta puusta, ei se tarvitse kuin kirvestä niskaansa.»

»Sitäpä!» vastattiin rannalta.»Kuka sen niskassa nyt sydänyönä kirvestä heiluttaa?»

»Eikö sitä voi varpilla vetää?» kysyi päällikkö.

»Ei, ei käy varppipeli laatuun!»

Nuorukainen palasi rannalle.

»Saako kirves jäädä veteen?» kysyi hän päälliköltä.

»Vaikka kymmenen kirvestä, ennenkun puolensadan miehen parin tunnin työnseisaus.»

»Sitte minä sen laukasen! Missä on kirves?»

»Ei pidä uhmata kuoleman kanssa!» huudettiin joukosta.»Älkää laskeko häntä, päällikkö!»

»Mitenkä sinä olet ajatellut takaisin tulla?» kysyi päällikkö.

»Juoksen yläviistoon väylälle ja lasken tukkien kanssa alas.»

»Uhkapeliä!» huusivat miehet.

»En kiellä enkä käske», sanoi päällikkö painokkaasti.»Enkä ketään muuta päästäisikään, mutta tiedän että minkä Olavi ottaa suorittaakseen, siitä saa syrjäinen olla huoletta. Oletko asiastasi varma?»

»Varma! Kirves tänne!»

Hän otti kirveen ja keksin samaan otteeseen molemmin käsin ja alkoi viilettää kiveä kohti. Kiisi kuin varjo, kohoten ja laskeutuen ruhkan epätasaisuuksien mukaan.

33

»On siinä päätä!» sanoivat jotkut.

»Hullu!» murahtivat toiset tyytymättöminä.

Varjo oli ennättänyt kivelle saakka. Laski keksin viereensä, vilkasi pikaisesti väylällepäin ja otti asennon. Kirkas terä välähti ilmassa ja iskun kaiku tomahti rannalle. Sitte toinen ja kolmas—sitte ei kuulunut kotvaan mitään.

Miehet rannalla seisoivat eteenpäin kurottuneina, katseitaan terottaen.

Varjo tarttui keksiin, iski sen kären kevyesti eteensä tukkiin ja nojausi varteen vasemmalla kädellään. Oikea käsi kohosi ilmaan, terä välähti ja laski. Kuului pehmeä isku ja samalla heikko risahdus.

Miehet rannalla kurottautuivat yhä eteenpäin, hengitys herkesi.

Varjo vilkasi vielä kerran pitkään, tutkivasti väylällepäin. Oikea käsi kohoutui korkealle, terä välähti—ja vaipui.

Kuului repäsevä räsähdys, niinkuin raketti olisi räjähtänyt. Tukit rytisivät ja parkuivat ja patoutunut koski mylvähti kuin vihainen härkä.

Varjo kiisi kuin nuoli vinosti ylös- ja rannallepäin ruhkaa myöten, joka jo liikkui kauttaaltaan. Juoksija oli nyt keskiväylällä, keksi heilahti ilmassa ympäri, solakka vartalo käännähti kuin väkkärä ja nuorukainen mennä viiletti jo huimaa vauhtia tukkien kera alaspäin.

Mutta sitte hän äkkiä horjahti—horjahti ja katosi.

»Herra Jumala!» kuului molemmilta rannoilta.

»Enkö minä sitä jo sanonut!»

»Voi minua, että minä sentään hänet päästin!»

Puut ryskivät ja koski ulvoi, tukkia vaipui ja toisia nousi. Tummia varjoja juoksi hätääntyneinä rannalla.

»Alaspäin, miehet, alaspäin!» kuului päällikön ääni.

»Vastaanottamaan, jos rantaan ajautuisi—ruuhi kiireesti vesille!»
Tummia varjoja juoksi alaspäin...

»Se on jo pystyssä!» kuului äkkiä ääni toiselta rannalta. Kaikki pysähtyivät.

Laskija oli tosiaankin pystyssä ja hyppi kevyesti kuin västäräkki hurjasti kiitävillä tukeilla, jotka näyttivät myllertävän, nousevan ja laskevan kuin niisienpolkimet kangaspuissa. Sitte hän pysähtyi jollekin tukille koskenlaskijan varmaan asentoon ja viiletti keksi koholla ja ruumis vasemmalle kaartuneena alas.

»On siinä poikaa!»

»On on! Paremmat silmät jaloissa kuin monella päässä.»

Miehiä kihisi mustanaan rantaan nousseen nuorukaisen ympärillä.

»Mitenkä se kävi? Kuinka sinä pääsit?»

»Ei siellä mitään hätää ollut, kuori vain luiskahti jalkani alta ja silloin minä lensin kumoon, mutta tukit olivat vielä tiukassa. Pianhan siitä ylös pääsi, ja se loppukyyti sitte korvasi kaikki», puheli nuorukainen hymyillen.

»Miehen työ!» sanoi päällikkö. »Vaikka en minä sentään sinulle toista samanlaista kyytiä soisi. Voit nyt mennä loppuyöksi lepäämään—ja vaikka päiväksikin päälle!»

»Kiitän!» vastasi nuorukainen, katsoi salaperäisesti hymyillen kelloaan ja viskasi keksinsä ruohikkoon.

* * * * *

Pienessä saunakamarissa makasi nuori tyttö valkoisten ikkunanuudinten takana.

Oli jo puoliyö, eikä tyttö ollut vieläkään saanut unta. Sillä illalla oli tapahtunut sellaista, joka oli häneltä unen vienyt.

Se oli niin kummallista, niinkuin satua taikka unta—ei hän ollut kuullut että kenellekään olisi sellaista sattunut. Hänen tarvitsi vain ummistaa silmänsä, niin hän näki kaikki uudelleen ilmielävänä

35

edessään.

Ja kun hän oli niin moneen kertaan sen yhä uudelleen nähnyt, niin se oli muuttunutkin aivankuin saduksi. Hän itse oli muuttunut kuin syrjästäkatselijaksi, ja hän näki tytön ja sen toisen ja kuinka kaikki tapahtui.

Hän seisoi porstuassa—se tyttö nimittäin—ja siivilöi lämmintä iltamaitoa suureen korvoon.

»Kylläpäs ne ovat heruneet!» ajattelee tyttö ja hymyilee.

Silloin tuvan ovi avautuu ja joukko tukkilaisia rientää porstuan läpi yötyöhönsä. Tyttö seisoo selin menijöihin ja vastailee olkansa yli niihin leikkisanoihin, joita tukkilaiset ohimennen virkkovat.

Mutta se, joka viimeksi tulee, ei menekkään, vaan jää kuin ihmeissään tyttöä katselemaan. Se on pitkä, solakka nuorukainen. Takki on avoinna, hattu hiukan oikealle kallellaan ja ahavoituneilla kasvoilla leikkii veitikka.

Mutta tyttö ei tiedä mitään, sillä hän luulee tukkilaisten jo menneen.—Häntä, syrjästäkatselijaa, niin naurattaa, kun ei tyttö mitään tiedä... Mitäs siitä mahtaa tulla?

Silloin nuorukainen hymyilee ja hiipii varpasillaan tytön taakse— syrjästäkatselijaa naurattaa yhä enemmän ja hänen tekisi mieli huutaa tytölle että pidäppä varasi!

Kaksi kättä ojentuu ja painautuu takaapäin varovasti tytön silmille.

»Hui!» kirkasee tyttö. »Kuka se sillälailla?» Kirkasee ja kääntyy äkkiä puoleen ja näkee nuorukaisen edessään.

»Iltaa!» sanoo nuorukainen ja nostaa hymyillen hattuaan.

Ja hän—syrjästäkatselija—näkee kuinka tyttö punehtuu eikä osaa mitään vastata.

»Kylläpä minä taisin tyhmästi tehdä!» virkkoo nuorukainen. »En minä mitään pahaa tarkottanut.»

»Ei ei, ei se mitään; minä vaan niin säikähdin!»

»Etkä ole enää minulle vihainen...?» kysyy nuorukainen.

»En suinkaan, mitäs minä leikistä.»

»Sitähän minäkin. Minusta tuntui heti, kun sinut näin, niinkuin me olisimme olleet vanhat tuttavat—en vaan muistanut nimeäsi ja pysähdyin sitä kysymään.»

Kuinka kauniisti ja tuttavallisesti se nuorukainen hymyilee! ajattelee hän—syrjästäkatselija.

»Tummaksi tytöksi minua sanotaan», vastaa tyttö kainostellen, »mutta...»

»Älä sano muuta!» ehättää nuorukainen. »Tumma tyttö sinä olet, en minä muuta halua kuulla!»

Sepä taitaa ollakkin sattuva nimi, ajattelee hän, syrjästäkatsoja, koska tuo outokin siihen niin mielistyy.

»Entäs te...?» tyttö kysyy.

»Te...?» nauraa nuorukainen että porstua helisee. »Etkö sinä heti tuntenut, kun huomasit sormeni silmilläsi, että se oli 'sinä', joka takana seisoi?» Hän sanoo sen sellaisella tartuttavalla iloisuudella, ettei tyttökään voi muuta kuin nauraa—ja hän, syrjästäkatselija, nauraa myöskin.

»Olavi minä olen, Olavi ja 'sinä'».

Sitte hän näyttää ikäänkuin jotakin miettivän ja kysyy äkkiä: »Pidätkö sinä kukista, Tumma tyttö?»

»Tietysti. Minulla on jo kaksi omaakin, verenpisara ja palsami», vastaa tyttö.

»Punaista, punaista vaan!» nauraa nuorukainen. »Ikkunallasiko sinä niitä pidät?»

»Kuinkas muuten.»

»Näkyvätkö ne pihallekin?»

»Näkyvät, näkyvät; varsinkin nyt kun kukkivat!»

»Mutta missäs se sinun ikkunasi on...?» sanoo nuorukainen ja veitikka hymyilee silmässä—»että minäkin voisin joskus ohikulkeissani niitä sinun kukkiasi katsella.»

Tyttö avaa jo suunsa vastatakseen, mutta virkahtaakin sitte äkkiä: »Enpäs sanokkaan!»

Voi voi kuinka hieno hän on! ajattelee syrjästäkatselija. En ole ennen semmoista nähnyt. Jokainen muu olisi kysyä tokaissut suoraan että missäs sinä nukut? Ja silloin tyttö olisi ihan varmaan suuttunut. Tämä vaan kukkasista puhuu.

»Tuvassako?» nauraa nuorukainen.

»Ei!»

»Aitassa?»

»Ei sielläkään!»

»Saunakamarissa sitte?»

»Ei, ei!», hätäilee tyttö. »Siellä kaikkein vähimmän.»

Nuorukainen hymyilee. »Nyt en minä osaa enää mitään arvata—kylläpäs sinä olet kovasydäminen!»

Kuinka hieno taaskin! ajattelee syrjästäkatselija. Jokainen muu olisi remahtanut nauruun ja sanonut että kyllä nyt tiedän—ja tytön olisi täytynyt punastua.

»Ollaankos me nyt oikein ystäviä?» nuorukainen taasen kysyy.

»Tuskin—mitäs sitte?»

»Minä vaan ajattelin, että jos me olisimme oikein ystäviä, niin minä kysyisin—ei, en minä sentään kysykkään!»

»Kysy, kysy vaan!» kehottaa tyttö uteliaana.

»Minä vaan kysyisin että ... onko kukaan saanut sinua kädestä puristaa?»

»Ei!» tyttö vastaa ja karahtaa punaiseksi. »En minä anna kenenkään kädestäni ottaa!»

Kuinka hienosti taas senkin! ajattelee syrjästäkatselija. Ja kuinka kauniisti hän katsoo silmiin.

»Voinkos minä siihen luottaa?» nuorukainen taasen sanoo.

»Mutta pian minä siitä selvän saan—annappas kätesi tänne!»

»Mitä varten?»

»Minä näet osaan katsoa kädestä ja tiedän siitä kaikki.»

»Sinä?»

»Minä juuri.—Etpäs uskallakkaan!»

»Kyllä vaan senvuoksi.» Ja tyttö ojentaa kätensä.

Mitäs siitä nyt tuleekaan? ajattelee hän—syrjästäkatsoja.

»Totta sinä näyt puhuneen», sanoo nuorukainen vakavasti. »Ei ole kukaan saanut kädestä ottaa. Mutta täällä ulkona ikkunan alla—kylläpäs niiden on tehnyt mieli sinun kukkiasi katsomaan!»

»Mistäs sinä sen tie... Ei, ei, et sinä mitään tiedä, omiasi vaan latelet!»

»Hiljaa, tietäjä puhuu! Ja nyt minä ennustan sinulle tulevaisuutesi.

—Hyvä ihme mitä minä näenkään! Enpä minä olisi uskonut...»

»Mitä, mitä sinä näet?» tyttö hätäisesti kysyy.

»En minä uskalla sanoa, sanon vaan että enpä minä olisi uskonut!»

»Sanot, kun ei ole mitään sanomista!»

»Sanonko minä sitte?» kysyy nuorukainen ja katsoo ihan silmäteristä sisään.

»Sano, jos osaat!»

»Mutta sinä et saa suuttua.» Hänen äänensä alenee miltei kuiskaukseksi:

»Katsoppas tuota tuossa! Se tulee—ja ensi yönä.»

»Kuka se?» tyttö levotonna kysyy.

»Se, jonka tuleman pitää—se, joka kädestä ottaa.»

»Valehtelet!» tyttö huudahtaa. »Ei ikinä tule semmoinen!»

»Hiljaa—en minä saata toisin puhua kuin mitä täältä näkyy», sanoo nuorukainen, »Kyllä se nyt *tulee*! Se tulee puolenyön aikaan. Eikä se pyydä eikä rukoile, niinkuin ne muut; se vaan napauttaa kolmasti lasiin, hiljaa, mutta varmasti—siitä sinä tunnet, että se on se oikea eikä kukaan muu... Mutta nyt minun täytyy lähteä. Hyvää yötä, Tumma tyttö!»

Hattu heilahtaa ja nuorukainen rientää portaita alas.

Ja hän—syrjästäkatselija—näkee kuinka tyttö jää hämmentyneenä seisomaan, kuinka hän sitte astuu hiljalleen porstuan ovelle ja katselee pihtipieleen nojaten kauvan nuorukaisen jälkeen.

Satu on lopussa—tyttö avaa silmänsä.

Silloin loppuu aina se ihana satutunnelmakin, joka kiersi kuin lämmin maito hänen suonissaan, ja tuskaiset kysymykset kohottavat päitään.

»Mitä minä teen, jos hän tulee? Mitä ihmettä minä silloin teen?»

Hän oli kuulevinaan jo selvää jalan kapsettakin ulkoa ja sydän alkoi lyödä niin rajusti, että aivan piti sitä kädellä painaa. Ja hän oli niin iloinen, kun ei ketään tullutkaan, ja toivoi ettei nuorukainen ollenkaan tulisi eikä hänen kaunista satuaan särkisi.

»Mutta jospa hän ei tulekkaan?» välähti taas mieleen. »Jos hän teki vain pilaa?» Ja se tuntui vieläkin tuskallisemmalta. »Kunpa hän kuitenkin tulisi! Vain ikkunan taa—ja katselisi minun kukkiani— eikä naputtaisikaan!»

Hän palasi taasen sadun alkuun—porstuaan ja maitoa siivilöivään tyttöön.

Kolme lyhyttä, hiljaista naputusta helähti lasiin.

Tyttö hypähti miltei kohoksi vuoteellaan. Tuntui niinkuin veri olisi pysähtynyt hänen suonissaan ja ilma loppunut hänen keuhkoistaan.

Tyttö kohotti päätään ja katsoi pelokkaasti ikkunaa kohti.

Verenpisara ja palsami tuijottivat ikkunanlaudalta suurin, kysyvin silmin:»Mitä sinä nyt teet, Tumma tyttö?»

Ja niiden takaa häämötti uudinten läpi tumma varjo.

Hän *tunsi* että se katsoi uudinten raosta suoraan häneen:»Nyt minä tulin, Tumma tyttö!»

Niinkuin se katse olisi vaatinut häntä tilille jostakin lupauksesta. Hän painoi kasvonsa tyynyyn ja veti peitteen päänsä yli. Sydän jyskytti vuodetta vasten niin, että koko vuode tuntui väräjävän.

»Eikä hän pyydä eikä rukoile, niinkuin ne muut…» Tyttö kohousi hitaasti ylös ja jäi istumaan vuoteen laidalle, kädet helmassa ja jalat alas riippuen.:

»Kun hän naputtaisi edes kerrankaan vielä, niin se olisi niinkuin ratkaisun lykkäys ja vielä voisi miettiä…»

Tumma varjo ei liikahtanut, verenpisara ja palsami eivät silmää räpäyttäneet.

Tyttö hivuutui hiljaa lattialle ja astui pari epäröivää askelta. Varjo liikahti, tyttö vavahti ja tarttui hätäisesti sängynpylvääseen.

Samalla varjokin pysähtyi. Se seisoi kuin tilille vaatien.

Tyttö painoi katseensa lattiaan ja astui ovea kohti—hitaasti ja hapuillen, niinkuin sydän olisi tahtonut, mutta jalat panneet vastaan. Hän tunsi kuinka varjo kiersi nurkan taitse ja kuuli kuinka se nyt läheni ovea. Hänen rintansa löi niin, että hän pelkäsi sen halkeavan—käsi piteli kuumeisesti ovenhakaa.

Vihdoin haka nousi, hiljaa, ääntä päästämättä, ja tyttö syöksyi juoksujalkaa läheiseen uuninnurkkaan ja peitti käsillään silmänsä.

Ovi avautui, sulkeutui jälleen ja haka painui kiinni.

»Missä sinä olet, minun Tumma tyttöni—uuninnurkassa?»

Nuorukainen meni luo ja otti hänen molemmat kätensä:

»Kädet silmillä—ja väriset...?»

Nuorukainen katsoi pitkään, äänetönnä.

»Minä menen paikalla takaisin», virkkoi hän kuin anteeksi pyytäen. »En minä arvannut että se niin kovasti sinuun koskisi.»

»Ei, ei», sanoi tyttö hätäisesti; »en minä sitäkään tahdo.»

»Mene sitte vuoteeseen ja peitä itsesi hyvin, muutenhan sinä aivan vilustut. Minä istun vain lyhyen pimeimmän hetken luonasi ja menen taas heti.»

Tyttö juoksi hämillään vuoteeseensa ja peitti itsensä kokonaan.

Nuorukainen katseli häntä hetkisen. Otti sitte seinäviereltä tuolin, asetti sen vuoteen ääreen ja istuutui, toista kyynärpäätään päänalaseen nojaten.

»Miksi sinä silmäsi kätket ja olet hämilläsi, sinä minun Tumma tyttöni? Siksikö, että minä olen luonasi? Anna minulle kätesi— sille, joka kädestä ottaa...

»Etkö sinä tietänyt, että minun piti tulla? Eikö käki sitä jo keväällä kielinyt, eikö arpaheinä kuiskannut että tänä kesänä se tulee, ja eikö harakanhattu samaa vakuuttanut? Ja nyt, kun minä tulen, niin sinä katselet minua niinkuin outoa. Siksikö, että tuon kaiken niin äkkiä todeksi huomaat?»

Tyttö puristi nuorukaisen kättä: »Sinä olet niin erilainen kuin kaikki muut!»

»Eikö minun sitte pitäisi erilainen olla? Sinä et ole kehenkään muuhun suostunut—ketä sinä sitte olet odottanut? Toisiako samanlaisia? Vastaa, minun Tumma tyttöni!»

Tyttö tarttui molemmin käsin hänen ranteeseensa ja vetäysi lähemmäksi.

»Ja ketä *minä* olen odottanut?» puheli nuorukainen hellästi. »Noita samanlaisiako? Minä olen niitä nähnyt kymmeniä, enkä ole heidän puoleensakaan katsonut, mutta heti kun sinut näin, tiesin minä ketä sinä olit odottanut ja ketä minä olin etsinyt...»

Tyttö liikahti levottomasti. Ulkoa kuului askeleita ja useampia tummia varjoja näkyi liikkuvan uudinten takana.

»Voi voi!» hätäili tyttö.

»Ovatko ne niitä samanlaisia?» kysyi nuorukainen levollisesti.

»Ovat. Mene piiloon, mene piiloon jonnekkin; ne katsovat joskus tulitikulla ikkunan läpi!»

»En minä sellaisten herrain vuoksi minnekkään mene», sanoi nuorukainen päättävästi ja nosti kuin uhmaten kädet rinnoilleen ristiin. »Ja ole sinäkin vaan levollinen!»

Tumma varjo näytti kiipeevän ikkunaa vasten ylös. Kuului raapasu ja kirkas välähdys tunkeusi hetkiseksi huoneeseen.

»Siellä se on, ja istuu kuin isäntä pöydän takana!» Varjo hyppäsi alas.

Sitte kuului hiljaista supatusta ja poistuvia askeleita.

Kului hetkinen ja taas kuului supatusta ja läheneviä askeleita. Sitte tömähti jotakin painavaa ovea vasten, tömähti ja vielä hiljalleen natisi.

»Soov sött, se on nuku makeasti! sanoo ruotsalainen», kuului ulkoa ivallinen ääni. Sitte voimakas, moniääninen nauruntirskahdus ja poistuvia askeleita—sitte oli kaikki hiljaa.

»Retkaleet!» Nuorukainen vapisi vihasta. Hän törmäsi ovelle, nosti haan ja ponnisti voimakkaasti. Ovi ei nikahtanutkaan. Veri kiehahti koskena ja hän ponnahti kuin pallo koko ruumiinsa painolla ovea vasten. Se rusahti, mutta sen takana oli telje, vankka kuin kallio.

»Hyvä on», sanoi hän painokkaasti, »että ilmasivat äänensä.— Ehkä minä vuorostani toivotan heille hyväähuomenta!»

»Voi, voi!» vaikeroi tyttö. »Nyt sen saavat kaikki tietää, emmekä me pääse täältä poiskaan.»

»Ole huoletta! Jos he kykenevät oven telkeemään, niin kykenen minä vaikka hirren seinästä kiskomaan!»

Hän läheni ikkunaa ja painoi voimakkaasti toista puolikasta. Kiinnitysnaulat taipuivat ja puolikas myöstäsi ulospäin.

»Näyttää sitä pääsevän entisistäkin aukoista. Minä sitte kyllä telkeet hävitän ja pidän huolen että heidän suunsa pysyy kiinni— siitä saat olla varma.»

Hän läheni tyttöä levollisena ja hymyillen:

»Voi sinua, minun Tummani, kuinka vähästä sinä hätäännytkin! —Ethän ole enää levoton, ethän?»

»En minä nyt enää, kun sinä taas olet luonani.»

»Ja tiedätkö mitä?» sanoi nuorukainen miltei vallattomasti. »Juuri näin sen piti käydäkkin, muutenhan se olisi ollut ... sitä samanlaista!»

He pyrskähtivät molemmat nauramaan ja tyttö katseli nuorukaista kyynelten välitse. Heikko aamunsarastus pilkisti ikkunasta sisään.

»Etkä sinä tiedäkkään vielä kaikkea. Annappas kun kerron—se on alusta loppuun niin erilaista. En minä tullutkaan tänne aivan tavallisella tavalla, vaan kosken kuohujen lävitse ja kuoleman suun sivutse.»

»Mitä, mitä sinä puhutkaan...?»

»Meillä oli ruhka juuri ennenkun minä läksin. Kukaan ei mennyt laukasemaan, enkä kai minäkään olisi mennyt, ellen olisi sinua muistanut ja ikäänkuin kuullut sinun huutavan: erilaista, erilailla sinun pitää tullakkin! Ja sitte minä menin ja laukasin, ja kaaduin ja kaikki luulivat minun hukkuvan. Mutta sitte minä jälleen nousin ja viiletin kuohujen läpi, jotta aallot tyrskyivät saapasvarsia vasten. Ja kun tulin rannalle, sanoi päällikkö: hyvin tehty, nyt saat mennä—sen luo, joka sinua odottaa!»

»Älä, älä! Nyt sinä narraat.»

»No, ei hän ihan sitä viimeistä sanonut, sen minä lisäsin itse. Ja sitte meidät teljettiin tänne, että kaikki olisi erilaista. Tämmöisenä minä sinusta vasta pidänkin, sinä minun Tumma tyttöni, kun minun täytyy kuohujen ja telkien takaa sinua etsiä.—Mutta oletko sinä minun ... sitä en minä vielä ole sinulta itseltäsi kuullut?»

»Olenko minä sinun, Olavi—?» Tyttö kiersi molemmat käsivartensa nuorukaisen kaulan ympäri.

Nouseva aamurusko kurkisti ikkunanuudinten raosta ja heitti tytön käsivarsille vienon punerruksen.

»Punaista, punaista kaikki, mikä kaunista on!» nyökäytti verenpisara palsamille.———

* * * * *

Aurinko tervehti loivasti viettävää joenrantamaisemaa, veti keuhkonsa öistä raikkautta täyteen ja joi välkkyviä kastepisaroita aamumaljakseen—alhaalla joella souteli vielä vieno utu. Olavi astui reippaasti rinnettä alas, mieli keveänä, sydän onnenpisaroita täynnä.

Joen rannalla, kosken alla seisoi ryhmä nuoria miehiä, kylän poikia, jotka tupakkarahoja ansaitakseen valvoivat joskus lyhyen kesäyön tukkijoella.

Olavin katse sattui ryhmään—pisarat jääksi riittyivät.

Hän tunsi äkkiä raskaan riihenparren puristusta olkapäässään. Taannoin, kun hän sen ovelta olkapäälleen otti ja takaisin riiheen kantoi, oli hän niin onnellinen, että se tuntui miltei huvittavan, mutta nyt...

»Kunpa ne nyt sanoisivat yhdenkään ivallisen sanan tai heittäisivät ainoankaan ilkamoisen silmäyksen, niin minä olisin tyytyväinen. Mutta jos ne eivät ole tietävinäänkään, niin en minä mitenkään ilkiä heille huomentani sanoa.»

Tumma puna paloi nuorukaisen kulmilla, kun hän astui ryhmän luo—vaaniva katse tarkasti kiinteästi joukkoa.

Niinkuin ei mitään olisi tapahtunut.

Olavi otti keksinsä ruohikosta ja pyyhkieli sen varresta vitkalleen kastetta—vaaniva katse yhä vartioi kulmien alta.

Niinkuin muuri, kukaan ei ole tietävinään.

Nuorukainen puri huultaan:»Näine hyvinenikö minun lopultakin täytyy mennä?»

Hän astui joukon ohi, silmä tulena palaen.

Silloin, juuri kun he olivat jäämässä hänen olkapäänsä taa, kuului ryhmän reunasta pieni nauruntirskahdus.

Silmänräpäys, paukahtava korvapuustin läjähdys, ja nauraja lensi ojona märkään ruohikkoon.

»Mikä penteleen riikinkukko sinä luulet olevasi?» Kaksi miestä syöksähti nuolena nuorukaista kohti.

Hän tarttui ensimäistä toisella kädellään kaulukseen ja toisella jonnekkin alemmaksi, lennättäen hänet sylimääriä pää edellä ilmassa. Toista hän tempasi takkineen paitoineen rintapielistä, kohotti korkealle ilmaan ja viskasi sitte kuin märän kintaan kauvas ruohikkoon.

»Retkaleet! Salasyntiset!» Ääni vapisi vihasta, silmät paloivat pystyvalkeina ja nyrkkiin puristetut kädet kohosivat uhmaten lanteille:»Tulkaa nyt yhtaikaa joka sorkka, niin on tilimme selvä!»

Kiihtyneestä joukosta kuului vihaista murinaa, mutta se hälveni erään äänen vuoksi, joka puhui tyynesti ja miehekkäästi:

»Minun mielestäni olet sinä, vieras, saanut jo liiaksikin hyvitystä niin pienestä kepposesta. Ja jos olet mies, niinkuin sanoistasi tekisi mieli uskoa, niin voit ymmärtää että oli siinä hiukan muutakin kuin pelkkää kiusantekoa. Me olemme vähän niinkuin ylpeitä siitä tytöstä, eikä kukaan ole tähän yöhön saakka saanut hänen oveaan avautumaan. Sitte tulee joku maankulkija tukkijätkä ja menee kuin oman vaimonsa luokse…»

»Itse jätkiä olette!» Hän astui uhkaavan askeleen puhujaa kohti.

»Älä suotta elämää pidä!» jatkoi ääni tyynesti. »En minä sillä sinua solvata tahtonut. Me olemme hänelle lapsuuden tovereita, vaan sinä olet vieras, ja sanon vieläkin että se sellainen käypi sekä tytön että kylän kunnialle. Jätä sinä vaan tyttö rauhaan, äläkä saata häntä tukkimiehen nimiin ivailtavaksi!»

»Ja te tiedätte mikä minä olen!»—kädet nousivat ylpeästi rinnoille ristiin. »Ja te paimennatte tytön kunniaa, te jotka vaanitte yökaudet hänen ikkunansa takana—kauniita paimenia, totta vie! Tietäkää nyt, niin monta kuin teitä on: minä menen minne menen, vaikka ruhtinattaren makuuhuoneeseen, ja minä käyn sitä tyttöä katsomassa jokainoa yö, niinkauvan kun tässä kylässä viivyn. Ja minä vannon, niin totta kuin kävelen omilla jaloillani: jos yksikään pää ilmestyy ikkunan taakse, jos kukaan uskaltaa lausua hänestä halventavan sanan nyt tai vasta, tai heittää ivallisen silmäyksen, sen minä isken tuohon—eikä hän ikänä nouse!»

Sanoi ja astui ylpeästi rinnettä ylös. Ryhmä katseli sanaakaan sanomatta hänen jälkeensä.

6. AURINGON NOUSTESSA

»Mikäkö on ihanin hetki?» vastasi verenpisara lämpimin äänin. »Se, joka paraikaa käsillä on! Yötä minä ihailen, sille minä ylistystäni laulan.»

»Kaunis se minustakin on», palsami vastasi, »kun näin kahden hämärässä kuiskailemme, kun vain aavistamalla toisensa tuntee ja ainoastaan silmäin väikkeen selvästi näkee. Mutta onpa aamukin ihana—juuri silloin kun aurinko nousee, kun kastepisarat välkkyvät ja heräävä tuuli puiden lehtiä väräyttää.»

»Totta, ystäväni—elämä on oikeastaan aina kaunista! Aamu on kaunis, kun kukko virtensä virittää, linnut livertävät ja vastikään havahtuneet lapset riemuiten pihalla tanhuilevat. Päivä on kaunis, kun aurinko tanssii kedolla ja työväki kulkee helmeilevin otsin ja loistavin silmin pihan poikki aterialle. Ja ilta on ihana, kun varjot pitenevät ja kotiinpalaavan karjan kellot kalkkavat metsänlaidassa. Mutta ei kuitenkaan mikään vedä yölle vertoja—katsoppas, vasta silloin me löydämme oman itsemme.»

»Löydämme oman itsemme...?» virkahti palsami. »Nyt vasta minä alan sinua ymmärtää!»

»Oman itsemme ja sen hennon kielen, jonka värähdyksille päivä on liian ohut ja kirkas», jatkoi verenpisara. »Päivällä me kuulumme koko maailmalle, kaikki on yhteistä eikä mitään omaa. Mutta kun yö joutuu, lähenee oma hetkemme. Se hiipii hiljaa ulkona puiden alla ja istahtaa sisässä häveliäästi nurkkaan, se väräjää salaperäisenä ja tummana ilmassa ja herättää sen, joka meissä päivällä uinuu. Ja se havahtuu, ja katsoo hehkuvin kukin ja kuiskaa huumaavin tuoksuin. Taimet uinuvat, marrot ja ikäliköt nukkuvat, valveilla ovat...» Valkean käsivarren liike häivähti peränurkassa hämyn läpi, »Valveilla ovat...?» kysyi palsami pidätetyin äänin. »Vain ne jotka—kukkivat!» kuiskasi verenpisara.

»Jumala, kuinka sinä olet ihana, sinä minun Tumma tyttöni! Sinä olet kuin yö—huumaava ja kiehtova kuin yö, salaperäinen ja sulettu kuin syysyö, jota ainoastaan kirkkaat elosalamat valaisevat.

»Nyt vasta minä ymmärrän mitä nuoruus ja rakkaus on! Kuinka se on suuri ja kaunis, kuinka se tulee kuin kuningas kultaisissa vaunuissa, ja viittaa meidät luokseen ja tempaa meidät mukaansa.»

»Mutta miksi väriset, armaani? Miksi kätesi niin kuumasti puristaa ja silmäsi niin kummasti katsoo?»

»En minä tiedä... Minun on liian kuuma. Ei, ei; minä olen liian onnellinen...»

»Liian onnellinen—?»

»Ei, ei, en minä tiedä... Minä toivoisin jotakin...»

»Sano se toivomus minulle!»

»Ei, ei; en minä mitään toivo, enkä minä osaa mitään sanoa.
Minä…»

»Mitä sitte? Etkö voi sitä minulle sanoa?»

»En minä voi, enkä minä tiedä. Minä … pelkään.»

»Pelkäät—? Minua?»

»Ei, ei; kuinka minä sinua pelkäisin! Minä vaan…»

»Sano, sano se minulle! Minä ymmärrän sinua puolesta sanasta.»

»Minä pelkään… Ei, ei; en minä osaa sitä kuitenkaan sanoa—voi kuinka äärettömästi minä sinua rakastan!»

»Ja kaikkein ihanimpana kaikista kauniista hetkistä», kuiskasi taasen palsami, »on minun mielessäni säilynyt se hetki, jolloin ensi kertaa kukkaan puhkesin, kun terälehdet avautuivat ja aurinko suuteli suoraan sydämeen.»

»Siinä sinä oikein sanoit», virkkoi verenpisara liikutettuna. »Minä sen tiedän vielä paremmin, kun kukin jo toista kesääni. On kyllä myöhemminkin riemunsa ja kukkiminen on aina ihanaa, mutta ensi kerran vertaista ei ole eikä tule, sillä silloin emme vielä mitään tiedä, vaan seisomme kuin suuren salaisuuden verholehtien takana. Ja aavistamme ja riemuitsemme ja kyselemme itseltämme: joko pian, joko tänään? Ja toivomme ja pelkäämme, emmekä tiedä itsekkään mitä toivomme ja pelkäämme, ja kuitenkin sen tiedämme. Emmekä ajattele mennyttä emmekä tulevaa, vaan juuri sitä lähenevää hetkeä… Vihdoin se tulee, ja terälehdet punertuvat ja avautuvat, ja kaikki hiukenee, ja me tunnemme sulautuvamme valoon ja lämpöön.»

* * * * *

Onni seisoi vuoteen ääressä ja katseli hiljaisesti hymyillen.

Tytön valtoimet suortuvat lepäsivät kuin musta silkkihuivi valkoisella päänalusella. Niiden päällä uinui nuorukaisen pää.

He pitivät toisiaan molemmista käsistä ja katselivat syvälle toistensa silmiin. Onni oli seisonut pitkän aikaa heidän vuoteensa

49

ääressä, mutta ei ollut kuullut heidän sanaakaan sanovan, oli vain nähnyt heidän koko ajan noin toisiaan katselevan ja hellästi hymyilevän.

Aurinko kiipesi hiljalleen harjun rinnettä ylös, hypähti sinne päästyään yhdellä askeleella kedon poikki ja kurkisti ikkunasta sisään.

Tyttö kohotti katsettaan.

Aurinko katsoi tyttöä suoraan silmiin.

Tyttö kavahti. Niinkuin hän olisi havahtunut syvästä unesta, niinkuin kaikki olisi näyttänyt toisenlaiselta, oudolta ja kummalliselta:

»Onko auringollakin silmät...? Onko se muinakin aamuina minua katsellut...?»

Kului hetki. Hän kohotti uudelleen arasti katseensa.

Aurinko katsoi suurin, kysyvin silmin—juuri niinkuin äiti katsoo, kun hän ei mitään puhu, vaan ainoastaan katsoo.

Tyttö tunsi veren tyrehtyvän suonissaan, katse vaipui eikä enää noussut—kaksi suurta kyynelhelmeä väreili silmäripsissä.

»Mitä—?» sanoi nuorukainen säpsähtäen ja kohosi toisen kyynärpäänsä varaan. »Mikä sinun nyt tuli, minun Tummani?» Hän puristi tyttöä lämpimästi kädestä:»Miksi alaspäin katsot?»

Kyynelhelmet värähtivät—ja putosivat raskaasti vuoteelle. Tyttö painoi äkkiä päänsä tyynyyn ja kääntyi kasvoilleen.

»Voi minun Tummani!» hätäili nuorukainen, tuntien palavaa halua puhua hänelle lohduttavia sanoja.

Tytön paljastuneet hartiat alkoivat värähdellä ja pidätetyt nyyhkytykset huokailivat raskaasti kasvojen alla.

Niinkuin kylmä rauta olisi tunkeutunut nuorukaisen lävitse, niinkuin hän äsken olisi lentänyt sinisissä korkeuksissa, mutta nyt äkkiä pudonnut ruhjotuin siivin terävään louhikkoon ja kuullut ympärillään ääniä, jotka itkivät ja valittivat.

Nuorukainen vaipui raskaasti suulleen ja upotti kasvonsa mustiin suortuviin.

Kaksi ihmislasta, kahdet värisevät hartiat, kahdet kyynelissä kylpevät kasvot—raskaat huokaukset täyttivät huoneen.

Onni painoi kätensä korvilleen ja hiipi hiljalleen ovelle. Aurinko kääntyi poispäin ja peitti himmentyneen silmänsä. »Suru!» kuiskasi verenpisara ja punainen kyynel tipahti ikkunanlaudalle.

Niinkuin sen tumman surun alla kuitenkin olisi punertanut lämmin ruskotus, suuri yhteinen salaisuus. Niinkuin silmät olisivat avautuneet ja he vasta nyt, kyynelten lävitse, olisivat nähneet toisensa—ei nuorukaista ja neitoa, outoa, salaperäistä ja aavistettavaa, vaan kaksi ilon ja surun väräyttämää ihmistä aamun vaaleassa kajastuksessa.

»Voitko antaa minulle milloinkaan anteeksi?» kysyi nuorukainen väräjävin äänin.

»Anteeksi—?» vastasi tyttö ja kietoi molemmat kätensä hänen kaulaansa.

»Etkö koskaan minua pahalla muistele?» kysyi taasen nuorukainen.

»Kuinka minä voisin sinua pahalla muistella, sinua, joka olet ollut minulle kaikki?—Mutta miksi meidän pitää juuri nyt erota?»

»Niin, miksi meidän pitää nyt erota?» huokasi nuorukainen, tietämättä mitä vastaisi.

»Jos sinä tietäisit kuinka ikävä minun nyt tulee!»

»Ja jos *sinä* tietäisit ... voi Jumala sentään! Mutta minkä minä sille voin?»

»Älä ole minun tähteni tuskissasi, tiedänhän minä ettet sinä sille mitään voi. Enkä minä voi sinulta enempää pyytää, sinä olet ollut minulle niin hyvä. Mutta kun minä saisin edes vielä kerran sinua

51

nähdä—joskus, vaikka monen vuoden perästä, kun vaan saisin.»

»Ehkä minä tulen sinua katsomaan...»

»Tule, tule! Minä odotan sinua viikosta viikkoon!»
Nuorukainen veti hitaasti kellon taskustaan, katsoi ensin itse ja
näytti sitte tytölle.

»Niin, kyllä sinun täytyy nyt lähteä. Mutta kuinka minä voin
sinua päästää?»

»Ja kuinka minä voin mennä?—Kun olisi aina yö eikä tulisi
koskaan päivä!»

»Niin! se viimeinen yö, ja sitte tulisi tuomio—en minä nyt
sitäkään pelkäisi, en yhtään... Vielä hetki, yksi ainoa vaan! Anna
minun katsoa sinua vielä kerran, näin, tällälailla—etten minä
sinua koskaan unohtaisi.»

»Voi voi, minun Tumma tyttöni!» sanoi nuorukainen hellästi.
Mutta hänen rintaansa kohosi hätä ja tuska—niinkuin haka olisi
nyt ovesta murrettu ja kuka tahansa voisi rynnätä sisään. »Yksi
rukous minulla vielä sinulle olisi»—hänen puheensa oli kuin
hukkuvan hätähuuto—»ettet sinä tämän jälkeen rakastaisi ketään
muuta, paitsi sitte sitä, jonka kerran omaksesi valitset.»

»Kuinka minä voisin ketään muuta rakastaa?» sanoi tyttö
ihmetellen.

»Enkä minä lakkaa sinua rakastamasta vielä silloinkaan.»

»Ei, ei, se olisi väärin. Silloin *täytyy*!»

»Sen vaan minä yksin tiedän», sanoi tyttö äänellä, joka sai
nuorukaisen sekä iloitsemaan että yhä enemmän pelkäämään.

»Anna se lupaus minulle! Et sinä ymmärrä minkä vuoksi minä sitä
niin rukoilen, en minä sitä itseni vuoksi tee», pyysi nuorukainen.

»Sen minä jo silloin annoin, kun sinut ensi kertaa näin», vastasi
tyttö vetäen nuorukaisen itseensä kiinni.

He irtautuivat ja nousivat.

Tyttö saattoi nuorukaista ovelle, pitäen häntä yhä kädestä. Siellä hän miltei hypähtäen kietoutui nuorukaisen kaulaan, ikäänkuin ei olisi tahtonut häntä ensinkään päästää. Nuorukainen sulki hänet syleilyyn ja hänen päätään miltei huimasi tuntiessaan kyynelten kostuttamien suortuvain kosketuksen kätensä ja vyötäisten välissä —huulet tapasivat toisensa.

Tytön pää taipui taaksepäin eikä hän katsonut nyt nuorukaista silmiin niinkuin ennen, vaan suoraan ylös. Ja nuorukainen näki kuinka silmäin ilme muuttui, ensin niin äärettömän helläksi, sitte kuin rukoilevaksi ja sitte niinkuin se olisi irtautunut maasta ja katsellut kaukaista, pyhää ilmestystä. Hän ei olisi uskaltanut jäsentäkään hievauttaa, vaikka tyttö olisi seisonut niin koko päivän. Sitte ne silmät värähtivät ja ummistuivat—tyttö irrotti huulensa. Nuorukainen näki niissä vaalean, verettömän juovan ja tunsi niinkuin omiinsa olisi painettu ainainen, häviämätön merkki.

»En minä voi mitenkään sinusta näin erota!» sanoi nuorukainen tuskaisesti. »Me ennätämme illaksi Kirveskallion luo, ja minä tulen sinua katsomaan—ja tulen niinkauvan kun olemme siksi lähellä, että ennätän yön kuluessa edestakaisin käydä.»

Tytön kasvoilla värähti kuin syksyinen auringonpaiste, mutta hän ei sanonut sanaakaan. Katsoi vaan niinkuin ei ollut koskaan ennen katsonut—ja jäi yhä katsomaan, kun nuorukainen vihdoin astui ovesta ulos.

7. PIHLAJANTERTTU

»Tiedätkö, miksi minä olen sinut Pihlajantertuksi ristinnyt?» kysyi nuorukainen, pitäen vieressään istuvan nuoren tytön kättä omassaan.

»Varmaankin senvuoksi, kun minä niin kauheasti punastuin silloin, kun sinä minua ensi kertaa puhuttelit», tyttö kainostellen vastasi.

»Ei, ei! Etkö osaa paremmin arvata?»

»En minä osaa, en minä ole koskaan sitä ajatellut. Minusta vaan Pihlajanterttu on ollut niin kaunis nimi, että minä olen ollut siitä iloinen.

»Rumankos minä olisin voinut sinulle antaa?» hymyili nuorukainen. »Mutta sen takana on paljo, hyvin paljo, kun sinä vaan voisit minua ymmärtää.»

»Ehkä minä ymmärrän», tyttö sanoi, katsoen häntä luottavasti silmiin.

»Et sinä minua kokonaan ymmärrä—eikä se ole tarpeenkaan. Mutta pääajatuksen sinä kyllä ymmärrät... Katsoppas! Minusta viime kevät oli niin ylen kaunis, ja minä olin niin onnellinen että elämä oli niin kaunista. Mutta sitte tuli kesä ja syksy, ja ruoho alkoi kalveta ja lehdet kellastua, ja minun tuli niin kovin ikävä.»

»Niinkö, että sinulla on ollut ikävä kesä...?» sanoi tyttö hellästi.

»Kovin ikävä—näetkös, kun minä en voinut unohtaa sitä minun kaunista kevättäni, vaan sitä alati ikävöin. Kun minä olisin edes ollut niillä samoilla paikoilla, vaan kun minä olen tällainen kulkija...»

»Minkästähden sinä sillalailla kulet?»

»Kun minä olen kulkemaan luotu», huokasi nuorukainen ja jäi eteensä tuijottamaan.

»Mutta missä sinä silloin olit...?» kysyi tyttö arasti, kuin hätäillen, ja katsoi häneen tutkivasti.

»Kaukana, hyvin kaukana, älä kysy enempää—en minä nyt enää kevättä muistele. Ja sitähän minun piti sinulle kertoakkin, kuka minulle sitte näytti että syksykin on kaunis.»

»Näyttikö sen joku?»

»Näyttipä niinkin—tai oikeastaan minä näin sen heti, kun hänetkin näin.»

Hän otti tytön molemmat kädet omiinsa ja katsoi häntä silmiin.

»Se näyttäjä oli—muuan pieni pihlajanterttu. Kun minä sinut näin, niin sinä olit kuin nuori punamarjainen pihlaja mäenrinteessä. Koivut olivat jo kellahtavia ja haavat seisoivat niin totisina, mutta sinä loistit niiden keskellä punaisin marjatertuin ja huusit minulle—ei, ei, et sinä mitään huutanut, minä vaan sinut näin. Ja minä pysähdyin kuin ihmettä katsomaan ja kyselin itseltäni: sanonko minä hänelle jotakin, vai menenkö ohitse?»

»Olisitko sinä mennyt ohitse...?»

»Kyllä minä niin ajattelin—kun minä kuitenkin olen ohimenijä... Minä en tietänyt oliko oikein jäädä sinua katsomaan.»

»Nyt en minä ymmärrä sinua yhtään.»

»Et sinä ymmärräkkään, se oli vaan niitä minun omia ajatuksiani... Mutta minä en mennytkään, ja sitä minä saan kiittää että minulla nyt on ollut näin kaunis syksy.»

»Ja minulla...», kuiskasi tyttö.

»Niin—sinun kauttasi minä huomasin että syksykin voi olla kaunis, jopa paljoa kauniimpi kuin kevät, sillä syksy on viileämpi, tyynempi ja hiljaisempi. Ja silloin vasta minä ymmärsin mikä elämän kauniiksi tekee ja mitä ihminen etsii.»

Tyttö oli hivuutunut maahan hänen eteensä ja istui nyt käsivarsiaan hänen polviinsa nojaten ja häntä silmiin katsellen:

»Puhu vielä—siitä samasta! Se on niin kaunista, ja minä ymmärrän sinua niin hyvin, vaikken minä osaa itse puhua!»

»Niin, kyllä sinä sen ymmärrät ja kyllä sen ymmärtävät kaikki, ettei elämässä muuta kaunista olekkaan ja ettei ihminen muuta varten eläkkään. Ilman sitä ei ole kuin kädet ja työ, ja leipä ja hampaat, mutta kun se ilmestyy, niin kaikki muuttuu. Etkö sinäkin ole huomannut kuinka ihminen silloin muuttuu aivan toiseksi?»

»Oi olen, olen! Kuinka minä en olisi sitä huomannut?»

»Kuinka totiset kasvot oppivat hymyilemään ja silmät puhumaan, ja kuinka ihminen oppii sitä puhetta ymmärtämään. Ja kuinka äänikin muuttuu kokonaan, niin että puhe on kuin hopeista soittoa. Kuinka koko maailma kirkastuu ja kaunistuu ja ihminen itse muuttuu niin sanomattoman kauniiksi.»

»Juuri niin—kuinka kaunis sinä nytkin olet, Olavi! Niin että tämä kaikki on kuin kaunista unta.»

»Ja muistatko juuri sen ajan, kun sinä rupesit minusta pitämään?»

»Sen minä aina muistan, aina!»

»Voi voi, kuinka kaunis sinä silloin olit—kun sinä vuoroin punastuit ja vuoroin vaalenit, etkä tietänyt minne katsoisit, ja rintasi tykytti, etkä uskaltanut itsellesikään tunnustaa minkävuoksi se tykytti. Minä katselin sinua silloin kuin varkain ja olisin toivonut ettet sinä olisi minua ollenkaan nähnyt, vaan että minä olisin voinut jostakin lymypaikasta koko ikäni sinua sellaisena katsella.»

»Mutta sinä et tiedä kuinka rauhaton minä silloin olin—en minä olisi voinut sitä kauvan kestää.»

»Kyllä minä sen tiedän... Ja vielä kauniimpi sinä olet sitte ollut, kun sinä minulle avauduit ja minä olen voinut sinun silmistäsi lukea kaikki niinkuin avatusta kirjasta, ja voinut sinua kiittää siitä, että sinä minulle elämän jälleen kauniiksi teit.»

»Enhän minä mitään...», sanoi tyttö, punastui ja painoi katseensa alas. Mutta nosti sitte jälleen silmänsä, tarttui molemmin käsin nuorukaisen takin rintapieliin, ja tehden kohoutuvan liikkeen katsoi häneen kysyvästi.

Nuorukainen hymyili vastaukseksi.

Tyttö vetäytyi hiljalleen ylös syliin ja pani molemmat kätensä hänen kaulansa ympäri:

»Saanko minä olla näin?»

»Saat—juuri sillälailla», sanoi nuorukainen ja laski toisen kätensä hänen vyötäisilleen.

Tyttö lähensi päätään kysyvin katsein...

»Ei, ei!» sanoi nuorukainen ja laski kuin hellästi torjuen toisen kätensä hänen olkapäälleen.

»Miksi ei nyt?» kuiskasi tyttö kuin rukoillen.

»Siksi, että näin on parempi. Sinun tulee vaan ikävä, kun minä olen tämmöinen kulkija ja meidän kuitenkin täytyy erota.»

»Siksipä juuri!» huudahti tyttö kiihkeästi.

»Ei, ei; minä rukoilen sinua, Pihlajanterttu!» nuorukainen sanoi ja otti tytön pään molempien käsiensä väliin, suudellen häntä hiljaa otsalle.

Tytön silmissä kuvastui syvä mielenliikutus, mutta hän ei sanonut sanaakaan, antoi vain päänsä vaipua alas nuorukaisen rinnoille.

Nuorukainen tunsi selittämätöntä iloa, niinkuin hän olisi voittanut suuren voiton itsensä yli. Tytön lämmin hengitys huokui kuin kesäinen päiväpaiste hennon paidanrinnan läpi ja hän silitteli onnesta hymyillen tytön ruskeita suortuvia.

Hän aikoi juuri sanoa, että etkö sinä nyt itsekkin myönnä että näin on kaikkein onnellisinta, kun hän äkkiä tunsi polttavan hengähdyksen rinnassaan, ikäänkuin tulenkieleke olisi sattunut paljaaseen ihoon—kuumat huulet puristautuivat kiinni ja painoivat tulisia suudelmia paidan läpi hänen rintaansa, kädet irtautuivat äkisti niskasta ja kiertyivät alempaa tiukasti hänen vartalonsa ympärille.

»Herra Jumala, mitä sinä nyt teet, Pihlajanterttu?» huusi nuorukainen tuskaisella äänellä, ottaen tytön käsivarsista ja aikoen irtautua. Mutta hän tunsi samassa noiden suuteloiden menevän kuin polttavan hyväilyn koko olemuksensa läpi—niinkuin maanalainen tuli olisi äkkiä puhjennut hänen sisässään ja hukuttanut kaikki, mistä hän äsken oli iloinnut.

»Voi voi, Pihlajanterttu!» sanoi hän melkein itkusta väräjävällä äänellä, tempasi kuin huumeissaan tytön ylemmäksi, yhdytti kiihkeästi hänen janoovat huulensa ja sulki hänet niin rajuun syleilyyn, että molempien hengitys salpautui.

8. ENSI LUMI

Se lankesi sinä vuonna tavallista myöhemmin, vasta muutamia päiviä ennen joulua. Siksi ihmisistä tuntui niinkuin taivas olisi hopeata satanut.

Lapset tervehtivät sitä raikuvilla riemuhuudoilla ja räiskyvällä lumisodalla, naiset kantoivat sitä lapiomäärin huoneisiin ja kylvivät lattialle lakasemaan ruvetessaan, ja miehet kiinnittivät heläjävät kulkuset hevostensa ajokatuihin.

Metsäteillä kuhisi hilpeämielisiä ajomiehiä ja kaupunkiin johtavalla suurella valtatiellä kulki kuin katkeamaton pyhiinvaeltajain jono. Eivätkä ihmiset malttaneet olla huutamatta vastaantulijalle iloista tervehdystä ja sanomatta jotakin lumesta, olipa tulija kuinka outo tahansa.

Ilta alkoi hämärtää.

Olavi oli juuri palannut metsätöistä ja istui nyt pienen torpan pienessä kamarissa, missä hänellä oli asuntonsa, kun sisään astui vanhahko mies, muuan sen kylän isäntiä.

»Iltaa—terveisiä kaupungista!» tervehti mies.

»Iltaa iltaa! Ettekö käy istumaan?»

»Eipä ole oikein aikaakaan ... minulla vaan on teille vähän kaupunginterveisiä. Syötin toissa iltana Välimäessä hevostani, ja sieltä niitä lähetettiin—tällaisia näin!»

Mies otti povestaan pienen paperikäärön ja ojensi sen Olaville.

Nuorukainen karahti korviaan myöten punaiseksi ja sai vaivoin kiitetyksi.

Terveistentuoja sen kyllä huomasi, mutta ei ollut mitään huomaavinaan, vaan jatkoi hyvänsävyisesti hymyillen:

»Minulle kyllä sanottiin ettei tarvitse mitään sanoa, vaan ainoastaan antaa tämä. Mutta ehkä minä sentään kerron kuinka minä sen sain…?»

»Kertokaa vaan—kyllähän minä mielelläni…», sanoi nuorukainen, yhä edelleen hämillään.

»Niinkuin sanoin, niin minä syötin siellä hevostani ja läksin sitte iltahämärässä ajamaan. Kun pääsen niitylle talon alle, niin kuulen äkkiä jonkun juoksevan takanani.—Unohtuiko minulta jotakin? ajattelen minä ja pysäytän.

Se juoksija on semmoinen pieni sievä tyttö, ilman huivia ja posket punottavat.

'Jäikö jotain?' kysyn minä.

'Jäi', vastaa tyttö ja katsoo varpaisiinsa.—'Te puhuitte että se Olavi on nyt siellä teidän kylässä?'

'Niinhän minä puhuin. Entäs sitte?'

'Minä vaan tunnen sen, ja minulla olisi asiata.'

'Oo!' sanon minä ja naurahdan.

'Ei muuta kuin terveisiä', tyttö hätäisesti lisää.

'Kyllähän niitä menee, onhan nyt hyvä keli!'

'Voipikos teihin luottaa?' tyttö taas sanoo.

'Ettäkö hukkaisin tiellä?' kysäsen minä.

'Niin—taikka pilkaksi kääntäisitte.'

'Kuinkas minä pilkaksi kääntäisin, vanha mies?'

'Siihen minäkin luotin', tyttö sanoo. 'Tässä ne olisi!'

Sitte se antoi tuon tuossa.

'Oikein näin kädestä annettaviako?' minä nauran.

'Niin—ettehän te avaa? Kyllä sen tuntee muutenkin, mitä siellä on.'

'Minkästähden minä sitä avaisin?' vakuutan minä.

'Ja annatte kahdenkesken? Eikä tarvitse mitään sanoa.'

'Ei, ei, kyllä minä ymmärrän että tämä on kauniisti vietävä', aijon minä sanoa, mutta silloin se jo mennä vilistää, niin että letti heiluu.

Niin että sillälailla se minulle annettiin. Ja nyt minä menen— voikaa hyvin!»

»Hyvästi! Kiitoksia paljon ... kaikesta!»

Nuorukainen vaipui pöydän ääreen istumaan, käärö kädessään. Hän tunsi mitä siellä oli, mutta ei kiirehtinyt avaamaan, vaan ajatteli kuinka tuon kaiken oli täytynyt tapahtua. Kuinka ruskeatukkainen, kirkassilmäinen, miltei vielä lapselta näyttävä tyttö oli istunut tuvassa, kun matkustaja söi sivupenkillä punaisesta matka-arkustaan. Kuinka mies oli puhunut ensilumesta ja hyvästä kelistä, ja että nyt ne pääsivät siellä meidän kyläläkin metsätyöt alkuun. Ja niitä onkin nyt entistä enemmän, niin että on ylösotossa apulainenkin, muuan Olavi niminen nuori mies.

'Olavi!' on tyttö ääneensä huudahtaa ja sävähtää aivan punaiseksi, ja keskeyttää työnsä tarkemmin kuullakseen. Mutta matkustaja ei puhu enää mitään siitä, mistä hän haluaisi kuulla, vaan kaikesta muusta joutavasta. Tyttö on rauhaton eikä tiedä mitä tehdä, sen vaan että jotakin hänen pitäisi. Ja hän katsoo hyvin tarkkaan matkustajan kasvoihin, kun se nyt istuu penkillä ja tupakoi.—'Se on niin rehellisen ja hyvän näköinen', ajattelee tyttö. 'Kylläkai siihen voipi luottaa?'

Ja sitte tyttö menee hiljalleen kamariin, niinkuin menisi jotain hakemaan, ja ottaa jotakin piirongin laatikosta—jotakin, jota hän on kauvan säilyttänyt. Etsii paperia tai pussia, eikä tahdo löytää. Löytää vihdoin ja panee sen siihen ja sitoo rihman päälle, ja tekee hyvin lujan solmun, ja leikkaa päät hyvin lyhyiksi, ettei sitä voisi sormin avata—ja hymyilee.

Nyt tyttö palaa sisään—se pieni käärö taskussa. Matkamies

60

hankkiutuu juuri lähtöön. 'Pitää tässä mennä lehmänhaudevettä
valmistamaan!' tyttö sanoo, ja menee karjankeittiöön ja katselee
sen ikkunasta kuinka matkustaja irrottaa hevostaan. Nyt se jo ajaa
portista ja nykäsee hevosensa juoksuun niittytielle päästyään.
'Nyt!' ajattelee tyttö ja lähtee jälessä.

Ja nuorukainen näkee kuinka tyttö juoksee ja kuinka kiihkeästi
hänen rintansa lyö, kun hän pysäyttää miehen ja alkaa puhella.
Kuinka hän punastuu ja kuinka hän katsoo, ja kuinka hän on niin
iloissaan, kun saa asiansa toimitetuksi, ettei muista edes
kiittääkkään, vaan juoksee kuin sen ilonsa kanssa kilpaa takaisin.
Ja kuinka hän pihalle päästyään katsoo joka taholle ympärilleen,
ettei vaan kukaan olisi nähnyt, ja menee sitte karjankeittiöön...

Nuorukainen avaa käärön—hiljaa, riemuisin tuntein.

Suuri tummanpunainen omena lausuu tytön terveiset.

»Pihlajantertun värikin!» huudahtaa nuorukainen, ikäänkuin tyttö
olisi varta vasten valinnut senvärisen suuresta varastosta, vaikka
hän tietää että se epäilemättä on ollut hänen ainoansa.

Ja nuorukaisen sydän paisuu ilosta ja ylpeydestä, että tyttö yhä
vielä häntä muistaa:»Sellainen tyttö, sellaiset terveiset!»

Ja hänen ajatuksensa palaa kauniiseen syksyyn, ja hän kierittelee
kuin hyväillen omenaa kädessään ja katselee hymyillen ikkunasta
ulos.

Silloin hän tuntee niinkuin omena jollakin kohdalla aina nykäsisi
häntä kädestä, ikäänkuin jostakin huomauttaaksseen. Ja hän
kääntyy katsomaan mitä se oikein on, ja huomaa kuoren olevan
eräässä kohti koholla ja kohouman ympärillä kuin veitsellä
piirretyn pyörön. Hän kohottaa uteliaasti sen reunaa. Silloin
kohoaa pieni pyöreä lohkare kuin sievonen kansi—kannen alta
näkyy valkoista paperia.

»Vielä lähempiäkö terveisiä—?» huudahtaa nuorukainen ja ottaa
ilosta vapisevin käsin paperin kätköstään ja alkaa kiehittää sitä
auki.

Se on aivan pieni lippu ja sen toisella puolella on tottumattomalla kädellä kiireisesti lyijykynällä piirretyt terveiset::

»Nyt minä tiedän mitä ikävä on. Oletko Pihlajanterttusi kokonaan unohtanut, minä joka ilta nukun vaan sinua ajatellen.»

Omena vierähtää nuorukaisen syliin, paperilippu vapisee hänen kädessään ja silmiin nousee himmeä kimallus.

Nuorukainen katsahtaa ylös. Suuria viileitä lumihiutaleita putoo raskaasti alas.

Kuluu hetki ja toinen. Ilma tummenee ja vihdoin kokonaan himmenee, mutta nuorukainen istuu yhä entisellään, paperilippu kädessään ja katselee ulos.

Hän ei näe enää mitään, mutta hän *tuntee* kuinka suuria, viileitä lumihiutaleita yhä putoo raskaasti alas.

9. ANNANSILMÄ

Annansilmä ikkunalla kukki—pienen kamarin pienellä ikkunalla.

Annansilmä kukkii keväällä ja kesällä—tämä Annansilmä jo talvella kukki.

»Kyllä minä tiedän ja kyllä sinä itsekkin sen tiedät, miksi sinä nyt talvella kukit», puheli ajatuksissaan nuori tyttö—»että ilo hänen ikkunallaan hymyilisi.»

Annansilmä kukkii vain muutamia kuukausia—tämä Annansilmä jo joululta alotti, koko kevättalven kukki ja päivä päivältä yhä vielä somentui.

»Kyllä minä tiedän ja kyllä sinä itsekkin sen tiedät, kuinka kauvan sinä kukit. Sinä silloin rupesit, kun minä sinut tuvasta tänne muutin—ja kun ei häntä enää ole, jonka iloksi minä sinut muutin, silloin vasta sinä kukkimasta lakkaat.»

Tyttö kumartui yhä syvempään kukan yli.

»Yksi ainoa kukkanen tytöllä on—niin kaunis ja vieno», kuiskasi hän, painaen hennot huulensa hyväillen vastapuhjenneita vaaleanpunaisia terälehtiä vasten.

»Yksi ystävä tytöllä on—niin hellä ja hieno», hymyili kukka vastaan, nyökäyttäen päätään pihallepäin.

Ikkunan editse, sujahti suksilla solakka nuorukainen, lakki takaraivoon työntyneenä ja pieni reppu selässä heiluen.

»Vihdoinkin!» huudahti tyttö ja riensi juoksujalkaa tuvan ja porstuan kautta portaille.

»Terveisiä, Annansilmä!» virkkoi nuorukainen tuskin kuuluvin äänin, mutta sitä säihkyvämmin silmin, asetellen suksiaan ja sauvojaan aitanräystään alle pystyyn.

Tyttö nyökäytti päätään ilosta säteillen.

Nuorukainen riensi reippaasti portaita ylös ja pysähtyi aivan tytön eteen.

»Terveisiä!» sanoi hän uudelleen nauraen ja painoi leikiten kätensä tytön poskille.

»No no!» nauroi tyttö ja tarttui molemmin käsin hänen ranteisiinsa.—»Minä olen sinua niin odottanut. Äiti on kylällä ja miehet viipyvät vielä kotvan metsässä.»

»Niin että sinä olet ollut aivan yksin ja tietysti pelännyt kauheasti», nauroi nuorukainen, pitäen käsiään yhä tytön poskilla ja työntäen hänet sillätavoin takaperin kynnyksen yli.

He menivät kisaten tupaan ja nuorukainen vei reppunsa kamarin naulaan.

»Arvaappas mitä minä olen tänään kotiin hiihdellessäni ajatellut?» sanoi nuorukainen tupaan tullessaan.

»En minä sinun arvotuksiasi osaa koskaan arvata. Mitä sitte?»

»Sitä vaan että sinullakin, Annansilmä, pitäisi olla sukset», vastasi nuorukainen, ottaen tytön kädestä ja vetäen hänet penkille viereensä istumaan. »Ja jos minä vaan löydän sopivat puut, niin pian minä ne vieläkin teen.»

»Älä, älä! Enhän minä edes osaa hiihtääkkään.»

»Siksipä—että oppisit! Ja sitte sinun pitäisi tulla jonakin päivänä
minun kanssani metsään, niin minä näyttäisin sinulle jotakin.»

»Niitä sinun hirmuisia tukkikasojasiko?»

»Vaikkapa niitäkin, ja nostaisin sinut kaikkein korkeimman kasan
huipulle istumaan—niinkuin peipposen vain! Ei, ei; jotain muuta
minä tarkotin. Katsoppas, siellä metsässä on kokonaan toinen
maailma kuin täällä kylässä. Siellä eletään, syödään, juodaan ja
puhutaankin ihan toisella lailla kuin täällä. Siellä on omat tiensä ja
kylänsä, jopa kirkkonsa ja pappinsakin, ja...»

»Tuo nyt on taas niitä sinun satujasi», tyttö nauroi.

»Eipäs olekkaan, vaan ihan totista totta! Lähde katsomaan, niin
saat nähdä puhunko satuja.—Meillä onkin nyt hyvää aikaa.»

»Mikä sinun nyt on, kun tuollalailla hupsuilet? Emmehän me nyt
voi mihinkään lähteä ... ja tuskin koskaan.»

»Kyllä me voimme, ja ihan paikalla!»

Hän meni astiakaappinurkkaan ja tempasi sinne jännitetyltä
huivinuoralta pienen villahuivin, jonka kietoi leikiten tytön
päähän:

»Nyt lähdettiin!»

Tyttö veti kisaten huivin päästään, eikä tiennyt mitä ajatella.

»Etkö sinä vieläkään ymmärrä?» nauroi nuorukainen, ottaen
huivin käteensä. »Sinun tietysti täytyy otaksua, että nyt on
kulunut pari viikkoa ja että ne sinun suksesi ovat nyt valmiit. Me
olemme jo hiihdelleet pari kertaa tuolla niityllä, niin että sinun
kanssasi kehtaa jo lähteä vaikkapa ihmisten ilmoille. Ja sitten me
lähdemme.—Katsoppas tuonne!»

Leikki tempasi tytön mukaansa. Hän siirtyi ikkunanpieleen
istumaan ja katsoi hymyillen pihalle.

»Juuri tuohon paikkaan minä olen pannut meidän molempien sukset rinnakkain», jatkoi nuorukainen. »Ja nyt me nousemme suksille. Isä ja äiti ja veljet katselevat ikkunasta lähtöä.—Mitäs nyt, kun äiti naputtaa ikkunanlasiin?

'Älkää vaan viekö sitä tyttöä kovin suuriin mäkiin!' varottaa äiti. 'Ei se kuitenkaan pysy pystyssä.'

'No ihan niihin kaikkein suurimpiin kuin löydämme!' nauran minä ja me ponnistaudumme liikkeelle.

Ja hyvin sinä lasketkin, ei kaatumisesta puhettakaan. Sitte me hiihdämme niittyjen tuohon päähän ja siitä tuon pienen metsäsaarekkeen poikki Hirvisuolle. Kaikki sujuu kuin voideltu.

Mutta sitte tulee aita vastaan ja sen yli nouseminen on sinulle kovin hankalaa. Mitäs muuta kun minä tempaan sinut syliini ja nostan, ja sinä kiedot kätesi niin kauniisti...»

»Nyt minä käännyn takaisin, kun sinä tuollalailla!» huudahti tyttö kuin puolittain tosissaan.

»Älä, älä! Aita oli tosiaankin korkea, ehkä sinä pääsetkin jo toisista ilman minun apuani.

Ja sitte me jatkamme matkaa ja nousemme hiljalleen Kultasenmäen rinnettä ylös—tunnethan sinä sen, kun olet sieltä monesti lehmiä hakenut? Ja siitä se alkaakin jo hakkuualue.

Me olemme nyt Kultasenmäen laella. Ja nyt on tietysti aamu-aurinko on juuri noussut, hanki hohtaa ja kuura kimaltelee tähtinä puiden oksilla.

'Katsoppas noita puita tuolla toisen mäen rinteessä!' sanon minä. 'Kauniita ja puhtaan valkoisia kuin sinä, ja kuuratähdet loistavat oksilla kuin sinun silmäsi.'

'Kyllä ne ovat tosiaankin kauniita', vastaat sinä. 'En minä olisi uskonut että metsä voi olla niin ihana.'

'Ei sitä uskokkaan, kuka ei ole nähnyt', sanon minä taas. 'Ja katsoppas tuota suurta tietä tuolla alangossa—se on valtatie, jota myöten kaikki tukkikuormat lähtevät metsästä. Sinne ne kertyvät kymmeniltä ristiin rastiin kulkevilta haarateiltä, niin että siellä voi joskus kulkea parikymmentäkin kuormaa peräkkäin. Joku laulaa, joku viheltää, kolmannet puhelevat tai huutelevat toisilleen, ilo ja riemu saattajinaan kulkevat tukki-kuormat jokirantaan. Ja katsohan tuonne mäenrintaan! Siellä nousee paraillaan kaksi hevosmiestä tyhjine rekineen—eikös se ole somaa?'

'On, on', vastaat sinä. 'Kyllä jo myönnän ettet satuja kertonut.'

'Ja yhä somenee! Kuuletko kuinka tuolta mäen takaa kajahtelee kirveiden kalke ja kiirii kuin tervehdys meitä vastaan?—Nyt meidän pitää mennä miehiä katsomaan!'

'En minä, en minä, kyllä jo uskon!' hätäilet sinä. Mutta minä vastaan että kyllä meidän täytyy ja että sinä saatkin pysytellä loitompana.

Sitte me laskemme Kultasenrinnettä alas—hui sitä vauhtia! Ja nousemme toisen mäen rinnettä ylös ja pysähdymme mäen laelle. Sieltä jo näemme kuinka miehet häärivät alangossa puiden kimpussa.

'Ihankuin muurahaispesä!' huudahdat sinä.

'Ihan', vastaan minä. 'Ja nyt mennään niiden luo—mutta laskekkin pulskasti, muista se!'

Kohvettunut lumi kahahtaa suksien alla. Miehet nostavat päitään ja tyhmimmät jäävät suu auki katsoa toljottamaan.

'Päivää!' sanon minä ja hiihdän luo.

'Päivää!' kuuluu vastaus ja jotkut tuuppasevat peukalollaan lakkinsa syrjää, kun eivät oikein tiedä minä sinua olisi pidettävä. 'Mikä heilake se tuo on?' näkyy kaikkien silmistä.

'Se on vaan muuan kaupunginneiti, joka ei ole koskaan ennen nähnyt maalaiselämää—pyysivät minun näyttelemään sille näitä metsätöitä', selitän minä miehille.

'Oohoh, vai niin!' kuuluu miesten joukosta. 'Onpas siinä neitiä!'

'On, on! Ja on ihan ruotsalainen, ei ymmärrä suomen sanaa—siksi
se noin loitolla seisoo.'

'Ettäkö niin ummikko?' ihmettelevät miehet.

'Onhan niitä', minä vakuutan.

Mutta miehet katsovat sinuun, silmät kysymysmerkkeinä ja
tyhmimpien suut entistäkin enemmän ammollaan. 'Se on vaan
pukeutunut noin maalaisittain, ettei herättäisi huomiota', selitän
minä taas. 'Jos se nyt olisi hatussa ja niissä muissa herrashöpenissä,
niin aivanhan teiltä silmät hankeen putoaisi, kun jo muutenkin
noin töllistelette', nauran minä.

Ja miehetkin remahtavat nauramaan, että metsä raikuu: 'Onpas se
näppärä!'

Sitte minä jo tulenkin sinun luoksesi ja me hiihdämme taas
eteenpäin.

Mutta sinä alat ihan tosissasi ottaa minua tiukalle, että mitä se
semmoinen kujeilu? Tämähän on ihan hassua!

Minun on helppo vastata, että etkö itse nähnyt millaisen ilon se
miehissä synnytti. Ne kaiken ikänsä muistelevat sitä
ummikkoruotsalaista kaupunginneitiä, joka kävi heidän luonaan
metsässä. Nyt sinun vaan täytyy muistaa olla koko päivän
ruotsalaisena. Minä puhun ruotsia ne harvat sanat, mitkä muiden
kuullen sinulle puhun, ja kun et sinä ruotsia osaa, niin sinä vaan
hymyilet ja nyökäyttelet päätäsi ja puhut silmilläsi, niin kaikki käy
täydestä.

'En minä sellaiseen peliin suostu!' intät sinä.»

»Enkä suostukkaan!» virkahti tyttö.

»Vaan siihenpä on melkein pakko—ei sitä nyt enää voi auttaa,
kun kerran tuli aloteluksi. Ja kyllä se hyvin menee. Tällä kulmalla
ei ole ketään paikkakuntalaista hakkuumiehenä, niin ettei sinua
kukaan tunne.'

Ja sitte me hiihdämme eteenpäin, miesryhmästä miesryhmään.

67

Kaikki sujuu mainiosti.

Mutta erään ryhmän luo tultuamme miehet paraikaa laittavat tervaisesta kuivasmännystä nuotiota.

'Nyt ne rupeevat päivälliselle—ja niin teemme mekin ja istumme heidän nuotionsa ääreen', sanon minä.'

Sinä tietysti intät vastaan, vaan suostut lopulta, kun minä vakuutan että kaikki käy hyvin, kunhan sinä vain pysyt ummikkona tai korkeintaan sanot 'tack, tack', se on kiitoksia, kun minä jotakin tarjoan.

Miehet häärivät loimuavan nuotion ympärillä, kun me saavumme luo. Sinä olet pelkästä pelosta punanen ja valkonen, niinkuin oikea herrashetale ainakin.

Minä taas kertomaan vanhaa juttuani kaupunginneidistä, ummikosta ja maalaisvaatteista, ja kysyn että saisimmeko mekin istuutua tulen ääreen—ehkä se tämä neitikin söisi jonkun kipenän.

'Ettäkö? Ja mitäs se täällä syö...?' ihmettelevät miehet.

'No sitä samaa kuin muutkin', päästän minä kuin väännettyä vitsaa.

Miehet kilvan hakemaan havuja sinun allesi.

Sitte istutaan. Minä sovitan sinut aivan reunimaiseksi, että voisit olla ikäänkuin takanani suojassa, jos pulmapaikka sattuisi.

Miten ihanaa! Tuli loimuaa, lumi sulaa kuin voi nuotion alta ja ympäriltä, ja miesten kasvot loistavat tulen kuumotuksesta. Kuka paahtaa lihaa, kuka kalaa pienissä kuusenoksavartaissa, ja melkein kaikki paahtavat jäätyneen leipänsä, joka tulee siten pehmeäksi ja nuorteaksi kuin vastikään uunista otettu.

Minäkin teen vartaan ja paahdan meidän leipämme ja lämmitän lihankin. Panen sitte lihan leivänkappaleille ja leikkelen sinun osasi veitselläni pieniksi suupaloiksi.

Miehet unohtavat syöntinsä, niin uteliaina he katselevat noita minun valmistuksiani.

'Behagas det, fröken?' se on: saako olla, neitiseni? sanon minä ja tarjoan.

Sinä hymyilet ja nyökäytät kiitokseksi, ja tietysti otat ja haukkaat.

Ja kun olet syönyt ensimäisen suupalan, niin avaat suusi, ja minä näen silmistäsi että nyt sieltä tulee mitä selvimmällä suomenkielellä: 'erinomaista, enpä minä olisi uskonut että...'

'Tag lite' tili, var så god', se on: ottakaa hiukan lisää, olkaa hyvä! tokasen minä kuin hukkuva ja ojennan hädissäni lihaviipaletta.»

Tyttö ei voinut enää itseään pidättää, vaan purskahti hillittömään nauruun.

»No, nauramaankos sinä muka rupeat?» sanoi nuorukainen.
»Sinähän päinvastoin punastut ja nakerrat hämilläsi niin nätisti kuin mikähän pieni hiiri...

'Ka, ihanhan se käy kuin tavalliselta ihmiseltä, vaikkei olekkaan kahvelia eikä lautasia!' ihmettelee joku miehistä.

Minä voin vaivoin pidättää nauruani ja sinäkin puret huultasi siellä minun kylkeni suojassa.

Sitte minä otan meidän maitoleilimme, jota olen pitänyt jo kotvan tulen ääressä.

'Mitenkäs nyt käy?' sanoo joku miehistä—kaikki odottaen katsomaan.

'Saamme nyt tehdä kristillistä tasajakoa, ellei neiti tahdo maidotta olla', sanon minä vakavasti ja olen supattavinani jotakin sinun korvaasi.

Sinä nyökäytät, otat astian ja ryyppäät sen suusta ja ojennat sen sitte minulle.

'Såsom nyss mjölkadt, niinkuin vastalypsettyä', sanon minä: Sinä hymyilet—miehet hymyilevät.

Sitte ryyppään minä, ja sitte taas sinä—minä sentään aina

pyyhkäsen hihallani leilin suuta omain huulteni jäleltä, ennenkun sen sinulle annan. Se tietysti on miehistä hirmuisen hienoa. 'Tuotapa minä en olisi uskonut!' sanoo joku ja miehet alkavat taas jatkaa syöntiään.

'Mikäs siinä—maassa maan tavalla', sanoo joku toinen rohkaistuneena.

'Maassa maan tavalla, niin se ollakkin pitää!' päätän minä asiantuntijan varmuudella, ja syönti jatkuu kuin leikkiä lyöden.

Sen päätyttyä me loikoilemme tulen ääressä. Joku miehistä ottaa repustaan lehtitupakkaa ja alkaa hienontaa sitä kirveellä vastasahatun valkopäisen kannon nenässä—oli niin kiire aamulla, ettei kerjennyt kotona. Kutsuu sitte kaikki tupakalle, ja minäkin panen piippuuni, vaikka olenkin kaupunginneidin seurassa.

Sitte me jo lähdemmekin.

Mutta muutamia syliä päästyämme minä käännyn äkkiä ja sanon: 'Kuulkaapas, Heikki! Kyllä teidän nyt pitäisi sanella tälle neidille pieni lähtösaarna—tuossahan se on meidän kirkkomme.'

'Ilkiäisiköhän tuota?' kysäsee Holo-Heikki.

'Ilkiää, ilkiää, minun vastuullani!' vakuutan minä. 'Sehän se kuitenkin on kaikkein parasta—ja Antti on apuna messuamisessa.'

'Menkää, menkää!' kehottavat toisetkin.—'Kun se kerran on tänne sitä varten tullut, että kaikki näkisi!'

Heikki nousee suurelle kivelle ja Antti jonkun kannon nenään, ja Heikki alkaa pomiloida Käkelän papin tunnettua messua:

'Onko Keiturilta ketäkään kir-ko-ossaa?' *'Olenhan minäkin suuri ja mahtava he-erraa!'* vastaa Antti että metsä raikuu.

Messun päätyttyä alkaa Heikki saarnata. Siinä on hiukan Jukolan veljeksistä, siinä on ruotsia, siinä mustalaista ja kaiken maailman mangerrusta sikin sokin ja sellaisena tulvana kuin keväinen virta. Miehet nauravat ja sinä olet naurultasi aivan nikahtua.

70

'Neiti käskee kiittämään sekä pappia että lukkaria', sanon minä, kun kaikki on päättynyt. 'Ei sano ennen niin mainiota saarnaa kuulleensa.'

'Sen arvasi!' riemuitsevat miehet. 'Kyllä se Heikki toimensa tolkulla tekee.'

Miehet viipottavat lakkejaan jäähyväisiksi ja me lähdemme.»

»Että oikeinko se on sellaista» kysäsi tyttö ihastuneena.

»Tietysti, tietysti, mutta älä virka nyt mitään! Me lähdemme jo kotiinpäin, puhutaan sitte kotona.

Ja me nousemme mäelle ja laskea hurautamme loivaa rinnettä alas.

Sitte tasangolla sinä yllyt aivan kilpasille kanssani, niin että minun on vaikea pysyä siinä pyräkässä edes rinnallasi. Poskesi hehkuvat kuin punaiset ruusut ja sinä lämpenet niin, että irrotat huivisi ja sitaset sen kuin vyöksi uumillesi.

'Et sinä ole ikänä ollut noin kaunis!' huudahdan minä, kun sinä hiihtelet siinä rinnallani paljain päin, jotta vaalea lettisi vain heilahtelee. 'Noin sinun pitäisi aina olla, tuossa Jumalan itsensä kutomassa huivissa vain—se se kuitenkin on kaikkein kauniin!'

Ja me tulemme onnellisina ja reippaina kotiin—ja nyt me jo olemmekin kotona ja istumme täällä sisässä.»

»Kyllä sinä osaat!» virkkoi tyttö. »Ja kyllä se kaunista oli, niin tavattoman kaunista ja hauskaa—kun se tällälailla tehtiin se matka.»

»Tehdään se vielä toisellakin lailla, kun kerjetään! Ja se sujuukin sitä paremmin, kun sinä nyt jo kerran olit mukana.»

»Älä, älä, en minä kuitenkaan lähde!» intti tyttö.

»Sittepähän nähdään», sanoi nuorukainen. »Siitä sinä vaan näet mitenkä reipasta ja raitista tämä talvinen metsäelämä on. Iloa ja väliin suruakin, tapaturmia ja onnettomuuksiakin, mutta aina reipasta. Onko ihme että minä olen kotiintullessani hyvällä tuulella? Ja sitte täällä kotona—täällähän minulla on toinen metsä, yhtä puhdas ja raitis kuin se äskeinenkin. Annansilmä— istuppa tuohon, että saan taas sinua oikein katsella!»

Tyttö istahti hänen syliinsä ja pani kätensä nuorukaisen toisella olkapäälle:»Älä vaan tee minusta pilaa—kun en minä kuitenkaan mitään ole.»

»Sitä sinä et itse tiedä, mutta minä sen kyllä tiedän. Ja sanonko minä nyt kerran sinulle itsellesi, mitä sinä minulle olet?»

Tyttö hymyili onnellisena:»Kun vaan sanot oikein todesti?»

»Todesti tietysti, kuinka minä muuta voisin sanoa.—Kuulehan kun kerron! Minä olin kerran kaupungissa taidenäyttelyssä, ja siellä oli paljo valkoisia marmorikuvia, semmoisia joita jo kreikkalaiset veistelivät—olethan sinä niistä lukenut, muistatko?»

»Muistan, kyllä minä muistan, vaikken ole koskaan nähnyt», sanoi tyttö.

»Siellä oli niitä paljo, valkoisia kuin lumi ja aivan kuin eläviä. Ja vaikka ne olivat alastomia eikä mitään paikkaa oltu salattu, niin niiden edessä seisoi kuitenkin rauhallisena ja puhtaana kuin Jumalan kasvojen edessä. Sillä ne olivat niin kauniita, ettei muuta ajatellut kuin sitä pyhää kauneutta, minkä Jumala on ihmisen ruumiiseen kätkenyt. Ja tiedätkö mitä minä nyt aijon sanoa?»

»Kuinka minä sen voisin tietää?» sanoi tyttö katsoen kainostellen alas—niinkuin hän kuitenkin olisi aavistanut mitä toisen mielessä liikkui.

»Minä aijon sanoa, että sinä olet ollut minulle kuin tuommoinen valkoinen ja viileä marmorikuva, jonka kauneutta minä katselen kuin pyhyyttä ja kiitän Jumalaa, joka on sinut niin kauniiksi ja vilpoiseksi luonut.»

»Nyt sinä kuitenkin rupesit minusta pilaa tekemään», tyttö valitti.

»Ei, ei, ei se pilaa ole, anna minun vaan puhua. Sano itse onko meidän välillämme koko tänä aikana ollut ainoatakaan kiihkeätä suudelmaa tai hurjaa syleilyä?»

»Hurjaa—?» kysyi tyttö suurin silmin.

»Niin ... kyllähän sitä voisi semmoistakin olla. Minä olen luonnostani kiihkeä, mutta kun minä katson sinuun, niin kaikki lauhtuu ja sammuu. Voit uskoa, kun sanon, että sinä olet ollut minulle kuin parantava ja rauhottava lääke kuumetta sairastavalle. Ja minä luulen että sinä olet minut kokonaan parantanut ja ratkaissut koko minun tulevan elämäni.»

»En minä nyt ymmärrä sinua ensinkään.—Mutta oletko sinä oikein todella ollut onnellinen?»

»Olen, olen, niin sanomattoman onnellinen. Ja minä olen ollut niin iloinen tuntiessani itseni niin voimakkaaksi ja horjumattomaksi. Ja minä olen monesti ajatellut, että kuka voisi arvata että näin pienen harmaan torpan seinien sisällä asuu niin paljon kauneutta ja onnea. Tiedätkö mitä minä luulen? Että kaikissa pienissä harmaissa mökeissä asuu tämmöistä hiljaista salattua onnea, josta eivät muut tiedä.»

»Ei kaikissa, Olavi—ei kaikissa ole sinun kaltaisiasi!»

»Eikä sinun! Ei tietysti aivan samanlaista kuin meidän, vaan kuitenkin sinnepäin.»

Hän veti tytön lähemmäksi—he vaipuivat pitkään, himottomaan suuteloon.

»Osaavatko kaikki suudella niin kuin sinä?» kuiskasi tyttö hämillään, hellä loiste silmissään.

»Kyllä kai—en minä voi tietää.»

»Ei, ei; ei kukaan maailmassa ole niin kuin sinä! Ei kukaan katso, ei kukaan puhu eikä kukaan voi suudellakkaan niinkuin sinä. Tiedätkö mitä minä aina ajattelen ja katselen, kun sinä suutelet?»

»En suinkaan, sano, sano!» puhui nuorukainen innostuneesti.

»En minä sentään kehtaakkaan.»

»Häpeätkö sinä *minua*—sinä Annansilmä? Kerro nyt sinäkin kerran minulle jotain, kerrothan?»

Tyttö loi katseensa alas.

»Mutta sinä et saa nauraa, se on niin lapsellista. Minä ... aina katselen sinun vasenta kaulasuontasi, kuinka kauniisti se silloin tykkii. Ja minusta tuntuu niinkuin sinun sielusi kulkisi sitä suonta myöten minuun—ja se kulkee, minä sen tunnen!»

»Nyt sinä sanoit niin kauniisti», vastasi nuorukainen, »ettet sinä ole koskaan niin kaunista sanonut! Ei puhuta enää, katsellaan vaan näin toisiamme...»

* * * * *

Kevät joutui, aurinko ja pakkanen kävivät ilmi sotaa—hanget ouruina vierivät.

Olavin mielessä alkoivat kummat ourut kuohua.

»Hän rakastaa minua—lämpimästi ja vilpittömästi!» puheli nuorukainen itsekseen. »Mutta onko hänen rakkautensa oikein suurta ja syvää, sellaista joka on valmis maan ja taivaan unohtamaan ja kokonaan rakastetulleen antautumaan?»

»Ja voisitko sinä ottaa sellaisen uhrin vastaan—sellaiselta tytöltä...?»

»En suinkaan, enhän minä sitä tarkotakkaan! Mutta kun minä voisin edes kerran veressäni tuntea, että hän on kokonaan minun ja minun tähteni valmis kaikki uhraamaan.»

»Ja sekö se olisi rakkauden syvin tunnusmerkki—häpeä!» Iltataivas selkeni, tähdet syttyivät, kummat ourut jäähän riittyivät.

Aurinko helotti, kummat ourut puroina juoksivat—nuorukaisen jälessä, sivuilla, kaikkialla, samean veden soliseva soitto alati korvissaan.

»Ja kuitenkin minä tahtoisin sen tietää—koetella hänen rakkautensa syvyyttä!»

»Etkö ymmärrä että se olisi raakaa, että sen täytyy loukata sellaista tyttöä?»

»Mutta sehän on vain kysymys, vain leikillä!»

»Leikillä...? Onko se sellainen leikin aihe?»

Ourut purojen pohjiin painuivat, mutta taivaalla purjehtivat lämpimät pilvet.

Kummat ourut koskina kuohuivat.

»Voiko rakkaus loukkaantua—kysymyksestä, joka juuri osottaa kuinka palavasti itse häntä rakastan? Ei, minä en voi kestää tätä epätietoisuutta, minun täytyy siitä vapautua ja saada selvyys!»

»————». Se toinen ääni hukkui vaahtoisten vesien pauhuun.

Nuorukainen otti tytön käden omaansa ja puhui, kauniisti ja lämpimästi.

Tytön kirkkaalle otsalle nousi tumma pilvi—niin tumma, että nuorukainen miltei katui kysymystään.

»En minä olisi luullut, että sinä olisit voinut minun rakkauttani epäillä ja että sinä olisit voinut minulta sellaista pyytää», sanoi tyttö miltei kyyneliin liikutettuna.

»Voi voi, tyttö kulta!» nuorukainen ajatteli. »Jos sinä tietäisit, kuinka se on? Se yksi sana vain, ja minä kerron kaikki, ja meidän onnemme on kahdenkertainen.»

Ajatteli, mutta ei sanonut—eikä osannut enää muuta ajatellakaan kuin sitä ilon hetkeä, jolloin hän ilmaisee että se olikin vain viaton koetus.

»Juuri senvuoksi, että minä sinua niin suuresti rakastan», puheli tyttö, »en minä uskalla siihen suostua. Meidän on nyt niin hyvä olla, mutta minusta tuntuu niinkuin silloin tunkeutuisi jotain vierasta meidän väliimme. Ja se olisi niin ikävätä, kun sinä muutenkin niin pian lähdet?»

He vaikenivat ja katsoivat toisiinsa kaihoisin silmin—niinkuin jotain vierasta jo olisi tunkeutunut heidän väliinsä. Niinkuin he olisivat tahtomattaan pahottaneet toistensa mielen, ja siitä kärsineet.

Eron hetki päivä päivältä läheni, taivas yhä kaihonpilvissä asui.

Silloin, eräänä päivänä, hiipi tyttö nuorukaisen luo, omituisena, hentona ja liikutettuna kuin iltatuulessa väräjävä koivunritva—hiipi, kietoi lämpimästi kätensä hänen kaulaansa ja katsoi kummasti silmiin.

»Mitä, Annansilmä—?» kysyi nuorukainen ilon ja tuskan tyrehtämänä.

»Olavi ... nyt minä...», värähti liikutettu ääni ja kasvot kätkeytyivät nuorukaisen poskea vasten.

Raju riemu valtasi nuorukaisen. Hän sulki tytön tuliseen syleilyyn ja avasi suunsa sanoakseen vihdoinkin salaisuutensa. Mutta hänen rintansa löi niin ankarasti ja joku ikäänkuin kuristi häntä kurkusta, niin että hän ei saanutkaan mitään sanotuksi, vaan ainoastaan puristi tytön itseensä ja yhdytti hänen huulensa.

Niinkuin kaksi kättä olisi repinyt häntä eri suuntiin, ja vihdoin se toinen temmannut hänet kokonaan. Hänen rintansa oli tuskasta haleta huomatessaan, ettei hän voinut eikä enää edes tahtonut mitään sanoa.

Ja kun tyttö vastasi tulisesti hänen puristukseensa, hiukeni tuska ja kiihkeä antautumisen riemu valtasi hänet kokonaan.

»Minä rakastan sinua niin, kuin ainoastaan äitisi on voinut sinua rakastaa!» kuiskasi tyttö huumeissaan.

Nuorukainen miltei tyrmistyi—niinkuin joku syrjäinen silmä olisi äkkiä yllättänyt heidät salaisessa hyväilyssään.

»Olavi!» jatkoi tyttö ääretön hellyys silmissään ja ikäänkuin hän olisi äkkiä muistanut jonkun tärkeän, unohtuneen asian. »Sinä et ole koskaan minulle kertonut millainen sinun äitisi on...? Ei, älä kerrokkaan—minä tiedän sen itse! Hän on suuri ja kookas, niinkuin sinäkin, ja hän ei ole vielä lainkaan kumarassa. Ja hänellä on samanlaiset säihkyvät silmät ja syvät lahdekkeet hiustenrajassa kuin sinullakin.

Ja hänellä on aina päällään suuri tummarantuinen esiliina ja vyöllään pieni irtotasku, jossa hän pitää lankakerää, kun hän joskus tiellä käydessäänkin kutoo sukkaa.»

»Mistä sinä sen tiedät?» huudahti nuorukainen iloisesti hämmästyneenä ja ikäänkuin tuskastaan vapautuneena. Selittämätön riemu täytti hänen mielensä, että tyttö puheli hänen äidistään sellaisella hellyydellä.

»Minä vaan arvaan», sanoi tyttö. »Ja tiedätkö, kun minä niin kovin mielelläni tahtoisin nähdä sinun äitisi—hänet, joka on...»

»Joka on...?»

»Joka... Sinä et voi arvata kuinka minä haluaisin häntä nähdä. Kiertää salaa käteni hänen kaulaansa ja... Sano, Olavi, minulle yksi asia—suuteliko sinun äitisi sinua usein?»

»Ei, ei usein.»

»Vaan silitteli sinun hiuksiasi ja puheli sinun kanssasi usein kahdenkesken—niinkö?»

»Niin, niin...»

Nuorukaisen kädet olivat heltineet. Hän ikäänkuin tietämättään loitonsi tyttöä itsestään ja katseli kuin kaukaiseen etäisyyteen, vieno hymy vielä kasvoillaan, mutta silmissä suuri vakavuus.

Tyttö katsahti häneen hämmästyneenä.

»Mikä sinun nyt tuli...?» kysyi hän hätääntyneenä, ikäänkuin peläten taasen hänen mielensä pahottaneensa.

Nuorukainen oli niinkuin ei olisi mitään kuullut, katseli vain kaukaiseen etäisyyteen.

»Sano, Olavi, sano mikä sinun tuli?» hätäili tyttö yhä levottomampana.

»Äiti vaan puheli minun kanssani kahdenkesken», vastasi

nuorukainen väräjävällä äänellä.

»Niinkö—?» huoahti tyttö syvään. »Nytkö hän puhui?».

»Juuri nyt.»

»Mitä hän sinulle puheli?» kysyi tyttö hellän arasti.

Kului hetkinen, ennenkun nuorukainen vastasi.

»Hän sanoi että minä olisin huono poika … ja että minä jo olin huono kun pyysinkään…»

Tyttö katseli häntä pitkään vaijeten, ja hänen silmiinsä kohosi syvä, hetki hetkeltä kasvava liikutus.

»Nyt vasta minä sinun äitiäsi oikein, oikein rakastan!» kuiskasi hän kietoen kätensä hiljaa nuorukaisen kaulaan.

10. KOSKENLASKIJA

Kohisevan koski on kuuluisa koski, sillä se on ylpein ja äkäisin kaikista viisitoista-penikulmaisen Nuolijoen monista koskista.

Moision talo on kuuluisa talo, sillä sen isännät ovat aina ikimuistoisista ajoista tunnetut rikkaiksi, jäykiksi ja ylpeiksi kuin vaahtopäinen Kohiseva itse.

Moision tytär on kuuluisa tyttö, sillä kenenkään letti ei heilahda niin komeasti eikä kukaan nuorukainen ole voinut kehua saaneensa edes muruista hänen säihkyvien silmiensä säteistä.

Kyllikki on Moision tytön nimi—kellään muulla ei ole sellaista nimeä, eikä sellaista ole almanakassakaan, vakuuttavat ihmiset.

Uittokauden »häntäroikka» oli saapunut Kohisevan kylään. Yöllä olivat tulleet ja nyt ensimäistä päiväänsä kylässä puuhailleet. Toiset loppusumaa laskivat, toiset kosken laitapuolia kuiville jääneistä tukeista puhdistelivat.

Oli ilta—miehet kortteeritaloihinsa samoilivat.

Moision puutarhassa puuhaili nuori tyttö, äskenistutettuja

kaalintaimia kastellen.

Puutarhan vieritse kulkevaa tietä asteli nuorukainen.

Hän huomasi tytön jo kaukaa ja katsoi häntä tarkkaavin silmin.

»Se on nyt se», puheli nuorukainen ajatuksissaan, »josta on niin paljo puhuttu—se ylpeä!»

Tytön sorja varsi ojentausi kumarruksistaan, vasen käsi heitti olkapään etupuolelle vierähtineen letin takaisin hartioille ja siro pää keikahti tyttömäisen itsetietoisesti koholle.

»Komealta näyttää!» ajatteli nuorukainen ja hidastutti tietämättään askeleitaan.

»Se on nyt se, josta tytöt ovat kaiken päivää hölisseet», ajatteli neito, vilkaisten tulijaa silmäkulmiensa alitse—»se, joka muka ei ole aivan tavallinen!»

Tyttö kumartihe uutta vettä ottamaan.

»Puhuttelenkohan minä häntä?» kysyi nuorukainen itseltään.

»Jospa saat nenällesi!»

»Sepä olisi ensi kerta!» hymähti nuorukainen.

Tyttö kumartui uudelleen kastelemaan, nuorukainen yhä läheni.

»Onkohan hän niin julkea, että uskaltaa ruveta puhuttelemaan?» tyttö uteliaana itseltään kysäsi. »Se kai olisi hänen tapaistaan. Vaan koettakoonpas!»

»Hevosen selässä ja seiväs olalla—niin isosia vastaantullaan!» päätti nuorukainen äänettömät mietteensä ja astui sivulleen vilkasematta päättävästi ohitse.

»Vai niin?» Tyttö kaatoi ajatuksissaan suuren läikän vettä syrjään. »Sepä joltakin näytti!»

Hän katsoi pitkään nuorukaisen jälkeen—tuntui miltei vielä loukkaavammalta että hän meni noin ohitse, kuin jos olisi puhutellut.

Seuraavana iltana tyttö oli taaskin puutarhassa. Silloin nuorukainen pysähtyi.

»Iltaa!» sanoi hän kohottaen hattuaan pikemmin ylpeästi kuin kohteliaasti.

»Iltaa!» kuului puutarhasta olkapään yli—pää kääntyi vain sen verran, että pieni nurkkanen silmästä näkyi maantielle.

Äänettömyys.

»Teillä on kauniita ruusuja!» kuului taasen maantieltä.

Se oli kohteliaisuus, mutta se kuului kuin taisteluun vaatimukselta —nuorukainen tiesi sen itse hyvin.

»Onhan niitä!» tuli puutarhasta sillä äänellä kuin että minä olen valmis, odotan vain jatkoa.

»Ajattelin pyytää yhtä niistä, muistoksi kulkijalle—tuosta punaisesta metsäruusupensaasta. Ellei paljona pidetä?»

Tyttö suoristausi:

»Ei ole ollut tapana Moision aidan yli kenellekään kukkia antaa— jos lieneekin tapa sellainen muualla!»

»Jos lieneekin tapa sellainen muualla?» kertasi nuorukainen itsekseen ja tunsi verensä kuohuvan. Hän tunsi äänensävystä mitä tyttö sillä tarkotti, ja hän tiesi että jotenkin tämäntapaiseksi heidän ensi kohtauksensa täytyisi muodostua, mutta sittekin häntä hämmästytti tytön ensi iskun häikäilemättömyys.

»Ei ole tapani joka aidan takaa kukkia pyytää», vastasi hän ylpeästi.

»Eikä ole tapani kahdesti pyytää—jos lieneekin tapa sellainen muualla.

Hyvästi!»

Tyttö hämmästyi, kääntyi päin ja katsoi nuorukaiseen: juuri sellaista hän ei sentään ollut odottanut!

Nuorukainen astui muutamia askeleita, mutta pysähtyi sitte äkkiä, hypähti reippaasti ojan yli ja nojausi puutarhanaitaan.

»Sanoisin vielä jotakin—jos lie lupa puhua?» sanoi hän ja katsoi tyttöä terävin silmin.

»Oma lupansa kullakin!» tyttö vastasi.

»Sanoisin vaan», jatkoi nuorukainen niin hiljaisen hillityllä äänellä, että se kuului miltei kuiskaukselta, »että jos te, neiti, joskus huomaisitte antaneenne ruusuillenne liian suurta arvoa, niin taittakaa se pyydetty kukka ja pankaa rintaanne. Ei sen tarvitse teitä nöyryyttää, se on vain merkki että voitte pitää kulkijaakin ihmisenä.»

»Sen verran arvoa niille aina annetaan», tyttö vastasi ja katsoi nuorukaista suoraan silmiin, »että sen, joka uskaltaa niitä itselleen toivoa, sen täytyy uskaltaa muutakin kuin kukkia pyytää—sillä sellaista uskaltaa kuka kulkija tahansa.»

He katselivat silmää räpäyttämättä hetkisen toisiinsa.

»Pannaan mieleen!» virkkoi nuorukainen merkitsevällä äänellä.

»Hyvästi!»

»Hyvästi!» kuului puutarhasta.

Tyttö katseli kauvan hänen jälkeensä.

»Eikä se aivan tavallinen olekkaan, siinä ne kyllä totta puhuivat», puheli hän kumartuessaan keskeytynyttä työtään jatkamaan.

* * * * *

Sunnuntain iltapäivällä kihisi Kohisevan sillalla kirjavanaan uteliasta väkeä. Kaikki eivät edes sillalle mahtuneet, vaan rantatörmilläkin liikehti sankkoja parvia.

Huhutar oli kertonut kummia viestejä—siitä se väenpaljous.

»Ensi sunnuntaina kello neljän aikaan iltapäivällä», oli huhutar torveensa toitahuttanut, »tapahtuu Kohisevalla koskenlaskukilpailu!»

»Mitä?» huudahtivat ihmiset pyörein silmin, sillä Kohisevasta ei ollut vielä kukaan pölkyllä laskenut. Oli tosin kerran, kymmenkunta vuotta takaperin, ollut mies nuori ja ylpeä—joku joensuun-puoleinen—joka tahtoi uhmata ja laski vähemmän ryöpeästä alakoskesta. Laski, ja ruumiina lahden rannalle nostettiin—synkkä näky, joka sen kesän auringon ihmisten silmissä himmeämmäksi muutti.

»Mutta nyt se lasketaan!» vakuutti Huhutar ylimielisesti hymyillen. »On tällä kertaa kummassakin joukossa tavallista kummemmat laskumiehet. Syntyi kiista päälliköiden kesken, eikä siitä muuten selvitty kuin että veto lyötiin—korppukahvit koko tukkilaisjoukolle, sen päällikön maksettavaksi, jonka mies hävii.»

Koko Kohiseva oli liikkeellä, jopa joukkoja naapurikylistäkin— niin kummana pidettiin Kohisevan laskemista.

Sillalla liikutaan, puhellaan, kiistellään.

»Mikä ne nyt riivasi semmoista vetoa lyömään?»

»Juovuksissa kuuluvat olleen», joku selittää.

»Sen saattoi arvata, ei se ole selvän eikä viisaan tekoja!»

»Entäs laskijat, niistähän tässä kysymys onkin?» joku utelee.

»Mikä lie päästään paleltunut se toinen—menee vaikka tuleen, jos vaan usuttaa että ei ole ketään, joka uskaltaa.»

»Sitäpä! Vähän hullu se pitää ollakkin.»

»Ei huoli vielä hullusta huutaa, on se kuuluisa laskija!» joku inttää.

»Taitaa sentään Kohiseva olla vielä kuuluisampi! Entäs se toinen?»

»Ettekös te sitä tunne? Sehän on se kymmenniekka, Olavi—tuo tuolla!»

»Tuoko, joka melkein herralta näyttää?»

»Se!»

»Mikäs se oikein on miehiään, eihän se ole tukkimiehittäin puettukaan?»

»Ota selvä, jos osaat, ei hänestä muutkaan sen enempää tiedä kuin mitä päältä näkyy. Koulunkäynyt kuuluu olevan ja kieliäkin osaavan, eikä sentään ole muuta nimeä kuin Olavi.»

»Jo on uuspeili!»

»Onhan sitä meidän sakissa jos jotakin. Ja sen minä sanon, että jos joku laskee, niin kyllä se on hän, joka laskee!»

»Älä profeteeraa—musta olet jumalaksi!» joku vastapuolueen sakkiin kuuluva tokasee.

»Mutta mitäs Moision ukko niin touhussaan päälliköiden luo astuu?»

Päälliköt seisovat keskellä siltaa. Toinen, Falkki, nojaa kaiteeseen ja polttelee pitkävartista, punatupsuista piippuaan, polttelee ja myhäilee. Toista sanotaan Väntiksi—mies kuin tervaskanto, aina hajasäärin, kädet housuntaskuissa ja sikaaria tupruttaa. Ja ylpeä on tämä kanto, ylpeä karjalaisesta kielestään ja vielä ylpeämpi kotimaansa lapikkaista, noista merkillisistä kikkanokkaisista jalkineista, joiden varret ulottuvat aina haaroihin—pelkkää lapikasta koko mies alaosaltaan.

»Kuulin että tämä homma on saanut alkunsa päälliköiden vedonlyönnistä», sanoo Moisio painokkaasti. »Ja neuvoisin että peruutatte sen heti paikalla. Minun muistiaikanani on tämä koski jo viisi vainajata tehnyt, ja se mielestäni riittää tämän kylän osalle.»

»Elekeepäs nyt, Moisio!» Väntti sanoo, ottaa sikaarin suustaan ja sylkeä tirskauttaa toisesta suupielestään. »Eihän tässä vainaita oo meinattu laittookkaan, ilmanpahan vaan hauskuuveks kyläjäälle.»

»Mitä lienette meinanneetkaan», jatkaa Moisio tanakasti, »sanon vaan tässä koko kylän kuullen, että jos onnettomuus sattuu, niin minä kylänvanhimpana vedän teidät oikeuteen siitä, että olette ihmishengistä vetoa lyöneet.»

»Moisio puhuu oikein!» huudetaan useammalta taholta.

83

Päälliköt kääntyvät toisiinsa ja alkavat hiljaisesti neuvotella.

»Ka, olokoon männeeks!» sanoo Väntti hetkisen päästä ja ojentaa Falkille kätensä.

»Me tässä kaikkein nähden puramme vetomme», Falkki selittää, »ettei kenenkään tarvitse meitä syyttää. Toinen asia on suostuvatko laskumiehet senvuoksi kilpailuaan heittämään—se on nyt heidän asiansa!»

Kaikkein silmät kääntyvät kilpailijoihin, jotka seisovat vastakkain, kumpikin sakkinsa ympäröimänä.

»Tämä poika ei pelkää vainajia eikä aijo itsekkään vainajaksi tulla, kyllä se vaan laskee!» huutaa ylimielisesti toinen kilpailijoista, jolla on tulipunainen takki.

»Peruutukaa te!» sanoo Moisio Olaville—»ei tuo toinen yksin viitsi laskea. Tiedättehän itsekkin, ettei tästä yläkoskesta ole kukaan ennen uskaltanut, eikä ole uskaltamista.»

Olavi tarkastelee mietteissään koskea. Ympärillä olevat jännittyneinä odottavat.

»Te puhutte oikein, sen minä tunnustan kaikkein kuullen», sanoo hän vihdoin. »Mutta tämän asian suhteen on niin määrätty, että tänään uskalletaan sellaista, jota ei kuka tahansa uskalla—siksi sitä ei voi peruuttaa», jatkaa hän niin selvällä ja korkealla äänellä, että sen kuulee jokainen sillalla seisova.

Moisio vetäytyy sanaakaan sanomatta takaisin.

»Kumpi ensiksi laskee?» kysyy Falkki.

»Kyllä minä olen niin ajatellut, että minä laskisin», sanoo punatakkinen. »Sopii hyvin minun puolestani!» Olavi virkahtaa.

»Pankaa edes muutamia miehiä tuon toisen puolen kossalle vahtiin kaiken varalta!» sanoo Moisio päälliköille.

»Ei minun varaltani!» huutaa punatakkinen kopeasti. »Ellei tämä naapuri kaivanne onkimiehiä…?»

»No minun varaltani sitte!» sanoo Olavi lyhyesti. »Hyvä se on joka tapauksessa.»

Miehet etsivät keksejään, sillalla olevat odotellen koskea katselevat.

Komea on Kohiseva keväisissä vaahdoissaan. Sen jäykän niskan yli kaartuu vankka silta. Sillan alla yläkoski jo vauhti-askeleitaan ottaa ja sitte suoraa uomaa juoksuun ryntää, kohisten ja tasaisesti tyrskyillen. Ensin suoraan, sitte puolipyörössä oikeaan, kunnes karkaa vaahtopäisenä Äkeänlinnan kalliota vasten. Se linnakallio seisoo kuin jättiläinen kosken keskellä, halkeamastaan kohoava tuuhea tuomi päälaella kypäränä huojuu—seisoo ja kosken keskijuoksun kahtia jakaa, vasemmaiset vaahdot suoraan myllynuomaan, oikeanpuoleiset jyrkkään, kallioonporattuun tukinuittoväylään. Kiivas on väylässä vesien karku, tulinen kuohujen tanssi—vaan lyhyt kuin elämän ilo: valkeat vaahdot syöksyvät jo pauhaten paria syltä korkealta kallionkynnäältä patamaiseen »Eevanpyörteeseen». Siinä talttuvat, tyyntyvät ja senjälkeen hiljaisempana alakoskena taas eteenpäin vierivät.

Sellainen on Kohiseva! Yksinään seisoisi linnakallio kuohujen keskellä, elleivät tukkilaiset uittoaikana laskisi sen ja vasemman rannan väliä tukkia täyteen. Siitä syntyvä kossa on kuin mahtava silta, jota vastaan tukit hurjasti puskevat, ennenkun porattuun kallioväylään imeytyvät.

Yläkoski on kilpailijain määrä laskea ja hypätä Äkeänlinnan kossalle, jos hyppäämään pystyvät—kallioväylässä ei kukaan voi tukilla seistä eikä Eevankynnyksessä elävänä säilyä.

Vahtimiehet seisovat jo paikoillaan, kilpailijat lähtevät liikkeelle.

Olavi vilkasee ohimennessään sillalla seisovaan tyttöparveen.— Erään poskilta on veri karannut ja hän luo katseensa alas.

»Eikö lasketa paria koepölkkyä pyörteiden ja salakivien selvilleesaamiseksi?» Olavi ehdottaa.

»Eiköhän oteta kerta kaikkiaan maanmittaria, joka merkitsee kivet karttaan—laskemme sitte oikein kartan mukaan!» ilvahtaa punatakkinen.

Punatakkilaiset nauramaan, kaikki katsovat Olaviin.

Lievä puna lennähtää nuorukaisen kulmille, mutta hän ei virka mitään, purasee vain huultaan ja kääntyy koskea tarkastelemaan.

Punatakkinen häneen ilkkuen silmää ja rientää keksi olalla laskupuomille, parisenkymmentä syltä sillan yläpuolelle.

Jo hyppää sumalle ja valitsee laskupuun—paksuhkon, kuoritun kuusen, lyhyenpuoleisen ja kepeästi uivan.

Nuorukaisen kasvojen yli kiitää omituinen, kepeä hymynhäive.

»Näittekö?» virkahtaa joku sillalla naapureilleen. »Se ei merkinnyt hyvää, kyllä se tietää!»

»Hei vaan!» Punatakkinen suoltaa puunsa laskuvarpin alitse ja hypähtää pölkylleen. Survasee sen sitte jaloillaan kiivaaseen pyörintään, »sorvaa» jotta vesi ympärillä sirisee.

»On siinä poikaa!» huudetaan sillalta.

Punatakkinen pysäyttää pölkkynsä pyörimästä, ylpeästi sillalle vilkasee ja viheltää, iskee keksinsä puuhun pystyyn ja astuu pari askelta taaksepäin—kädet lantioille, katse keksin-huippuun, »isämeitää» holottaa.

»Olettekos, pojat, ennen sellaista nähneet?» joku punatakkilainen sillalla huudahtaa.

»Ei ole nähty! Jo on, jo on!»

»Lopettakaa jo—ei se ole 'isämeitä' sellaista varten!» sanoo sillalla vakava ääni.

»Pentelettäkö se sinuun kuuluu luenko minä vai laulan!» punatakkinen huutaa. Lopettaa kuitenkin ja irrottaa keksinsä— silta jo lähenee.

Laskija pölkkyineen sillan alle, katsojat koskenpuoleiselle laidalle.

Jo nielee vihainen virta tukkia ja vesi hyrskähtää saappaille. Mutta laskumies seisoo terhakkana.

Vauhti kiihtyy, pölkky katoo harjasaallon tapaiseen poikkivuolteeseen—sillalla kukaan tuskin hengittää.

Taas nousee vuolteen alta. Takapää saa aallon harjasta voimakkaan syrjäiskun, kevyt tukki heilahtaa kalanpurstona sivulle, laskijan asento huojahtaa, keksi ailahtaa, mutta pian taasen mies varmana pölkyllään seisoo.

Syvä hengähdys sillalla.

»Tral-lala-lalla!» hyrähtää punatakkinen—pari keikailevaa tanssiaskelta.

»Ei ole Sysmästä kotoisin!» sillalta huudetaan.

Jotkut vilkasevat Olaviin: miltä tuntuu, kun kilpailijaa kehutaan?

Eipä miltään, nuorukaisen silmä vain tähtää terävästi kuohuihin ja odotus kasvojen jänteitä pingottaa.

Samassa pölkky puskee kuohujen salakiveen ja ammahtaa tärskähtäen takaisin. Kiireisiä, horjuvia juoksuaskeleita ... keksi lyö läiskähtäen kuohuihin, vartalo nojautuu tanakasti lyöntiin— mies jälleen suoraksi kohoo, taka-askeleita tanssii, pölkky jo kiven vieritse eteenpäin kiitää.

»Se ei ollut enää leikkiä!»

»Ei, ei, siinä ja siinä ettei pyllähtänyt!»

Pölkky kiitää, laskija taasen varmana seisoo.

Uusi tärskähdys. Pölkyn etupää lennähtää kohoksi oikealle »p ——le!» kuuluu kohun keskeltä—punainen takki kauvas kuohuihin suistuu.

Sillalla kohahdus, hätääntyneitä liikkeitä, rantatörmillä istujat nousevat.

Punainen takki sukeltautuu kuohuista esiin. Voimakkaita uintivetäsyjä—laskija pääsee suvantoiseen rantapoukamaan.

Sadatuksia. Mies istahtaa rannalle ja kaataa veden saappaistaan, saa Äkeänlinnan kossamiehiltä keksinsä—hattu meni menojaan. Tuulispäänä rantaa ylöspäin rientää.

»Eikö nyt olisi aika lopettaa?» ehdotetaan sillalta. »Neuvo äitiäsi!» sähähtää hammasten välitse.

»Taitaisi jo karttakin kaupaksi käydä!» joku puoliääneen virkahtaa.

»Kun ei ole hattua, niin ei tarvita takkiakaan!» Punainen takki lennähtää rannalle, sininen paita sumalla vilskaa—uusi pölkky työntyy vihan vimmalla varpin alitse ja siltaa kohti soluu.

»Töllistelkää nyt tarpeeksenne, että toistekin tunnette!» Ei halaistua sanaa sillalta.

Pölkky kiitää sillan alitse ja puhkasee poikkivuolteen kunnialla. Voimakkaita keksinvetäsyjä oikealta, pölkky vasempaan— ensimäinen salakivi sivuutuu onnellisesti, vaikka laskijan asento hetkisen huojuukin.

»Ahaa, ahaa!—Katsoppas peijakasta!—Se taitaa lopultakin laskea!»

»Eikös se jo lähtiessään sanonut että katsokaa, jotta toistekin tunnette!» joku laskijan ystävä mahtailee.

Pölkky kiitää, vartalo sujuu, keksi vaakasuorana hiljalleen keinuu.

Toinen kivi lähenee, vartalo mataloituu ja vetäytyy hitaasti takanojoon. Ankara törmäys, eteenpäin syöksähdys, räsähdys, keksinvarsi kahtena—sininen paita kuohuihin katoo.

»Siinä se oli! Pääseeköhän se nytkin rantaan?» Väki kohisten liikkeelle.

Sininen paita kuohuista vilkkaa.

»Eikä pääse, on aivan uoman keskellä!»

»Miehet hoi, varallanne!»

»Jos se paiskaa sen Mällinkalliota vasten?»

»Ei, ei, keskemmältä se menee!»

Ja meni. Sininen paita kiitää suoraan kossaa kohti, toinen käsi pui torjuen vahtimiehille nyrkkiä.

Mutta miehet eivät välitä. Toinen työntää keksinsä laskijan haarojen väliin, kun tämä syöksyy kossaa vasten, toinen äkkiä niskaan tarttuu.

Vetävät—vesi painaa miestä ankarasti kossan alle. Vetävät—tuuma tuumalta sininen paita nousee.

Mies kahden tukemana rantatörmälle liikkaa, punaista polvesta pursuu.

»Ei laske, ei laske ihminen sitä koskea!» huutaa särkynyt ääni ja nyrkki viittaa siltaa kohti. Huutaa ja painautuu aitaa vasten nojalleen.

Sillalla hiljaa puhellaan, odotellaan—Olavi etsii keksiään. Hänen takanaan sormielee kalpea tyttö levottomasti vanhahkon miehen takinlievettä ja puhuu hänelle jotakin hiljaa—hiljaa, mutta kiihkeästi.

»Minä vielä kerran pyytäisin, että se lopetettaisiin tähän», sanoo Moisio Olaviin kääntyen. »Näittehän miten toverinne kävi!»

»Kyllähän minä sen näin, mutta kyllä minun nyt *täytyy* laskea!» vastaa nuorukainen niin kylmänkirkkaalla äänellä, että se miltei teräkseltä helähtää ja iskee ihmisiin selittämätöntä luottamusta.

Lähtee, valitsee pölkyn ja koettelee tarkoin sen kantavuutta— pitkänlaisen, kuorimattoman kuusen, keskipaksuisen ja silmäänpistävän syvällä uivan.

»Ihan erilaisen hevosen se ainakin valitsi!»

»Erilainen taitaa ajajakin olla!»

Nuorukainen jo lähenee siltaa—tyynesti, sanaa virkkaamatta, suoraan koskeen katsellen. Sillan luona vain kerran silmänsä kohottaa ja yhdyttää kalpean tytön katseen. Silmät hymyilevät ja pää nyökkää tuskin huomattavasti kuin tervehdykseksi.

»Onneksi olkoon!» huutavat katselijat innostuneina—että hän niin kauniisti heille hyvästi heitti.

Sillan alitse, poikkivuolteeseen—kaikkein katseet jännittyvät.

Kuohu halkee pärskähtäen, syvällä uiva puu tuskin hievahtaa—laskija niinkuin permannolla.

»Näittekö, näittekö? Kyllä se tiesi millainen orit kuohuissa kestää!» Pölkky kiitää, solakka vartalo kaartuu vasempaan, keksi ilmassa keinuelee.

»Mutta mitä se meinaa, kun ei aijo kiveä kiertää?»

Vartalo jännittyy, keksi jäykistyy keinumattomaksi, silmä tähtää tulisesti salakiven pyörteisiin, polvet hiljaa notkistuvat.

Tärskähdys ja notkea hyppy ilmaan. Raskas puu ponnahtaa kyynärän verran takaisin ja nuorukainen putoo sen selkään—kuin permannolle, ja seisoo kuin permannolla.

»Sillälailla, sillälailla! Sepä komeljantti! Ei ole ennen sellaista nähty!»

Taas eteenpäin. Kolme ripeätä, voimakasta keksinvetäsyä—pölkky sivuuttaa hipoomatta saman kiven, johon sinipaitainen sortui.

»Jo laskee, jo laskee kuin poika!» Sillalla alkaa käydä yleinen äänen sorina.

Vauhti kiihtyy, kaunis vartalo kaartuelee. Sysäys syrjästä, hän tanssii kuin vietereillä.

Taas ylävartalo jännittyy, keksi lakkaa keinumasta ja polvet lyykistyvät syvään—päät sillalla kurottuvat.

Tärskähdys kuuluu aina sillalle saakka, hyppy voittaa äskeisenkin. Syöksyaskeleita eteenpäin ... jo tapaa tasapainonsa. Tanssiaskeleita taaksepäin—taas pölkky kuohuja halkoo.

»Jo on koko juupeli! Ei ole mokomaa tanssimestaria nähty!»

»Vaan Mällinkallio! Saas nähdä kuinka se siitä mällistä suoriutuu?»

90

Mällinkallio siinä vartioi, missä koski alkaa kaartua.

Pölkky kiitää, vinoa, sileäksi hijoutunutta kallioseinää vasten.
Vartalo ojentuu hiukan oikeaan, hyppy oikeaan, suoraan
kuohuihin. Kallio tekee temppunsa ja tärskäyttää pölkyn pään
ulospäin, laskija putoo suoraan sen selkään ja kiitää eteenpäin—
pölkyn latva tärisevää jäähyväistään kallionrintaan piirtää.

»Mato on miehekseen! Jo nyt Kohiseva laskettiin!» Sillalla aletaan
hurrata.

Nuorukainen kiitää keskiväylää. Koski kaartuu, Äkeänlinnan
kossa lähenee.

»Nyt se on jo viimeinen!»

»Mutta pahin!»

Pari kolme lyhyttä askelta taaksepäin—tukki törmää suoraan
kossaa vasten. Hypähdys, tärskähdys, juoksujalkaa miltei pölkyn
etupäähän... siellä vasta vauhtinsa pysähtymään saapi.

Pölkky on ponnahtanut pari syltä kossasta keski väylälle ja värisee
pitkin pituuttaan kuin pyörryttävän iskun saanut. Sitte jo
kallioväylä alkaa imeä.

Vahtimiehet seisovat patsaina, silmät selällään. Yksi alkaa huutaa,
toinen tarttuu päähänsä ja alkaa hänkin huutaa.

Vanha silta sätkähtää.

»Herra Jumala, nyt ei se pääsekkään kossalle!»

Kuka huutaa, ken syöksähtää eteenpäin, kuka kiveksi paikkaansa
jähmettyy—törmillä seisojat alkavat juosta alaspäin.

Nuorukainen vilkasee vielä kerran Äkeänlinnan kossalle. Keksi
heilahtaa, päättävä ympäripyörähdys, mies juoksee nopeasti
latvaanpäin ja alkaa kiivaasti väylän poikki yläviistoon soutaa.

»Nyt se aikoo vastakkaiselle kossalle!»

»Ei se sinne pääse, eikä siellä ole edes yhtään miestä!»

»Voi voi, kyllä se nyt menee Eevanpyörteeseen!»

Kahdenkamppailua! Nuorukainen latvaa rantaanpäin kiistää, kallioväylä tyveä yhä kiihkeämmin alaspäin—nyt jo pölkyn pään vaahtoavaan kitaansa tempaa.

Pari hurjankiivasta vetäsyä, sitte pari joustavaa juoksuaskelta— nuorukainen ponnahtaa keksi koholla ilmaan. Lentää kossallepäin, laskeutuu, keksi iskeytyy kovasti läjähtäen johonkin —sitte ei sillalle näy mitään, kaikki katoo kossan taakse.

Alaspäinjuoksua ... huutoa...

Mutta hetkisen päästä alkavat Äkeänlinnan kossamiehet heiluttaa vimmatusti hattujaan, ja mylvinän tapainen huuto kiitää ylöspäin. Mitä se? Jotkut pysähtyvät, toiset yhä kiihkeämmin juoksevat.

Silloin kohoaa äkkiä vastakkaiselle kossalle solakka vartalo ja heiluttaa riemuisesti hattuaan sillallepäin. Kaikki pysähtyvät kuin paikkaansa naulatut. Hatut heiluvat, liinat lieskuvat ja valtava riemuhuuto kierii rantoja pitkin.

Olavi astuu ripein askelin rannalle, mutta kasvot ovat aivan verettömät. Ensimmäinen, minkä hän näkee, on päremyllyn luona seisova kalpea, liikutuksesta värisevä tyttö. Hän seisoo yksin, muut ovat vielä pitkän matkan päässä.

Nuorukainen pysähtyy—astuakko suoraan, vai toisaanne kaartaa? Tyttö katsoo alas.

Nuorukainen lähenee. Tytön katse kohoaa, läikähtää kerran syvästi ja lämpimästi, heti taasen painuu—poskille tulvahtavat punaiset ruusut.

Nuorukaisen silmä hymyää ja hän kohottaa ohiastuessaan iloisesti hattuaan.

Sitte hänet jo nielevät riemuitsevan joukon tervehdyshuudot.

»Kohisevan-laskija! Terve, terve! Kaikkien laskijain kuningas! Ei ole sen vertaista!» Levoton joukko tungeksii hänen ympärillään.

»No oot sie jumalanviljalla ruokittu, oot kuitennii!» sanoo Väntti ja lyödä läjäyttää Olavia olkapäähän—on yhtenä ilonhykäyksenä koko mies lapikkaineen sikaareineen.

»Ja nyt sinä taisit jo liikanimenkin saada», lisää Falkki.—»Ettet ole enää silkkaa Olavia...»

»Ohoh!»

»Koskenlaskijaksi sinut nyt on ristitty—kelpaako?» »Käyhän se laatuun—pankaa vaan kirjoihin!» nuorukainen nauraa.

»Ja nyt mennään myllärille ne kahvit juomaan», Falkki taas sanoo. —»Kyllä ne nyt kannattaa vaikka kahdesti juoda!»

Kun Olavi asteli sinä iltana kortteeriinsa, istui Moision kamarin ikkunanpielessä levottomasti odottava tyttö.

Ja maantien vieressä odotti ylimmän aidaksen halkeamaan pistetty helottava ruusu.

Nuorukainen hypähti ojan yli—tytön pää vetäytyi verhon suojaan.

Ruusu ilmautui rintaan. Kiitollinen katse kiipesi puutarhan rinnettä ylöspäin, mutta ei tavannut ketään.

Kamarissa vaipui vaaleakutrinen pää pöydille käsien varaan— nuori tyttö hyrähti hiljaiseen itkuun.

11. LAULU TULIPUNAISESTA KUKASTA

»Miksi sinä tänä iltana niin surullinen olet, Olavi?» kysyi tyttö katsoen häntä lämpimästi silmiin.

»Miksikö minä surullinen olen?» puheli nuorukainen kuin itsekseen, leikkien hiljalleen hänen lettinsä tupsulla ja katsellen surullisesti eteensä. »Kunpa minä tietäisin sen itsekkään!»

»Etkö sinä ole itsestäsi selvillä—?» tyttö kysyi.

»En, en tällä kertaa—sehän se juuri kummallista onkin!»

Puhe katkesi———.

»Ei minun sovi sinun surujasi udella», sanoi tyttö hetkisen päästä. »Mutta jos minulla olisi suruja ja minulla olisi ystävä, niin minä kertoisin.»

»Ja saattaisit sen ystävänkin suruliseksi—kun hän ei kuitenkaan ymmärrä.»

»Ehkä hän ainakin koettaisi ymmärtää.»

Mutta nuorukainen tuskin kuuli, mitä hän sanoi. Hän antoi tytön letin pudota alas, nojautui taaksepäin toiseen käsivarteensa ja katseli harhaillen eteensä.

»Elämä on niin kummallista!» sanoi hän kuin haaveillen. »Eikös se ole kummallista, kun on jostakin pitänyt, ja sitte tuntuu yhtäkkiä niinkuin se ei olisikaan mitään?» Tyttö katsoi kysyvin silmin.

»Esimerkiksi tämä minun elämäni! Se on tähän saakka ollut kuin kaunista satua, mutta nyt...»

»Mutta nyt...?»

»Nyt minä en tiedä mitä se on, onko se oikeastaan mitään. Kylästä kylään, koskelta koskelle, sadusta satuun...»

Puhe katkesi taasen———.

»Mutta miksi sinä sillälailla kulet?» kysyi tyttö hiljaa, kuin arastellen.—»Sitä minä olen usein ihmetellyt.»

»Ja minä itse ihmettelen miksi minun täytyy kulkea, ja että täytyykö minun, ja kuitenkin minun täytyy!»

»Täytyykö sinun? Etkö sinä voisi olla kotonasi...?» tyttö taasen epäröiden kysyi. »Eivätkö vanhempasi vielä elä—sinä et ole niistä mitään puhunut?»

»Kyllä, kyllä he elävät.»

»Jos olisit heidän luonaan...?»

»Minä en voi, sillä ne eivät minua kiinnitä!» sanoi hän miltei kylmästi.

»Etkö sinä pidä vanhemmistasi—?» tyttö kummastellen kysyi.

Nuorukainen oli hetken vaiti.

»Kyllä, kyllä minä pidän, niinkuin paljosta muustakin. Mutta minua ei kiinnitä mikään!» Ja hän tunsi niinkuin hänen sisässään olisi alkanut paisua ja kuohua jotakin, jota hän oli kauvan pidättänyt.

»Ja minä toivoisin…» jatkoi hän kiivaasti, mutta keskeytti lauseensa.

»Mitä sinä toivoisit…?»

»Se koskee sinua, Kyllikki!» sanoi hän kuin uhaten.

»Sano vaan, kyllä minä sen voin kuulla», vastasi tyttö pahaa aavistaen.

»Minä toivoisin että me eroaisimme vihamiehinä!» sanoi hän melkein rajusti.

»Vihamiehinä—?»

»Niin. Me tapasimmekin miltei vihamiehinä, ja jos ero olisi samanlainen, niin se olisi parempi!»

»Miksi?»

»Siksi—sanonko minä suoraan?»

»Sitä minä toivoisin.»

»Siksi», sanoi nuorukainen, katsoen häntä kylmänterävästi silmiin, »ettet sinä ole ollut sellainen, kuin minä odotin ja toivoin! Minä olin ylpeä ja onnellinen, kun minä sinun ystävyytesi voitin. Mutta minä luulin samalla voittavani jotain muutakin—ja että se muu oli lämmintä, suurta ja kokonaista.»

Tyttö ei vastannut hetkiseen.

»Oletko sinä itse ollut lämmin ja kokonainen?» sanoi hän vihdoin väräjävin äänin.

»En! Mutta minä olisin voinut ja tahtonut sellainen olla, vaan sinä olet estänyt. Me olemme nyt olleet viikon toisillemme jotakin, emmekä kuitenkaan ole olleet mitään—minä olen tuskin uskaltanut sinua kädestä ottaa.»

»Mitä muuta sinun sitte olisi pitänyt—?»

»Mitäkö pitänyt? Omistaa sinut kokonaan! Kaikki, taikka ei mitään!»

Tyttö oli vaiti, taistellen sisäistä liikutustaan vastaan.

»Saanko minäkin sanoa sinulle jotain?» kysyi hän hiljaa.

»Sanovaan!»

»Omistaa minut kokonaan...?» Hän pysähtyi empien, mutta jatkoi sitte kalpein huulin: »Tänään omistaa ja huomenna lähteä —ja ehkä sitte joskus muistella, että olet kerran minutkin omistanut?»

»Minä voisin vihata sinua!» näkyi nuorukaisen silmistä, mutta hän ei sanonut mitään, ainoastaan katsoi.

»Ehket sinäkään ole ollut sellainen kuin minä odotin», jatkoi tyttö tyynesti. »Jos sinä olisit sellainen ollut, niin sinä...»

»Mitä sitte?» huusi nuorukainen kiivaasti, kuin syytöstä torjuen.

»Niin sinä et ... puhuisi minulle niin, kuin sinä nyt puhut», vastasi tyttö kuin välttäen. »Ja ehkä se, mistä sinä nyt olet minuun suuttunut, onkin niin ... ettet sinä voi saada enempää kuin mitä sinä voit itse ottaa?» Nuorukainen katseli häntä suurin, kummastelevin silmin.

»Ja ehket sinä», jatkoi hän tuskin kuuluvalla äänellä, »voi ottaa enempää kuin mitä jaksat—pitää?»

Tyttö katsoi hämillään alas, tietämättä oikein itsekkään mitä oli sanonut. Hänen vaan oli täytynyt sanoa.

Nuorukainen katseli häntä pitkään vaijeten, ikäänkuin olisi kuullut uutta ja odottamatonta, jota hänen piti miettiä.

»Minun pitäisi itse tietää, minkä vuoksi minä en voi pitää!» sanoi hän vihdoin.

»Kyllä minä sen tiedänkin», tyttö vastasi, »Sillä sinä et *tahdo* pitää!» Niinkuin hieno, terävä oka olisi tunkeutunut nuorukaiseen, katkennut ja jäänyt pistämään. He katselivat toisiaan sanaa sanomatta, silmää räpäyttämättä.

»Ja jos minä tahtoisin», sanoi nuorukainen tarttuen kiivaasti hänen toiseen käteensä, »*uskaltaisinko* minä tahtoa?» Veri pakeni tytön kasvoilta eikä hän saanut sanaakaan sanotuksi.

»Uskaltaisinko minä?» kysyi nuorukainen uudelleen.

»Eikö jokaisen täydy itse tietää, minkä verran hän uskaltaa?» sai hän vihdoin vaivoin vastatuksi.

»Oi Kyllikki, Kyllikki, jos sinä tietäisit!» huusi nuorukainen tuskissaan ja tempasi hänen molemmat kätensä.

Mutta sitte hän taas ikäänkuin jäykistyi.

»Ja jos minä sinuun ja itseeni nähden joskus uskaltaisinkin— mutta siinä on vielä joku kolmaskin!»

»Pelkäisitkö sinä häntä?» kysyi tyttö terävästi, katsoen häntä suoraan silmiin.

»En pelkäisi, mutta jos hän ajaisi minut pilkaten ulos?»

»Ja jos se pelko olisi esteenä», sanoi tyttö painokkaasti, »niin olisi parasta ettet menisikään. Sillä kumpaako sinä silloin enemmän rakastaisit, itseäsikö vai sitä, jota luulet rakastavasi?»

Nuorukainen tuskin kesti hänen katsettaan.

»Mutta jos minä pelkäisin *sinun* tähtesi?» sanoi hän miltei lämpimästi.

»Sitä sinun ei tarvitse, sillä minä luotan ettet sinä tee mitään, ennenkun olet täysin varma itsestäsi. Ja jos sinä kerran siitä olet varma, ei sinun myöskään tarvitse minun tähteni mitään pelätä.»

Nuorukainen katseli häntä ihmetellen ja ihastellen.

»Kuinka kummallinen tyttö sinä Kyllikki olet!» huudahti hän. »Nyt vasta minä alan sinua ymmärtää. Sinä et ole ollut semmoinen kuin minä toivoin, mutta sinä olet enemmän kuin minä toivoin... Kyllä minä tiedän mitä tämä on sinulle maksanut, enkä minä ole sitä koskaan unohtava.»

Mutta sitte hän tuli taasen alakuloiseksi ja tuskaiseksi.

»Niin, kyllä minä nyt *sinun* tiedän», sanoi hän miltei valittaen. »Mutta kun en minä tiedä itseäni!»

»Kyllä sinä sen tiedon vielä joskus saat», sanoi tyttö hellästi.

»Kun olisi edes muutamia päiviä enemmän aikaa...»

Hän mietti hetkisen, syvät rypyt kulmien välissä.

»Me lähdemme huomenna iltapäivällä, ja jos minä sitä ennen sen tiedon saan, niin minä koetan käydä ennen lähtöäni teillä. Mutta minä käyn aivan viime hetkenä, sillä jos minun käy siellä niinkuin minä pelkään, niin minä en voi viipyä täällä enää hetkeäkään kauvemmin.»

Tyttö nyökäytti päätään. He nousivat.

»Kyllikki!» sanoi nuorukainen liikutettuna, pitäen häntä molemmista käsistä. »Voisi käydä niinkin, että tämä on viimeinen kerta, kun minä saan sinua kahdenkesken tavata. Älä minua tuomitse, että minä olen se kuin olen.»

»Et sinä voisi toisin ollakkaan», sanoi tyttö lämpimästi. »Kyllä minä sinua ymmärrän.»

»Ja siitä minä olen aina sinua kiittävä. Ja ehkä ... kuka tietää»— hänen äänensä katkesi—»hyvästi, Kyllikki!»

* * * * *

Oli sunnuntai-iltapäivä. Tukkilaiset tekivät lähtöä.

Kylän nuoriso, jopa joukko vanhempiakin ihmisiä oli keräytynyt

Kohisevan alla olevan lahden rannatse kulkevalle maantielle
lähtijöitä katsomaan.

Lahti oli jo tukeista puhdas, miltei tyhjä häntäpuomi liukui
miesten vetämänä nopeasti suvantoa alaspäin. Jotkut kulkivat
edellä, työnnellen ruohikkoon tarttuneita tukkeja
virranvuolteeseen, toiset kävelivät jouten rantatörmillä, leikillisiä
jäähyväisiä huudellen.

Lahden rannassa, katselijain kohdalla, oli yksinäinen tukki, pää
matalalle vedettynä. Tukin kohdalla rannalla oli keksi.

»Se on Koskenlaskijan», selitti joku. »Kuuluu vielä olevan jossakin
asioillaan.»

Joukossa erään sydän levottomasti sykähti.

»No sitte saamme nähdä sen vielä kerran pölkyllä—häntä varten
kai se tuo on jätetty?»

»Tietysti. Mitäs se kävellä viitsii, jolla on sellaiset hevoset!—Tuolta
hän jo tuleekin!»

Nuorukainen tuli kuin rajutuuli rinnetietä alas.

Eräs joukossa kalpeni. Hän näki askeleista miten asia oli
päättynyt. Mitä tavatonta siellä onkaan tapahtunut, kun hän noin
kuohuksissaan tulee?

Nuorukainen läheni. Hänen kasvonsa olivat kuin palttina, huulet
yhteenpuristetut ja silmistä näkyi silloin tällöin säkenöivä
välähdys, vaikka hän katsoikin koko ajan suoraan suvannolle.

Hän astui joukon ohi hattuaan kohottaen, mutta puoleen
katsomatta.

»Mitä on tapahtunut?» kysyivät ihmisten silmät, mutta ääneen ei
kukaan sanonut mitään.

Kalpea tyttö pelkäsi kaatuvansa ja tarttui rantatien johteeseen.

Nuorukainen tempasi keksinsä, työnsi tukin väljälle ja hyppäsi
selkään. Sitte hän veti muutamia voimakkaita vetäsyjä ja kääntyi

ympäri, katsoen tiellä seisovaan joukkoon. Etsi ja tapasi kalpeat kasvot.

»Hyvästi!» sanoi hän hattuaan heilauttaen.

»Hyvästi, hyvästi! Tule toistekin, sinä Koskenlaskija!»

Hatut heiluivat, jotkut tytöt liehuttivat liinojaan. Nuorukainen seisoi yhä rantaanpäin kääntyneenä ja meloi hiljalleen takaperin lahdelle.

Rannalla seisojain olisi tehnyt mieli huutaa hänelle ystävällisiä jäähyväissanoja, mutta kukaan ei saanut sanaakaan suustaan, vaan ainoastaan katsoi kalpeisiin kasvoihin.

Ne olivat kuin lumi, kun hän ne kohotti ja katsoi suoraan joukkoon, lakaten melomasta.

»Ne rahat, jotka vaskesta valetaan, ne annetaan vaivaisille. Tytölleni olisin kelvannut, vaan en kelvannut vanhemmille!»

Se tuli värähdellen kuin vihlova valitus, saaden kuulijat miltei säpsähtämään.

»Mikäs sen nyt on—ei se ole ikänä tuollalailla laulanut?» »Ole vaiti ja kuuntele!»

Nuorukainen katseli hetkisen veteen, meloen hiljalleen takaperin, ja jatkoi sitte toisella sävelellä:

»Kosken rannalla kotini seisoo, ja vaahto se seinään lyöpi. Maailman koskissa jalkani kastuu, sen tyrskyt ne kasvoille lyöpi.»

Kuulijat katsoivat hämmästyneinä toistensa silmiin: se laulaa itsestään!

»Eikä se ollut kevätpäivä, kun minä tänne synnyin; vaan se oli synkeä syksypäivä, kun minä kulkija synnyin.»

»Äitini itki ja kukkia katsoi, kun mua kuopusta kantoi; tulipunakukkaa äitini katsoi, kun mulle rintaa antoi.»

Nuorukainen oli nyt keskellä lahtea ja meloi taasen hiljalleen, kalpeat kasvot yhä veteen tähtäsivät. Rannalla ei kukaan hievahtanutkaan, jokainen vain odotti.

»Se kukka mun tielläni punotti, se oli niin kaunis ja suuri; sen riemuin rintaani painalsin, vaan siin' oli murheen juuri.»

»Sen kukan tähden kotoa läksin, ja isä se polki jalkaa; ja äiti itki ikkunan luona: nyt sinun surusi alkaa!»

Joku tyttö pyyhkäsi silmänurkkaansa. Kaikki olivat liikutettuja.

»Se on se tulipunakukka, tulipuna-, tulipunakukka! Sinä sen kukan kyllä tunnet, sinä tyttö, tyttö-rukka!»

Hän heilautti nopeasti hattuaan ja kääntyi joellepäin, alkaen ripeästi soutaa.

Hatut heiluivat ja liinat liehuivat. Ne liehuivat kauvan ja innostuneesti, mutta nuorukainen ei enää katsonut taakseen, vaan souti niin että vesi kohisi pölkyn nenässä.

12. VEDENNEITO JA AHTI

Virta vieri hiljalleen—virta vieri, kaisla huojui.

Virran toisella rannalla asui vihreä havumetsä, toisen olivat niityt ja pellot itselleen vallanneet. Viimemainittujen keskitse, muutamia kymmeniä syliä rannasta, kulki maantie.

Maantietä astui nuori tyttö—levotonna, epäröiden, tuon tuostakin joelle katsoen.

Tyttö pysähtyi. Joella kajasti tukkilaisten puomi, toisella rannalla valkoisia keksiä. Ja vielä joku—mies, joka loikoi metsänrannassa pää käsivarren varassa.

Tyttö katseli. Mies ei hievahtanut.

Tyttö yhä epäröi, astui askeleen, toisen jo takaisin. Astui vihdoin päättävästi maantieltä niitylle ja hävisi puronojanteeseen, joka kulki sillä kohti suoraan rantaan.

Jälleennäkemisen ilo kamppaili loukatun ylpeyden ja katkeruuden kanssa nuorukaisen rinnassa. Hän olisi tahtonut juosta veden yli, rientää vastaan ja sulkea tytön syliinsä—mitään ajattelematta, mistään välittämättä. Mutta välillä oli jotakin, kylmää ja kirkasta kuin se vesi, joka heidät erotti.

Tyttö saapui rannalle, pysähtyi ja katseli veden yli— hievahtamatta, sanaa sanomatta.

Nuorukainen ei voinut enää itseään pidättää, vaan ponnahti ylös.

»Sinä tulit!» sanoi hän miltei lämpimästi, astuen rantaan.

»Tulin—en minä voinut olla tulematta», vastasi tyttö niin hiljaa, että se tuskin kuului toiselle rannalle.

»Enkä minä sinua ajattelematta…»

Joki katsoi kumpaistakin silmiin: »Kunpa minä nyt olisin jäässä!»

»Etkö sinä voisi mitenkään tulla tänne—hetkiseksi vain?» kysyi tyttö empien.

»Sitä minäkin juuri ajattelin. Mutta me emme voi siellä olla, sillä miehet tulevat heti illalliselta.»

Hän mietti hetkisen.

»Etkö sinä tahtoisi tulla tänne, jos minä noutaisin—täällä on metsä?
Uskaltaisitko tulla kopukalla?»

»Kyllä minä uskallan.»

Nuorukainen otti keksinsä ja irrotti puomista »kopukan»—kaksi kuusennäreillä soutulautaksi yhteenliitettyä tukkia—ja souti ripeästi toiselle rannalle.

»Niinkuin hyvä, kauvan odotettu sisar!» ajatteli nuorukainen, ojentaen tytölle molemmat kätensä ja taluttaen hänet kopukalle. Tyttö tarttui lujasti hänen käsiinsä ja katsoi syvälle silmiin, mutta ei puhunut mitään.

»Nyt sinun täytyy istua tuolle poikkitelalle—et sinä voi seisoa, sillä tämä keikkuu soutaessa.»

Tyttö istui, nuorukainen sousi.

»En minä olisi uskonut, että sinä sellainen ystävä olit!» sanoi nuorukainen, kun he astuivat rannalle.

»Ystävä!» virkkoi tyttö luoden hellän, kiitollisen katseen—että nuorukainen löysi niin oikean nimen sille, joka oli hänet tänne tuonut ja jonka tähden hän oli niin paljo epäilystä ja tuskaa kärsinyt.

* * * * *

Aurinko oli jo mailleen menossa. Kaksi ihmistä saapui hiljaisesti puhellen rantaan.

Siellä he vasta ikäänkuin havahtuivat ja katsahtivat toisiinsa hämmästyneinä. Joki oli tyhjä, ranta tyhjä—takaisinpaluuta ei kumpainenkaan ollut ajatellut.

»Mitä nyt?» kysyivät kummankin silmät.

»Etkä sinä voi palata tämänpuoleistakaan rantaa—sen minä kyllä ymmärrän», sanoi vihdoin nuorukainen.

»En, en minä voi kulkea koko Vähän-Kohisevan läpi ja sillan poikki—ja minun pitäisi viedä mennessäni vasikatkin kotiin.»

»Eikä täällä ole missään venettäkään?»

Metsä katsoi neuvotonna, päivännoudot toisella rannalla painautuivat miettimään.

»Minä niin mielelläni teitä auttaisin!» virkkoi joki.

Nuorukaisen silmissä leimahti rohkea välähdys.

»Osaatko uida?» huudahti hän tyttöön kääntyen.

»Uida—?» vastasi tyttö hämmästyneenä. Mutta sitte hänen silmänsä avartuivat ja kirkastuivat:

»Kyllä, kyllä minä osaan!»

»Ja *uskallatko* uida—minun kanssani, jos minä kuletan vaatteesi yli?» kysyi taasen nuorukainen.

Tyttö värisi ehdotuksen rohkeudesta ja sen salaperäisestä hurmaavaisuudesta.

»Kyllä minä uskallan—sinun kanssasi!» huudahti hän ja he katsoivat toisiaan pitkään.

»Riisuudu sinä tähän!» puheli nuorukainen. »Ja kääri kaikki vaatteesi puseroosi ja vedä sitte hihat solmuun. Minä riisuudun tuolla alempana. Kyllä se hyvin käy!».

Hän riensi nopein askelin alaspäin.

Mutta tyttö karahti punaiseksi ja katseli hämillään, niinkuin olisi luvannut semmoista, jota ei voinutkaan täyttää.

Hän katsahti vihdoin neuvotonna nuorukaiseen. Tämä istui rannalla, poispäin kääntyneenä, ja riisuutui nopeasti.

»Kuinka minä olen lapsellinen!» huudahti tyttö ajatuksissaan ja astui nopeasti rantaan, painautui alas ja alkoi kiireisesti riisuutua.

Vesi solahti—nuorukainen miltei hävisi rantakorteikkoon. Otti saappaansa ja asetti ne, varret kaksinkerroin käännettyinä, niskaansa, kiinnittäen ne toisella saapasremmillä kaulan ympäri. Asetti sitte vaatemyttynsä saappaiden päälle ja kiinnitti sen toisella remmillä leuvan alle.

»Minä olen jo valmis!» huudahti hän olkapäänsä yli, katsellen alaspäin joelle.

Tyttö kietoi kiireisesti vaatteensa puseroon. Valkea ruumis värisi kainoutta ja maltitonta uhkarohkeuden riemua. Vesi solahti, valkea varsi katosi aaltoon, ui ylöspäin ja kätkeysi korteikkoon.

Nuorukainen lähti ylöspäin melomaan, vieno hymy kasvoillaan ja silmät koko ajan rannalla olevaan vaatemyttyyn kiinnitettyinä. Hän tarttui siihen toisella kädellä, sitoi vyöremminsä sen ympärille ja kiinnitti sen omien vaatteittensa päälle leuvan alitse.

Se olikin koko kuorma, kohoten korkealle pään yli.

»Kyllä ne hyvin säilyvät», nuorukainen vakuutti, »kun vaan en hätäile.»

Hän läksi uimaan toista rantaa kohti hitain, voimakkain vedoin. Tyttö lepäsi liikahtamatta rantakorteikossa, katsellen nuorukaisen uintia.

»Kuinka kummallinen, voimakas ja rohkea hän on!» ajatteli tyttö. »Joki ei estä, vesi ei erota, kaikki taipuu häntä tottelemaan. Sellaisen kanssa ei pelkää mitään!»

»Siellä on *hänen* vaatteensa!» ajatteli nuorukainen. »Ja minä niitä kuletan. Ja siellä on meidän ystävyytemme, joka alkoi uhmaten, jonka tähden on kuolemaa halveksittu ja rannalla hätäilty, tuskaa ja kärsimystä tunnettu—mielelläin sitä kulettaa!»

Nuorukainen saapui rantaan, irrotti tytön vaatemytyn ja heitti sen varovasti rannalle. Ui sitte alemmaksi ja heitti sinne omat pukineensa.

»Sielläkö sinä vielä olet?» huudahti hän toisen rannan ruoikkoon —huudahti, vaikka oli koko ajan toivonut että niin olisi.

»Niin», vastasi tyttö. »Minä en muistanutkaan lähteä—minusta oli niin hauskaa katsella kun sinä uit.»

»Tulisinkohan minä sinua vastaan—jos se tuntuisi turvallisemmalta…?»

»Kyllä se tuntuisi», tyttö vastasi.

Häntä ei enää yhtään kainostuttanut, vaikka nuorukainen katsoi aivan suoraan. Hän tunsi sitä salaista riemua, mitä ihminen tuntee astuessaan arkimaailman rajojen yli sadun ja seikkailun maailmaan, jossa kaikki on luvallista ja pyhää ja jossa se tunne, että heitä on kaksi omia salatuita teitään kulkemassa, on kuin puhdistava ja yhteensulattava tuli.

Nuorukainen ui nopeasti tyttöä kohti.

»Niinkuin Vedenneito ruoikossa!» huudahti hän ihastuneena, keskeyttäen uintinsa.

»Ja Ahti aalloissa!» vastasi tyttö riemusta säteilevin silmin, heittäytyen uimaan.

»Hyvinpä sinä Vedenneito uitkin!» sanoi nuorukainen. He lähtivät rinnakkain toista rantaa kohti.

Vesi solahteli hiljalleen, tytön valkeat hartiat välähtivät tuon tuostakin laineista ja pitkä letti viisti kaarrellen veden pintaa, joka paistoi kuin keltainen kulta ilta-auringon valossa.

»Kuinka kaunista!» huudahti nuorukainen, katsoen tyttöä silmiin. »En minä ole ikänäni mitään näin kaunista nähnyt!»

»En minäkään», vastasi tyttö liikutettuna.

»Emmekä mekään!» hymyilivät puut rannalla.

»Emmekä me!» nyökäyttivät päivännoudot vastakkaisen rannan törmältä.

»Niinkuin uisimme unhotuksen virrassa», jatkoi nuorukainen.

»Jossa kaikki entinen katoo, kaikki huono ja katkera huuhtoutuu pois ja me muutumme kappaleiksi sitä samaa luojan luontoa, joka ympärillämme iloitsee.»

»Niin minäkin sen tunnen», tyttö vastasi yhä enemmän liikutettuna.

He saapuivat hiljalleen rantaan.

»Kuinka kapea se olikin!» virkkoi nuorukainen ja erkani kaihoisin mielin omia vaatteitaan etsimään.

Hän pukeutui kiireisesti ja riensi tytön luo.

»Saanko minä puristaa veden sinun letistäsi?» kysyi hän hellästi.

Tyttö vastasi silmillään.—Vesi vieri hopeapisaroina nuorukaisen sormien lomitse.

»Ja nytkö meidän täytyy erota?» sanoi Olavi liikutuksesta vavisten...

»Minä tulen sinua saattamaan tielle saakka.»

Hän loi vielä kerran joelle kaihoisan katseen, ikäänkuin sen ainiaaksi mieleensä painaakseen.

He astuivat sanaa sanomatta ojannetta ylös maantien varteen ja
seisahtuivat siihen.

»Voi Jumala», huudahti nuorukainen tarttuen hänen molempiin
käsiinsä, »kuinka vaikea minun on sinusta erota!»

»Ja minun vielä vaikeampi», sai tyttö vaivoin sanotuksi.

»Voinko minä ikänä saada sinua mielestäni, sinua ja tätä iltaa?»
Tytön silmät värähtivät, hän painoi kiireisesti päänsä alas.

»Kyllikki!» sanoi nuorukainen epätoivosta väräjävällä äänellä. »Älä
kätke minulta silmiäsi!—Kyllikki...?» sanoi hän uudelleen, toivo
ja epäilys katseessaan—irrotti hiljaa kätensä ja laski ne kuin
kysyen hänen vyötäisilleen.

Tytön vartalo värähti—kädet kohoutuivat nuorukaisen olkapäille
ja kietoutuivat hitaasti hänen kaulaansa.

Kuohuva ilonhurmaus valtasi nuorukaisen. Hän sulki tytön
tulisesti syliinsä, kohottaen hänet kokonaan maasta—tyttö kietoi
käsivartensa yhä lujempaan.

Nuorukainen katseli kuinka tytön silmäin ilme heltyi ja muuttui
—häntä miltei pyörrytti ja hän päästi tytön alas.

»Saanko minä...?» kysyivät hänen silmänsä.

»Saat!» vastasivat tytön silmät—huulet yhtyivät———.

Kun hän ne vihdoin irrotti, olivat tytön kasvot niin muuttuneet,
että ne olivat aivan kuin toiset—hennolle alahuulelle tirahti
pienenpieni veripisara.

Nuorukainen oli pelästyksestä huudahtaa. Mutta sitte hänet
valtasi selittämätön huumaus: tuo punainen oli syvimmän ja
salaperäisimmän ystävyyden salaperäinen sinetti—hän joi
kiihkeällä suutelolla veripisaran ja unohtui siihen suuteloon,
toivoen että maailma olisi sinä hetkenä hukkunut.

Eikä hän voinut enää sanaakaan sanoa, eikä tietänyt pitikö hänen olla vai mennä. Kaikki musteni hänen silmissään, ja hän läksi kuin juopunut horjuen, uskaltamatta taakseen katsahtaa.

13. NUOTIOLLA NEITOKALLION LUONA

Penikulma vuolasta, miltei suoraan vierivää virtaa. Penikulma tasaista, metsäreunaista niittypalstaa sen molemmilla rannoilla. Se on uljas ja mieltätenhoava näky—mieltätenhoava joka aika.

Syksyllä syyssateitten hedelmöittämä virta kuin kuohuva runsaudensarvi, talvella kaupungistapalaajat kilpa-ajosilla sen jäätyneellä pinnalla, keväällä niityille levittäinnyt kymi tempaa maamiehen mietteet faaraoiden maahan, ja kesällä heinäväki sirkkain laulaessa ja heinän tuoksuessa uneksii paratiisista, jossa ihmisen yhä vieläkin on suotu viettää muutamia päiviä vuodessa.

Penikulma virtaa, penikulma niittyä—vain eräässä kohti kaksi niityn vartijaa.

Toinen seisoo aivan virran rannalla, jalat vilpoisessa vedessä, ja katselee eteenpäin kurottuneena haaveillen vastakkaisella rannalla olevaa naapuriaan.—Neitokallioksi sitä haaveilijaa sanotaan.

Se toinen on kylmempi ja ylpeämpi. On väistynyt hiukan rannasta, pitää päätään karskisti pystyssä ja silmäilee pitkien jouhimäntyjen latvain kautta koko lakeutta.—Sitä Välimäeksi mainitaan.

Välimäen rinteessä lekotti punerva nuotio. Nuotion ympärillä viettivät tukkilaiset sydänyön hetkeä—kuka käsivarren varassa loikoen, kellä eväsreppu päänsä alla, ken naapuriinsa nojaten. Kymmeniä sinisiä savupilviä nousi piippunysistä ilmaan.

Punainen nuotio lekotti ja väliin korkeaksi lieskaksi leimahti, punaten mäenrinteessä seisovien mäntyjen kyljet ja leikkien salaperäisenä loimona virran tummalla pinnalla. Miehet äänettä piippujaan imivät.

»Katsokaapas, pojat, tuonne kallionlaelle!» huudahti vihdoin joku joukosta. »Aivan kuin se neiti nytkin siellä istuisi ja katselisi virtaa.»;

Useita päitä kohoutui yhtaikaa.

»Mutta eikös siellä istukkin joku…?»

»Katajapensas se vaan on, joka siellä nyt istuu. Mutta juuri niillä paikoin se kuuluu se neitikin istuneen.»

»Niin, se on semmoinen tarina…?» kysyy joku 'härkämies', joka kulkee vasta ensi kertaansa Nuolijoen varsia.

»Vai tarina—? Oletkos sinä ainoa muukalainen Jerusalemissa?» huudahtaa eräs vanhanpuoleinen mies. »Kyllä se tämä Antti tietää, ettei se mikään tarina ole. Eikä siitä maailman aikoja olekkaan, kun se tapahtui.»

»Täsmälleen neljätoista vuotta», sanoo Antti ja kopauttaa tuhkan piipustaan. »Kyllä minä sen muistan niinkuin eilisen päivän. Jaa-a, kaikkea sitä pitää maailmassa nähdäkkin!»

»Oikeinkos te sen itse näitte?»

»Kyllähän minä sen näin ja näinkin niin, etten ole vieläkään saanut niitä kasvoja silmistäni—enkä taida saadakkaan. Tuossa kalliolla minä sen ensi kertaa näin … ja silloin sen vieressä istui nuori herra.»

Osa miehiä oli noussut istumaan ja lataili uudelleen piippujaan.

»Olikos se sen sulhanen?»

»Sulhanenhan se oli, taikka ainakin sen nimellinen—vaikka en minä sitä silloin tiennyt. Minä vaan lykiskelin tällä rannalla tukkeja ja näin kun ne siinä istuivat rinnakkain. Minäkin istahdin ja panin tupakaksi, ja ajattelin itsekseni että kaiken näköistä, vettä kuin vettä, mitäs se katselemisesta paranee! Vaan jotainhan niidenkin pitää kötistä, mitenkäs ne muuten saisivat aikansa kulumaan.»

»Entäs sitte? Entäs sitte?»

»Mitäs sitte, ne tietysti istuivat aikansa ja menivät. Mutta kun minä sitte seuraavana päivänä lykiskelen tällä samalla kohdalla, niin se neiti taasen istuu tuolla samalla paikalla—mutta herraa ei enää olekkaan…»

Olavi, joka oli siihen saakka maannut kädet pään alla ja katsellut pilviin, kohoaa äkkiä lyngälleen ja katsoo jännittyneesti kertojaan.

»Aika lippari tytökseen, ajattelen minä ja panen taasen tupakaksi. Annas kun viipsii yksinään viisi virstaa kaupungista tänne—olisihan niitä ollut kallioita lähempänäkin! No no, ajattelen minä, mitäs se sinuun kuuluu. Ja sitte se tuli joka päivä—juuri siinä puolenpäivän rinnassa, ja istui ihan samalla paikalla.»

»Mitäs se oikein teki?»

»Ei se mitään tehnyt, istui vaan ja katseli.»

»Taisi Anttia omakseen katsella!» joku nuorukainen ilvahtaa. »Tehän olitte siihen aikaan vielä nuorimies?»

»Paneppas, poika, kuolaimet suuhusi—ei tämä ole mikään pilajuttu!»

Miehet katsahtavat hyväksyen toistensa silmiin. Männyt mäellä ikäänkuin huokasevat vienon tuulenleyhkän väräyttäminä ja kahden rinnakkain kasvavan petäjän yhteenhankautumisen vieno valitus juoksee kuin orava runkoa myöten alas maahan—piiput ailahtavat miesten hampaissa.

»Niin, siinä se istuu, ei puhu eikä laula—mitä lie ajatellut, sen yksin Jumala tietää. Minä sitte eräänä päivänä menen joen yli ja ajattelen lähteä Metsämantilasta voita ostamaan. Tuosta juuri menen ja oikasen tuon kallion vieritse Mantilaa kohti.—Se siellä kallion takana tulee minua vastaan, ja on puettuna ihan mustiin.

»No…?»

»No sitä minäkin ensin hämmästyn—kasvoillakin on musta harso. Mutta voi ihme kuinka kaunis se on, niinkuin herran enkeli ikään! Minä nostan lakkia, ja silloin se nostaa kerran silmänsä ja nyökäyttää päätään. Ja se tekee minuun niin kummallisen vaikutuksen, että minä käännyn ympäri ja jään katselemaan hänen jälkeensä.

»Olikos se nuori?»

»Nuori, nuori—liekkö ollut vielä kahtakymmentä. Ja minä katselen ja katselen, kunnes se katoo puiden sekaan. No nyt minä ymmärrän! ajattelen minä. Siltä on isä kuollut, taikka äiti, siksi se noin mustissa käy ja kulkee täällä suruaan haihduttamassa.— Minä Mantilaa kohti oikasemaan.

»Mutta kun pääsen kallion ohi, niin toinen tukkimies tuolla alempana tältä rannalta kirkasee että 'nyt se vältti!'

Niinkuin kivellä olisi minua rintaan jysäyttänyt.

'Mikä tuli?' huudan minä ja juoksen rantaan.

'Se viskautui kalliolta!' huutaa kumppanini ja juoksee kuin hullu rannalla.

Me juostaan molemmat, mutta mitään ei näy. Ja odotetaan, mutta ei nouse pinnalle. Minä kylään, toverini kaupunkiin.

Pian se saadaankin ylös, jo ensi naarauksella—oli painunut kuin kivi pohjaan ihan siihen paikkaansa. Henki vaan ei enää palaja, ei millään kurilla. Mutta kaunis se oli vielä kuolleenakin, voi voi kuinka kaunis! Meidän täytyi virvotellessa sitä vähän riisuakkin, ja niin oli iho kuin valkoinen silkki, niin että ihan synniltä tuntui edes koskettaa tällaisilla jätkänkourilla.»

Kukaan ei virka hetkiseen mitään.

»Sen surun tähdenkös se itsensä lopetti?» joku vihdoin kysyy.

»Surunpa tähden niinkin—vaan se oli se rakkaus, se rakkaus!»

»Niinkö—? Olikos sen hullusti käynyt?»

»Ei, ei mitään semmoista. Se vaan oli niin kiintynyt poikaan— siihen herraan, jonka kanssa silloin istui—ja poika jätti.»

Miehet istuivat vaiti. Olavin rinta jyskytti niin, että hän pelkäsi syrjäistenkin kuulevan. Silmät räpähtivät tuon tuostakin ja hän tuijotti huulet lujasti yhteenpuristettuina ja syvä ryppy kulmien välissä tuleen.

»Se on sitä herrasväen rakkautta!» hymähti joku.

»Ja tyttöväen erittäinkin», jatkoi toinen teeskennellyn hilpeästi, ikäänkuin yhteistä alakuloisuutta karkottaakseen. »Se on niiden sydän niinkuin niiden taskukellotkin: puistat pikkusen, niin rattaat sekasin!»

»Sano herrastyttöväen rattaat—ei ne talonpojan tytöt sillälailla hupsuile! Talonpojan rakkaus on kuin taalalainen seinäkello. Jos se rupee konstailemaan, niin sano 'top tykkänään' ja pysäytä tunniksi pariksi, ravista sitte hiukan ja ärjäse lujasti että 'no' ja pukkaa käymään, niin käypi vaikka takaperin.»

Se tuntui oikein hyvältä. Jotkut nauroivat ääneen, toiset hiljaa hihittivät.

»Sen sinä oikein sanoit!» tarttui puheeseen muuan lihavahko, isoääninen mies. »Minunkin muijani oli tyttönä pihkaantunut muutamaan maitovellinaamaiseen nulikkaan, ja lujasti olikin. Ei sitä maitovellillä pitkälle potkita, meinasin minä, nostin vellikupin syrjään ja otin tytön. Ja hyvästi on mennyt, ei ole sen koommin sitä vellikuppiaan muistellut.»

Voimakas, vapauttava naurunremahdus joukosta.

»Oman vellinne kehnoutta taidatte nauraa», sanoi muuan vanha mies, kaataa solauttaen väärävarteensa kertyneen piipunöljyn maahan. »Kyllä niitä on talonpoikaiskellojakin, joidenka viisarit eivät siedä näissä asioissa peukaloimista, ja sekä miehiä että naisia, jotka eivät tyydy mihin vellikuppiin tahansa.»

Äänessä värähti sellainen liikutuksensekainen totisuus, että nauru kuoli miesten kasvoilla. Olavi kääntyi hämmästyneenä ja katsoi puhujaa tutkivasti silmiin—joku mies ukon takana teki salaperäisiä viittauksia osottaen häntä sormellaan.

»Tunnen ainakin yhden talonpojan», jatkoi vanha mies, »joka rakasti nuorena tyttöä, jota ei saanut naida. Ei se kyllä sentähden itseään tappanut, vaan kolinat ne kävi hänenkin kohdallaan: möi talonsa, joi rahat, ja on kulkenut kaiken ikänsä kuin Jerusalemin suutari, eikä ole voinut sitä tyttöä koskaan unohtaa.»

Ukko vaikeni.

»Ja taitaa paraillaankin sitä muistella, vaikka on jo vanha mies», sanoi se, joka äsken sormellaan viittoili.

Vanha mies painoi päätään alas ja veti lakkia silmilleen, niin että suuri lippa varjosti kasvot kokonaan—näkyi ainoastaan kuinka harmaasänkinen leuka nytkähteli ja käsien väliin puristettu messinkihelainen väärävarsi tärisi.

Miehet katsahtavat ymmärtävästi toistensa silmiin, kukaan ei jatka keskustelua.

»Eihän se taida olla leikkiä sekään, kukin tuntee vaan oman kohtansa», sanoo lopulta muuan arvokkaan näköinen keski-ikäinen mies.

Männyt kummulla huokasevat ja vieno valitus juoksee taasen oravana runkoa myöten. Aamunsarastus heittää Neitokallion rintaan vaalean häiveen—kaukaa niityltä kuuluu ruisrääkän huuto.

»On jo aika lähteä!» sanoo Olavi ja nousee.

Mutta miehiltä nouseminen unohtuu, he vain kääntyvät päin ja katsovat hämmästyneinä Olaviin: 'mikä sen nyt tuli—sehän puhuu samalla väräjävällä, tukehtuneella äänellä kuin tuo ukko äsken?'

»No pojat!» virkkoo Olavi uudelleen miltei tuimasti, kääntyy nopeasti ja astuu rantaanpäin.

Miehet katsahtavat vielä kerran hänen jälkeensä, sammuttavat nuotion ja rientävät jälessä.

14. TUOMENKUKKA

»Ei! Elää minä tahdon niinkauvan kun nuori olen, vapaasti

hengittää minä tahdon niinkauvan kun minulla keuhkot ovat!—
Mutta tiedätkö, Tuomenkukka, mitä elämä oikein on?»

»Kyllä», vastasi tyttö säkenöivin silmin—»se on rakkautta!»

»Niin, rakkautta se on—mutta se on muutakin. Se on nuoruutta
ja kevättä ja uskallusta elää, ja se on kohtaloa, joka meitä
ihmislapsia yhteen johtaa.»

»Niinkö—? Kuinka minä en ole osannut sitä ennen ajatella,
ennenkun sinä sen nyt sanoit?»

»Siksi, etteivät meidän ajatuksemme merkitse mitään näissä
asioissa. Me kulemme kuin ilman tuulet tai taivaan tähdet
toisistamme tietämättä. Ja me sivuutamme satoja puoleenkaan
vilkasematta, kunnes kohtalo yhtäkkiä viskaa valittunsa kuin
salaman välähdyksen silmä silmää vasten. Ja heti sinä hetkenä me
tunnemme kuuluvamme toisillemme ja vetävämme toisiamme
kuin maneetti rautaa—tulkoon siitä sitte onnea taikka
onnettomuutta!»

»Juuri niin minä olen tuntenut, ja tunnen sen nyt yhä
selvemmin», sanoi tyttö puristautuen kiihkeästi likemmäksi.»Yksi
ainoa hetki sinun sylissäsi on enemmän kuin koko minun entinen
elämäni!»

»Ja sinä olet minulle niinkuin kevät ja kuohuva mahla, josta minä
päihdyn ja unohdan kaiken entisen. Ja minä tahdon päihtyä ja
hukuttaa kaihoisen kesäni ja synkän syksyni ja ilottoman talveni
kevään riemuun! Ja minä kiitän kohtaloa, joka sinut minun
tielleni toi, sillä ei kukaan ole niinkuin sinä.»

»Eikö kukaan?» sanoi tyttö iloiten ja epäillen.»Kunpa minä voisin
olla sellainen!»

»Sinä olet! Sillä jokainen veripisara sinussa on tulta ja rakkautta.
Sinun kengänkärkesi kosketus jalkaani on enemmän kuin muiden
tulisin syleily, sinun hengityksesi on kuin salainen hyväily ja sinun
tuomentuoksusi huumaa minut hulluksi!»

»Älä puhu niin … en minä mitään ole, vaan sinä olet kaikki!—

Mutta sano minulle, Olavi, ovatko kaikki ihmiset näin onnellisia kuin me?»

»Eivät.»

»Miksi—? Eivätkö ne osaa?»

»Eivät, sillä ne *pelkäävät* olla onnellisia. Voi voi, Tuomenkukka, kuinka hulluja ihmiset ovat! He kulkevat katkismus ja virsikirja kädessä silloin, kun nuoruus ja rakkaus heitä odottaa. Ja kun he ovat vanhoja ja heidän suonensa ovat lyijyä täynnä, silloin he katsovat kerjäläisen katsein taakseen hukkaankuluneeseen nuoruuteensa, ja kun he eivät voi sitä enää takaisin saada, niin he pistävät katkismuksen ja virsikirjan meidänkin käteemme.

»Niinkö se onkin...?»

»Niin se on.—Onnellinen on ihminen ainoastaan silloin, kun hän on nuori, kun elämän elohopea hänen suonissaan herkkänä juoksee! Ja uljas on ihminen, kun hän uskaltaa täysin käsin elämältä osansa ottaa, kun hän pelvotta koskia laskee ja tyrskyjä halkoo, niin että vaahtojen pirskeet kulmilla kimmeltää ja elämän kostea virve hänen kasvojaan kietoo ja kiehtoo!»

»Uskallanko minäkin sillälailla, Olavi? Sano enkö uskallakkin?»

»Uskallat, ja juuri sellaisena sinä niin kaunis ja kiehtoava oletkin.
—Kaunis on ihminen, kun hän kokonaan toiselle antautuu, ei mitään kysy eikä vasta-antia odota eikä jälkitiliä ajattele, vaan sieluineen ruumiineen elämän syvässä lähteessä kylpee!»

»Juuri niin!—Ja tiedätkö, Olavi?» sanoi tyttö kiihtyneellä, väräjävällä äänellä.

»Mitä, mitä sitte?»

Mutta tyttö ei saanut enää sanaakaan sanotuksi, vaan hyrskähti itkuun ja upotti polttavat kasvonsa hänen rintaansa, nyyhkyttäen niin että hento ruumis värisi.

»Mitä—? Miksi sinä itket, minun Tuomenkukkani?»

Tyttö yhä nyyhkytti, hento ruumis värisi: »En minä itsekkään tiedä... kun en minä voi antaa sinulle niin paljo kuin minä tahtoisin!»

»Mutta sinähän olet antanut enemmän kuin minä uskalsin toivoakkaan.»

»Vaan en niin paljo kuin tahtoisin! Mikset sinä vaadi minulta enempää? Käske minut kanssasi kuolemaan, niin minä tulen ja syöksyn sinun kanssasi vaikka tuliseen järveen! Tai tukehuta minut tähän paikkaan...»

Niinkuin nuorukainen olisi istunut tulen ääressä ja tuntenut kuinka sen yhä paisuva, onnensäteinä hänen lävitseen kulkeva lämpö olisi äkkiä pistänyt tulisena kipinänä.

»Kuinka sinä nyt tuollalailla puhut?» sanoi hän melkein hätääntyneenä.

»Sehän on aivan järjetöntä!»

»Järjetöntä se onkin, mutta jos sinä tietäisit kuinka minä sinua rakastan! Sano yksi ainoa sana, ja minä jätän kotini ja isäni ja äitini, ja kulen kuin kerjäläinen jälessäsi kylästä kylään.»

»Etkö sinä ihmisiäkään häpeisi?»

»Häpeisi—? Mitä minä ihmisistä, mitä ne rakkaudesta tietävät!»

»Tuomenkukka!» sanoi Olavi kohottaen tytön päätä kuvasta ja katsoen häntä suoraan silmiin. »Olisiko se kaunista?»

»Ei, ei»—tyttö painoi päänsä alas. »Mutta minä tahtoisin tehdä, jotakin, uhrata jotakin sinun tähtesi.»

Hän oli silmänräpäyksen vaiti, mutta sitte hänen silmänsä säkenöivät:

»Olavi, nyt minä jo tiedän, mitä se on! Minä leikkaan paraimmat suortuvat hiuksistani, ja sinun pitää teettää niistä joku muisto— minä tiedän että sellaisia tehdään. Ja sinun, pitää kantaa sitä aina ja muistaa minua silloinkin, kun jo toista rakastat!»

»Voi voi sinua, Tuomenkukka! Minä en tiedä pitääkö minun iloita vai itkeä sinun tuollaisista puheistasi! Mutta sinä puhutkin, noin vain kevätyön hämyssä. Kun päivä valkenee, niin sinä ajattelet toisin.»

»En, en haudassakaan!»

»Ja kuitenkin se on niin lapsellista. Täytyykö sinunkin saada minulta joku näkyvä merkki, voidaksesi muistaa että olet ollut minun kanssani onnellinen?»

»Ei!»

»Onko se sitte minulle välttämätön?»

»Ei, ei, kun sinä kerran niin sanot! Minä olen niin lapsellinen. Anna minulle anteeksi, Olavi, äläkä ole enää surullinen—en minä muuta pyydä kuin saada vaan sinua rakastaa.»

»Ja minä sinua—ilman kysymättä, ajattelematta!»

»Niin, niin. Ja muistaa koko ikäni sitä onnea, minkä minä olen sinulta saanut, ja säilyttää sitä pyhänä salaisuutena vielä kuollessakin, ja siunata sinua...»

Mutta sitte hän kohosi kuin säihkyvä raketti kyynärpäänsä varaan:

»Kuuleppas, Olavi! Sano minulle yksi asia. Tiedätkö sinä, onko kukaan koskaan kuollut onnesta?»

»En, en minä ole koskaan semmoista kuullut. Miksi sinä...?»

»Vaan jos on *oikein* onnellinen?»

»En minä sittenkään luule.»

»Mutta kun surustakin kuuluu kuolevan—ja jos oikein *tahtoo*?»

Riemun, hellyyden ja liikutuksen huumaus tempasi Olavin.

»Tuomenkukka!» sanoi hän puristaen tytön rajuun syleilyyn. »Ei kukaan ole niinkuin sinä!—Ja jos *se* olisi mahdollista, niin en minäkään muuta tahtoisi.»

»Tahtoisitko sinäkin—minun kanssani...?»

»Tahtoisin ... tukehtua sinun tuoksuusi, sinun hiustesi kuumaan
hyväilyyn!—Ja se olisikin parempi sekä minulle että muille...»

15. SISAR-MAIJU

Kaiho oli astunut hänen sieluunsa ja hän puheli iltahämärälle,
joka kurkisti hänen ikkunastaan sisään ja katseli tarkkaavasti
hänen kalvakoihin kasvoihinsa.

»Minullakin kuuluu olleen sisar—Sisar-Maiju», puheli hän
haaveillen.

»Niinhän sinulla oli, ja reipas tyttö olikin!» virkahti iltahämy.
»Kyllä minä sen hyvin tunsin.»

»Minä itse en muista niistä ajoista mitään, mutta äiti on kertonut
hänestä niin kaunista—niinkuin senkin, sen sairausjutun...»

»Vai on äitisi kertonut? Sen saattoi arvata.»

»Minä kuulun pienenä sairastaneeni ja olleeni jo aivan
viimeisilläni. Äiti ja tädit itkivät, mutta lohduttelivat itseään sillä
että Olavista tulee enkeli, joka saapi ruunun päähänsä ja palmut
käsiinsä. Ja Maiju-sisartani he lohduttelivat, että minä enkeliksi
tultuani istun hänen vuoteensa ääressä pahoja unia torjumassa,
valkeat siivet hänen suojakseen levitettyinä.»

»Ja jos niin olisi käynyt, niin paljoa parempi olisi ollutkin», sanoi
iltahämy vakavasti.

»Mutta tyttö, se minun siskoni, ratkesi itkuun ja huusi
nyyhkytysten välistä ettei minusta saa tulla enkeliä, vaan suuri
mies—vielä suurempi kuin isä, suuri ja vahva. Ja heittäytyi
kaulaani ja sanoi ettei kukaan saa viedä Olavia, ei vaikka!»

»Oikein sinulle on kerrottu », nyökäytti hämärä, »juuri niin se
teki. Ja äitisi ja muut hätäilivät, että tuosta tytöstä se ristin heitti
—eihän se poikaparka saa edes rauhassa kuollakkaan!»

»Mutta tyttö, se minun sisareni, koetti minua hyvitellä omine
keinoineen: milloin leuvan alta kutkutteli, milloin mitenkin

silmillään ilvehti. Ja minä olin ruvennut hymyilemään, vaikka olinkin kovin sairas, ja sisareni siitä ilakoimaan, että nyt Olavi paranee ja Olavista tulee suuri ja vahva mies. Ja sitten minä olin alkanut yhä enemmän hymyillä, ja elämä alkoi jälleen hymyillä minulle—ja minusta tuli vähitellen terve poika.»

»Niinhän sinusta tuli. Ja sisaresi tahtoi sinua yksin hoitaa, ei sallinut muiden sattuvankaan—sellainen se oli sinun Maiju-siskosi!»

»Vaan sitte Maiju kääntyi itse vuoteen omaksi. Ja vaikka oli kovin heikko, niin ei tahtonut päästää minua hetkeksikään silmistään, vaan minun piti istua vuoteella hänen vieressään. Ja minä vain hymyilin ja naureskelin, en ymmärtänyt että ainoa sisareni oli menoteillään—olinpa väliin tarttunut leikiten hänen laihaan poskeensa, tai vetänyt häntä korvalehdestä tai tukasta…»

»Niin sinä olet aina tehnyt, kaikille tytöille—ja hymyillyt!»

»Silloin muut ottivat minut pois hänen vierestään—kun minä semmoinen peto olin…»

»Aivan niin—kunpa olisi myöhemminkin tehty samoin!»

»Vaan Maijupa tarttui minun käteeni, eikä päästänytkään. Ja minun piti istua hänen kuolinhetkenäänkin hänen vieressään, ja vielä viimeisiksi sanoikseen hän oli hokenut että Olavista tulee suuri ja vahva mies.»

Nuori mies vaipui mietteisiinsä———.

»Ja nyt sinä jo olet suuri ja vahva…?» sanoi iltahämy, ikäänkuin viekotellakseen häntä jatkamaan.

»Niin, miksei minun sisareni saanut elää? Kunpa hän nyt olisi elävien mailla!»

»Kuka tietää—ehkä se oli *hänelle* parempi, että asia on niinkuin se nyt on.»

»Jos hän eläisi, niin hän olisi nyt paraassa ijässä. Ja hän olisi minun luonani, ja me asuisimme kahden, emmekä muista välittäisikään.

Meillä olisi oma talous, ja hän olisi minulle sisar ja toveri—ja kaikki! Minä näen aivan selvästi minkä näköinenkin hän olisi.

Hän olisi pitkä ja solakka, ja hänellä olisi vaaleat hiukset, vaaleat kuin kotipuolemme pellava, ja suortuvat valuisivat vapaina hartioilla. Ja hän kantaisi päätään koholla—ei hän ylpeä olisi, mutta komea, uljas. Ja silmät, niissä olisi tulta ja veitikkamaisuutta! Ne olisivat syvät, semmoiset, joissa kuvastuu outo, pohjaton maailma ja joiden edessä ei voi hiuskarvankaan vertaa vilpistellä. Aivan kuin äidillä, paitsi että niissä olisi paljo, hyvin paljo nuoruuden tulta—melkein kuin Kylli...»

»Vai niin», nauroi iltahämy, »vai sennäköinen se sinun sisaresi nyt olisi!—Entäs sitte?»

»Ja hänen luonteensa—se olisi kummallinen! Vallaton, miltei yltiömäinen, joskus semmoinen, josta vanhat sanoisivat ettei se sovi kunnon pojallekaan, saati tytölle. Mutta hänelle se sopisi... Näin talvella, iltahämärissä, hän tulisi hiihtelemästä ja tormaltaisi sisään että ovet räikäisivät. Sitte hän kiepsahtaisi polvelleni, heittäisi kylmää hohkavat kätensä olkapäilleni ja kurkistaisi veitikkamaisesti silmiini:

'No hyvänen aika, veli! Mitä sinä taasen paastoat?'

Mieleni kävisi jo lauhemmaksi—vakavasti kuitenkin vastaisin:

'Voi kuinka sinua vielä lapsettaa, Maiju-kulta, kovin olet poikamainen!
Pidät semmoista jyryä ja nuo kätesikin niin kylmää hohkavat...'

'Sinä se vasta jöröjukka olet! Istua murjotat täällä kuin mikähän munkki. Toista se on laskea tuolla ulkona rinteitä, että lumi tupruaa—ja tämä se on raitista..!'

Niin pakisten hän painaltaa kylmät kätensä poskilleni, että sydämeni aivan säpsähtää, ja katsoo minua veitikkamaisesti silmiin. Vaan silloin minun huono tuuleni onkin jo poissa ja minä en voi olla nauramatta tuolle tyttöhupakolle: 'Sinä se olet...'

Nuori mies vaikeni, hymy kasvoillaan—ikäänkuin painaakseen

tämän hilpeän hiihtäjäsisarensa kuvan häviämättömästi mieleensä.

»Niin että hän on etupäässä sinun hupiasi varten—hän, niinkuin kaikki muutkin?» kysyi hämärä tiukoin katsein.

Hymy pakeni nuoren miehen kasvoilta.

»Ja se siskosi yhä vain istuu polvellasi ja veitikka hymyilee silmässä...?»

»Ei, ei ... se jo veitikka katosi ja hymy kuoli. Nyt hän katsoo minua noilla syvillä silmillä, joiden edessä ei voi rahtuakaan vilpistellä: 'Olavi, sinusta kerrotaan...'

'Mitä minusta kerrotaan—?'

Hän iskee silmänsä yhä syvempään minun silmiini:

'Sinusta kerrotaan ... huonoa, veljeni. Sanotaan että sinä leikit tyttöjen sydämillä—onko se totta?'

Minä en voi kestää hänen katsettaan, vaan painan pääni alas.

'Ajatteleppas, Olavi: *minäkin olen tyttö*!'

Se menee kuin piikki minun olemukseni läpi.

'Voi sisarkulta, jos sinä tietäisit kuinka se asia on ja kuinka paljo minä olen itsekin sentähden kärsinyt! En minä heidän kanssaan leikkiä tahdo, vaan ainoastaan olla niinkuin veli ja sisar—niinkuin me nyt olemme.'

'Niinkuin veli ja sisar...?' sanoo hän ja katsoo minua suurin, ihmettelevin silmin. 'Kun et sinä voi olla heidän kanssaan niinkuin veli—pitäisihän sinun se itsekkin tietää!'

'Kyllä minä joskus voinkin.'

'Mutta et koskaan täydellisesti! Ja he vielä vähemmin kuin sisaria —etkö sinä vielä sitä vertaa näitä asioita tunne?'

'En!'

'Kyllähän sinun *pitäisi* tuntea... Usko sitte minua! Kyllä kait sitä voi olla sisar kenen kanssa voi, en minä sitä tahdo kieltää, mutta ei

121

koskaan sinunlaisesi kanssa. Ja sitte nuo sinun mustat silmäsi—
minä olen niitä aina pelännyt. Ne vetävät, ja vetävät
onnettomuuteen.'

'Voi voi, sisar rakas, kuinka paljo sinä mahdatkaan minua
halveksia!' sanon minä ja kätken pääni hänen helmaansa, niinkuin
ennen lapsena äidin helmaan.

'En minä sinua halveksi, vaan minä säälin sinua. Enkä minä voi
olla nytkään sinua rakastamatta, sillä minä tiedän että sinun
sydämesi on puhdas ja kaunis, mutta sinä olet heikko—niin kovin
heikko.' Ja hän silittää viihdytellen minun kuumaa otsaani,
niinkuin äiti ennen. 'Niin, sellainen minä olen, heikko minä olen,
mutta minä lupaan...'

'Älä mitään lupaa!' keskeyttää hän miltei ankarasti ja nostaa
varottaen sormensa. 'Sinä olet niin monesti itkien luvannut, ja
kuitenkin aina kompastunut. Älä lupaa, vaan koeta toteuttaa!'

'Minä koetan ... sinä minun oma, ainoa sisareni!' Ja minä
tempaan hänen molemmat kätensä ja suutelen niitä kiitollisena
kerta kerran perästä———»

»Vai on teillä sellaisiakin keskusteluja?» sanoi iltahämy.—

»Nyt minäkin jo alan toivoa, että sisaresi eläisi. Ja kunpa hän edes
tuollalailla puhelisi useammin sinun kanssasi, niin ehkä sinä olisit
aivan toinen mies.»

Nuori mies istui taasen mietteisiinsä vaipuneena.

»Mutta sitte hän kapsahtaa ylös ja sytyttää lampun, sillä ilta on
sillävälin pimennyt. Ja hän tulee luokseni, panee kätensä
olkapäilleni ja katsoo silmiini: 'Enkö saa sinua auttaa—kyllä minä
ne sinun mittauslistasi osaan kirjottaa?'

Minä en virka mitään, katson vaan noihin hänen syviin, loistaviin
silmiinsä: Kiitoksia, sinä ymmärrät minua—mutta sinähän oletkin
Sisar-Maiju!

Hän istuu pöydän ääreen, ja minä katselen kuinka kevyesti hänen pieni kätensä liitää paperilla. Minä alan selvitellä ylösottokirjojani, ja niin vierähtää hetki toisensa perään.

Mutta sitte hän keskeyttää äkkiä kirjottamisen ja alkaa lörpötellä että sinä se vasta suuri tukkipäällikkö olet, kun sinulla on oma konttori ja oma sihteerikin. Ei kukaan ole päässyt niin nuorena tukkipäälliköksi, eikä kukaan ole niin komea tukkipäällikkö kuin sinä, jolla on oma konttori ja tällainen konttorisihteerikin pöydän ääressä.

Minun täytyy pakostakin nauraa:
'Eikä missään ole niin herttaista tyttöä kuin sinä, Sisar-Maiju!'

Sitte hän taas käy vakavaksi ja katsoo minuun niin kummallisesti, etten minä ymmärrä mitä hän tarkottaa.

'Mutta kuinka kauvan sinä oikein aijot tätä kulkurinelämää jatkaa —sitä on nyt kestänyt jo kolme vuotta?'

'Onko sitä jo niin kauvan...?' sanon minä hämmästyneenä. 'Kyllä kai sitä kestää...'

'Jos minä olisin sinun sijallasi, niin minä lopettaisin sen kerta kaikkiaan tähän. Ja me menisimme kotiin, ja ottaisimme Koskelan haltuumme ja päästäisimme vanhukset rauhaan—kyllä he ovat jo aikansa raataneet.'

Minä katson hänen silmiinsä kuin kysymysmerkki.

'Isäkö—? Ole huoletta, hän on jo aikoja sitte leppynyt. Ja sekä hän että äiti odottavat vain koska sinä tulet, sillä Heikki-veli on kuitenkin liian pehmeä isännäksi.'

'Luuletko sinä niin—?' kysyn minä ihastuneena ja hämmästyneenä.

'Enkä vain luule, vaan minä tiedän sen aivan varmaan! Ja tiedätkö, millainen puuha meitä siellä odottaa? Sinä kylvät peltoihin kylvöheinää ja rakennat uuden navetan, ja karja lisätään kolmenkertaiseksi ... juuri niin! Ja mitäs sinä Isostasuosta ajattelet —koskas sinä sen aijot kuivata ja raivata?'

'Isosuo! Kuinka sinä minun ajatukseni arvaat?'

'Miksen minä arvaisi—olenhan minä Sisar-Maiju! Se on kyllä suuri yritys, isä ei ole koskaan uskaltanut käydä siihen käsiksi— mutta sinähän oletkin suurempi kuin isä, suuri ja vahva...!'

'Sisar Maiju!' huudahdan minä riemun huumaamana. 'Nyt minun täytyy saada sinua suudella—ei sinun vertaistasi ole koko maailmassa!'

... Ja me palaamme kotiin jo seuraavalla viikolla. Kaikki käy niinkuin sinä silloin suunnittelit. Karja karttuu ja pellot laajenevat, suossa heilimöi tuoksuava apilas ja Koskelan maine vyöryy yhä loitommalle. Ja me olemme niin onnellisia ... sinä emäntänä ja minä isäntänä. Ja me itse käymme vähitellen vanhoiksi ja harmaahapsisiksi, mutta meidän lapsemme—oh, mitä minä nyt hourailenkaan!»

»Sitä sinun kauniinta hourettasi, josta minä toivoisin pian toden tulevan!» hymyili iltahämy, räväyttäen sysimustat silmänsä selko selälleen. »Mutta sytytä jo lamppusi—täällähän on pilkkopimeä!»

16. ELÄMÄNLANKA

»Jos minä olisin runoilija, niin minä laulaisin laulun—syvän, sorean ja ihmeellisen laulun.

»Ja jos minä taitaisin kanteletta soittaa, niin minä sillä lauluni säestäisin.

»Sinusta ja rakkaudesta minä laulaisin. Minä laulaisin Elämänlangasta, jolla on lumivalkeat kukat. Sillä elämänlanka sinä olet, minun tyttöni—sorea ja vieno kuin elämänlanka, hellä ja liittyvä kuin elämänlanka ikkunanpielessä, ja syvä ja pohjaton kuin elämä itse!»

»Mutta sinähän laulatkin, Olavi, sillä sinun puheesi on laulua ja soittoa», vastasi nuori, hento tyttö autuain katsein. »Laula minulle vielä—en minä muuta pyydä kuin saada näin sinun jalkaisi juuressa lattialla istua ja sinun lauluasi kuunnella.»

»Jospa sinä voisitkin aina sillälailla istua!—Eikö se ole merkillistä, Elämänlanka, että minun piti sinut löytää—minun, joka jo luulin että kaikkialla olisi vain syksyn kuihtunutta, keltaista verta?»

»Syksyn keltaista verta…?» sanoi tyttö, katsoen häntä aran kysyvästi silmiin.—»Olavi, älä pahastu minuun … oletko sinä rakastanut muitakin—sinusta on puhuttu niin paljon?»

Nuori mies oli hetken vaiti.

»Ehkä minusta onkin puhumista», sanoi hän sitte alakuloisella äänellä. »Mutta sano sinä, Elämänlanka, minulle, etkö sinä voikkaan rakastaa minua täydellisesti ja kokonaisesti, tietäessäsi että olen joskus muitakin rakastanut?»

»Ei, ei—en minä sitä tarkottanut», sanoi tyttö hyväillen hiljaa hänen polviaan. »En minä itseäni ajatellut…»

»Vaan…?»

He katselivat tuokion toisiaan äänettöminä.

»Niin, kyllä minä ymmärrän—minä ymmärrän sinun katseestasi kaikki!»

Hän silitteli kuin viihdytellen polveansa vasten lepäävää tytön päätä:

»Elämä on niin ihmeellistä. Ja ihminen itse on kaikkein ihmeellisin arvotus. Minä olen rakastanut, mutta nyt minä olen niinkuin ihminen, joka on vain nähnyt unta kummallisista seikkailuista.»

»Mutta oletko sinä silloin oikein todella heitä rakastanut … minä tarkotan: antanut *kaikki*, mitä sinulla on ollut—voiko sitä sellaista antaa kuin kerran?»

Se tuli hiljaa, mutta niin kiinteän värähtelevästi, että nuori mies jäi äänetönnä eteensä tuijottamaan.

»Kuka sen ymmärtää!» sanoi hän hetkisen päästä.

»Minä luulin kaikki saaneeni ja kaikki antaneeni ja olevani köyhä kuin kerjäläinen. Mutta sitte ilmestyit sinä minun eteeni, niin erilaisena kuin muut ja sellaisia salaisia aarteita täynnä, ettei kukaan ole minulle ennen sellaisia antanut. Ja minä itse tunnen olevani jälleen rikas, nuori ja koskematon, niinkuin vasta nyt astuisin elämän kynnyksen yli.»

»Niinkö—?... Niin niin, rikas sinä oletkin kuin ruhtinas ... ja minä olen sinun halpa orjattaresi, joka istun sinun jalkaisi juuressa. Mutta kuinka ihminen voi olla niin rikas, ja mitenkä se on se koko asia, sitä minä en ymmärrä?»

»Tiedätkö, Elämänlanka, mitä minä luulen? Minä luulen että ihminen on aivan mittaamattoman syvä ja rikas, että hän on niinkuin luonto, joka on aina nuori ja vain kehityskausia vaihtaa. Luulen että kaikki, mitä minulle on tätä ennen tapahtunut, on ollut vain kuin keväisen mahlan kuohua. Ja nyt vasta on tullut kesä, se tyyni, lämmin ja onnellinen kesä. Minä olen ollut niinkuin sadun linna, jonka valtasaliin ei kellään ole ollut avainta. Vain sinulla oli avain—muut ovat olleet esikamareissa, sinä vasta saliin astuit.»

»Onko se totta, Olavi-? Niitä sanoja en minä ikänä unohda!»

»Kyllä se totta on, vasta sinun kauttasi minä opin tuntemaan miten salainen, syvä ja ihmeellinen miehen ja naisen väli on. Ettei se ole vain satunnaista toistensa tapaamista, vain syleilyjä, suuteloita ja tunteitten kevätouruja. Vaan että se on niinkuin hiljainen onni veressä, tai niinkuin nesteet puiden suonissa, näkymätön mutta kuitenkin kaikki kaikessa, sanaton mutta kuitenkin kaikkisanova ilman että huulet kertaakaan liikahtavat.»

»Juuri niin», sanoi tyttö liikutettuna. »Etkö sinä sitä ennen tuntenut? Minä olen sen aivan ensi hetkestä sellaiseksi tuntenut.»

»En, en minä ymmärtänyt että se kuului niin läheisesti meidän koko olemukseemme, että se on elämän ja onnen peruslaki kaikelle, mitä maan päällä on. Vasta nyt minä ymmärrän että me erillämme olemme niinkuin maa ilman vettä, niinkuin puu ilman juuria ja multaa, tai taivas ilman aurinkoa ja pilviä. Ja nyt minä ymmärrän paljo semmoista, jota en ennen ymmärtänyt: koko elämisen salaisuuden, sen voiman, joka ihmisiä pystyssä pitää.»

»Ja sinä ymmärrät että se on *rakkaus*, se suurin kaikista!—Mutta miksikäs ihmiset eivät siitä koskaan puhu ... minä tarkotan: oikein siitä *itsestä*, eikä vain nimestä?»

»Siksi, luulisin minä, että se on liian syvää ja pyhää puhuttavaksi, että se selviää vasta silloin, kun kukin sen omassa kohdassaan tuntee. Ja että kuka sen todella tuntee, hän vaikenee ja ainoastaan elää siitä.—Kuuleppas, nyt minä muistan jotain! Tapauksen eräässä pienessä, hatarassa mökissä, ja se selittää kaikki...»

»Oletkos sinä sen itse nähnyt, sen mökin?»

»Olen, olen—siitä on jo monta vuotta. Se oli eräänä kylmänä talvipäivänä, kun minut lähetettiin sinne asialle. Ikkunanlasit olivat jääkuusia täynnä ja viima vinkui hataruuksissa. Kaksi lasta istui takkakivellä ja lämmitteli kylmästä punaisia paljaita jalkojaan, toiset kaksi olivat lattialla ja kiistelivät viimeisestä leivänkappaleesta...»

»Olivatkos ne niin köyhiä?» keskeytti tyttö osanotosta väräjävin äänin.

»Olivat, niin tuiki köyhiä. Ja vuoteessa lepäsi äskensyntynyt viides ryysyjen keskellä äitinsä vieressä.»

»Siellä kylmässäkö—?»

»Niin—mutta kuuntele nyt loppuun saakka! Pöydän päässä istui mökin mies. Ja hän katseli lapsia lattialla ja sitte äitiä pienoisineen vuoteessa—katseli ja hymyili ja hänen laihoilla, kuivettuneilla kasvoillaan lepäsi selittämätön kirkastus...»

»Entäs äiti...?» kysyi tyttö jännittyneenä. »Eikös sekin hymyillyt, ja vielä enemmän kuin mies?»

»Hymyili, hymyili, ne hymyilivät molemmat. Ja siihen hymyyn sulkeutui lapset ja viima ja ryysyt ja kaikki. Ja minä olin niin hämmentynyt, etten tiennyt mihin katsoa. 'Kurjaa!' ajattelin minä. 'Ovatko ne niin tylsiä, nuo ihmiset, etteivät osaa itkeä?' Mutta nyt minä heidän hymynsä ymmärrän—heidän välillään oli se, se syvä ja salaperäinen. Siksi mökki tuntui linnalta ja lapset kuninkaanlapsipa ryysyissäkin—siksi he hymyilivät.»

Molemmat olivat hetken vaiti. Nuori mies tunsi kuinka vieno liikutuksen väristys meni tytön ruumiin läpi ja sen jatkona hänen oman itsensä läpi.

»Nyt minä ymmärrän», sanoi tyttö vihdoin, »miksi sinä sanoit ihmistä niin syväksi ja tutkimattomaksi—en minä vielä äsken sitä niin täydellisesti ymmärtänyt. Ja tiedätkö, Olavi? Juuri sellainen köyhä mökin vaimo minäkin tahtoisin olla—olla jäätä ikkunassa ja ryysyjä vuoteessa, mutta olla...» Kimaltelevat kyyneleet vierähtivät hänen silmiinsä.

»Mitä olla...?» kysyi nuori mies heltyneenä, ottaen hänen päänsä käsiensä väliin ja koettaen katsoa häntä silmien sisään.

»Olla se, jota rakastaa, *kokonaan ja ainaisesti omana*!» sanoi tyttö katsoen häntä tulisesti suoraan silmiin.

Olavi lähes säpsähti. Niinkuin siihen onneen, jonka syvillä aalloilla he keinuivat, olisi äkkiä sekottunut jotain selittämätöntä, levotonta ja haikeata, jonka olemuksesta hän ei ollut selvillä, vaan ainoastaan tunsi sen läsnäolon.

»Ei, ei, vaikkei sitäkään ... mutta olla hänestä se ... se joka ryysyihin käärittynä vuoteessa hymyilee», päätti tyttö, kätkien äkkiä päänsä hänen polviinsa ja puristautuen niin lujasti kuin olisi liittynyt hänen eroamattomaksi jatkokseen.

Lamppu oli sytytetty, pieni tuli palaa lekotti uunissa.

Tyttö istui tapansa mukaan lattialla, pitäen rakastettunsa jalkoja sylissään—sylissään ja hellästi esiliinaansa käärittyinä, ikäänkuin ne olisivat kuuluneet hänelle.

»Tee sinä vaan työtäsi, en minä sinua tahdo häiritä», puheli tyttö. »Minä vaan näin lämmitän sinun jalkojasi ja katselen täältä salaa kuinka kaunis sinä olet.»

Olavi loi häneen nopean, lämpimän silmäyksen ja jatkoi työtänsä.

»Kuuleppas, Olavi!» sanoi tyttö hetkisen päästä. »Mitäs minä sitte sylissäni pidän, kun sinä olet mennyt...?»

Hän katsoi rakastettuunsa avuttomana, kuin neuvoa pyytäen.

Nuori mies liikahti levottomasti, aivankuin olisi kirjottanut väärän numeron, jota oli vaikea saada pois.

»Sinä et tietenkään pidä mitään», sanoi hän tuokion kuluttua kepeää leikillisyyttä tavottavalla äänellä. »Eihän sinulla ennenkään ollut mitään.»

»Niin ennen, mutta nyt—nyt *pitäisi* olla!»

Tytön ääni värähti niin kummasti, että nuori mies tahtomattaan ailahti, laski kynän pöydälle ja katseli äänetönnä pesässä palavaan tuleen. Niinkuin hän olisi puhellut lapsen kanssa—syvän, ihmeellisen lapsen, joka käsitti ja tunsi paremmin kuin moni aikuinen. Mutta niinkuin hän kuitenkin olisi lapsi ja nyt alkaisi tehdä itsepintaisia lapsenkysymyksiään, joihin aikuisen oli vaikea vastata lapsen mieltä pahottamatta.

Tyttö katseli häntä pitkään, tutkivasti.

»Älä ole pahoillasi, Olavi», sanoi hän lämpimästi. »Minä olen niin lapsellinen. Tee sinä jälleen työtä, teethän? Muuten minun on niin vaikea olla.»

»Kuinka sinä olet hieno!» sanoi nuori mies, puristaen liikutettuna hänen kättään. »Kyllä minä vielä puhun sinun kanssasi tästä asiasta, mutta toiste—ymmärräthän?»

»Kyllä—toiste, toiste. Älä ajattele sitä enää.»

Mutta Olavin korvissa kumisi omien sanojensa onttous— niinkuin hän olisi sanonut vain jotain sanoakseen, lasta viihdytelläkseen. Hän otti jälleen kynän käteensä, mutta ei ruvennutkaan työtään jatkamaan, vaan aivan ajatuksissaan piirtämään ylösottokirjansa laitaan neliötä ja sen keskelle suuria kysymysmerkkejä.

Tyttö lähentihe, painoi poskensa hänen polveaan vasten ja ummisti silmänsä. Mutta ajatus teki ankaraa työtä, ja hänen silmissään paloi äkkinäisen mielijohteen lieska, kun hän kohotti päänsä.

»Olavi!» sanoi hän innostuneesti. »Onko sinulla kovin kiire?»

»Ei—mitä sitte?» Hän ymmärsi heti äänestä, että tytöllä oli jotain erikoista.

»Minä vaan muistin erään vanhan tarinan ja minä niin mielelläni kertoisin sen sinulle nyt.»

»Oi kerro, kerro!» huudahti Olavi kuin raskaasta taakasta vapautuneena. »Sinä oletkin ainoa tyttö, joka osaat tarinoita kertoa ja itsekkin satuja sepittää.»

»Ei tämä ole minun sepittämäni, minä olen sen muilta kuullut», vakuutti tyttö.

»No, mitenkäs se alkaa?» sanoi Olavi hilpeästi, ottaen hänen molemmat kätensä omiinsa. »Oli kerran ... eikös niin?»

»Juuri niin, aivan niillä sanoilla. Oli kerran tyttö ja poika. Ja ne rakastivat toisiaan, varsinkin se tyttö rakasti niin, ettei sitä voi kielin kertoa.»

Hän katsahti Olavin silmiin, nähdäkseen minkä vaikutuksen kertomuksen alku teki.

»Kauniisti alkaa», virkkoi Olavi. Mutta hänen mielessään alkoi itää salainen ajatus.

»Ja he istuivat lehtojen rinteillä ja vanhojen koivujen alla ja kertoivat toisilleen onnestaan. Mutta se tyttö ei voinutkaan saada sitä poikaa omakseen, vaan heidän täytyi erota. Ja pojan täytyi matkustaa kauvas pois, ja tyttö tiesi ettei hän saisi enää koskaan armastaan nähdä.»

Olavin silmät avartuivat ja hänen salainen ajatuksensa alkoi ottaa juurta. »Jatka, jatka, kuinkas sitte kävi?»

»Sitte tyttö sanoi pojalle, juuri ennenkun heidän piti erota: 'Pane
minuun joku merkki, että minä tuntisin olevani aina sinun omasi,
ettei kukaan voisi sinua minun sydämestäni riistää!'
Poika mietti hetkisen. 'Mihinkäs minä sen merkin panen?' kysyi
hän tytöltä.

'Tänne, sydämen kohdalle!' sanoi tyttö.

Ja tyttö paljasti rintansa, ja nuorukainen veti tupestaan puukon ja
piirsi sen terävällä kärellä sydämen kuvan hänen rintaansa juuri
sydämen kohdalle...»

Vieno väristys kävi tytön läpi.

»Ja pani siihen merkkiin väriä, niinkuin merimiehet laittavat
ankkurinkuvia käteensä. Ja kun hän oli saanut sen valmiiksi, niin
hän suuteli sitä merkkiä—ja he erosivat.»

Nuori mies tunsi itsensä liikutetuksi—nyt hän jo ymmärsi...

»Entäs sitte?» sanoi hän hiljaa. »Mitenkä sitte kävi tytölle, jolla oli
merkki sydämen kohdalla, ja pojalle, joka sen piirsi?»

»Pojalle—?» sanoi tyttö hämmentyneenä ja koetti miettiä.—»Siitä
ei minun tarinani tiedä enää mitään, se kertoo vaan tytöstä.»

»Niin, niin, onhan se luonnollista, sillä poikahan meni», sanoi
Olavi.
»Vaan tyttö?»

»Tyttö katseli sitä merkkiä joka ilta riisuutuessaan ja joka aamu
pukeutuessaan, ja oli niin onnellinen, sillä hänestä tuntui että
poika yhä vielä oli sen merkin kautta hänen luonaan. Mutta sitte
hänen vanhempansa vaativat hänen menemään naimisiin. Ja
vaikkei tyttö tahtonut, niin hänen kuitenkin täytyi. Mutta hän ei
rakastanut sitä miestä, vaan katseli aina salassa rakastettunsa
merkkiä ja kuiskaili sen merkin kautta hänen kanssaan—ja oli
onnellinen.»

»Ja mies? Eikö hän mitään huomannut?» kysyi Olavi

jännittyneenä.

»Ei—eivät miehet tavallisesti sellaisia asioita huomaa. Mutta sitte sille tytölle syntyi siitä miehestä lapsi ... niin, tyttö hän vieläkin oli, sillä hän oli rakastetulleen uskollinen. Ja sillä lapsella oli aivan samanlainen merkki ja aivan samalla kohdalla. Mies näki sen merkin. 'Mikä se on?' kysyi hän kylmällä äänellä. 'Se on syntymämerkki', vastasi tyttö. 'Älä valehtele!' huusi mies. 'Se on perintömerkki, ja paljasta paikalla rintasi!' Tyttö ei tahtonut, sillä hänen mielestään ei sillä miehellä ollut mitään tekemistä sen merkin kanssa. Silloin miehen hahmo mustui ja hän repäsi tytön vaatteet rikki. Mutta nyt ei tyttö enää halunnutkaan sitä merkkiä salata, vaan seisoi suorana ja vastasi, kasvot lumivalkoisina, ennenkun mies ennätti kysyäkkään: 'Se on minun nuoruudenrakastettuni merkki, että minä aina hänen omansa olisin—ja niin minä olen ollutkin!'—Silloin miehen silmät leimahtivat, ja sanaakaan sanomatta hän veti puukkonsa ja iski sen merkin läpi hänen rintaansa...»

Hän aikoi vielä lisätä jotakin, mutta ääni petti—hän tunsi kuinka Olavin polvet värisivät hänen rintaansa vasten.

»Hyvin sinä kerroit», sanoi nuori mies tukehtuneella äänellä. »Mutta se loppu oli niin kamala.»

»Ei, ei se kamala ollut, vaan ihana! Ei tyttö muuta halunnutkaan, vaan kuoli hymy huulillaan, niinkuin ainoastaan onnelliset kuolevat.—Eikä se vielä siihen loppunutkaan, sillä on vielä jatkoa!»

»Vielä jatkoa—?» huudahti Olavi hämmästyneenä, voimatta aavistaa mitenkä tyttö aikoi tarinansa lopettaa.

»Niin», jatkoi kertoja, »sillä tyttö tuli nyt kuolemansa jälkeen taivaan portille. Ja siellä oli pyhä Pietari vastassa, niinkuin se aina on.

132

'Et sinä tänne pääse', sanoi Pietari, 'sillä sinulla on nuoruuden himon merkki rinnassasi!'

Mutta Isäjumala kuuli sen istuimeltaan, sillä taivaansalin ovi oli raollaan. 'Avatkaa ovi!' sanoi hän ja katsahti tytön rintaan, eikä tyttö yhtään pelännyt. 'Etkö sinä näitä asioita sen paremmin ymmärrä?' sanoi Herra Pietarille nuhdellen. 'Hän on nuoruutensa rakkaudelle uskollinen ollut—astu sisään, tyttäreni!»

Molemmat olivat vaiti. Hiiloksen sininen lieska leikki punaisella pohjalla uunissa.

»Kiitoksia, Elämänlanka—kyllä minä nyt sinun ajatuksesi ymmärrän», kuiskasi vihdoin Olavi väräjävin äänin, suudellen tytön kuumia käsiä. »Ja kuinka kauniisti sinä sen sanoitkaan…»

»Tokkohan sinä vieläkään kaikkea ymmärsit!» tyttö sanoi. »Se ei loppunut vieläkään…»

»Eikö vieläkään—?»

»Ei!»

Tyttö irrotti kätensä, ja ikäänkuin kooten kaiken sen, mitä hän oli kertomukseensa kätkenyt, hän kiersi ne syleillen Olavin jalkojen ympäri ja katsoi häntä rukoilevasti silmiin:

»*Anna minulle se merkki!*»

Niinkuin kylmä puistatus olisi kiitänyt Olavin läpi, ja senjälkeen kuuma, ja sitte rinnakkain sekä kuumia että kylmiä.

»Ei, ei, Elämänlanka! Älä vaadi minulta sellaista—enhän minä edes osaa sellaista tehdä», hätäili hän.

»Sinä osaat mitä tahdot—rakkaus osaa kaikkea!»

»Vaan sittenkin, tuon sinun kertomuksesi jälkeen…»

»Sinähän itse sanoit sitä kauniiksi—?»

»Niin sitä ajatusta, minkä sinä olit siihen kätkenyt, mutta sanoinhan minä sitä kamalaksikin—sitä erästä kohtaa.»

»Niinhän sinä sanoit—sitä kaikkein kauniinta... Etkö sinä voi antaa?» kysyi hän värisevin huulin.

»Voi, voi», sanoi Olavi ja tuskan hiki helmeili hänen otsallaan.

»Enhän minä tahtoisi sinulta mitään kieltää, mutta minä en saisi senjälkeen koskaan mielestäni sitä erästä kohtaa...»

»Minä melkein arvasin, että näin kävisi—et sinä voi minua ymmärtää, sillä sinä et ole minä. Mutta jotain minun täytyy saada, en minä voi ilman elää», sanoi hän kiihkeästi. »Katsoppas!»

Hän veti povestaan sinisestä silkistä tehdyn pienen kotelon, joka riippui hänen kaulassaan punaisessa silkkinauhassa punaisine nauharuusukkeineen.

»Se ulottuu juuri sille kohdalle—katsoppas!»

»Kuinka kaunis!» huudahti Olavi kuin hädästä pelastunut, ottaen kotelon käteensä. »Ja sinä tahdot siihen jotakin?»

»Niin.»

»Kiharanko—oletko sinä niin lapsellinen?»

»En, niin lapsellinen minä en ole.»

»Kukan?»

»En niinkään lapsellista.»

»Muistovärsyn?»

»En sitäkään—vaan sinut kokonaan!»

Olavi katsoi hämmästyneenä, tietämättä mitä ajatella. Niinkuin se, josta hän oli koettanut irtiponnistella, olisi vain sitä lujemmin kietoutunut hänen ympärilleen.

»Etkö ymmärrä—? Sinun kuvasi!»

»Mutta minullahan ei ole kuin yksi ainoa, enkä minä ole antanut kenellekään kuvaani», pakotti hän itsensä sanomaan.

»Et—sinä olet säästänyt sen minua varten!» sanoi tyttö painokkaasti.

Olavia hävetti—millaiseksi raukaksi hän koettikaan itsensä pakottaa! Miksei hän noussut ylös, temmannut tuota ihmeellistä, väräjävää lasta syliinsä ja vannonut: sinä se olet, joka olet minun sydämeni syvimpiä kieliä väräyttänyt—sinä olet minun ja minä sinun, nyt ja ijankaikkisesti!

Hän nousi ja äänessä oli tulta:

»Niin, sinua vartenhan se on otettukin, sinua eikä ketään muuta..!»

Mutta sanat katkesivat siihen—niinkuin raskasta hiekkaa olisi valunut hänen suoniinsa. Hän haparoi vapisevin käsin kuvansa pöytälaatikosta ja vaipui sitte kuin halvautunut tuolilleen.

Tyttö katseli häntä tähtinä säteilevin silmin, onnen kirkastus kasvoillaan.

Olavi ei voinut sitä kestää, vaan painoi päänsä alas:

'Mikä minun on tullut? Miksi minä petän hänet ja itseni? Miksi minä annan kerjäläisen muruja sille, jonka pitäisi kaikki saada?'

Mutta tyttö piti yhä kuvaa kädessään ja katseli säteilevin silmin vuoroin kuvaa, vuoroin Olavia.

»Kyllä se olet sinä», sanoi hän vihdoin, koskettaen kuvaa hiljaa huulillaan ja pannen sen koteloon. Kotelo katosi poveen.

»Ja nyt en minä enää mitään pyydä, vaan kiitän sinua koko ikäni. Olet poissa, ja sentään luonani. Sinulle illalla maatapannessani puhelen ja aamulla ensiksi sinua katselen, ja kuiskailen kanssasi niinkuin ennenkin. Ja kun minut haudataan, niin sekin haudataan minun kanssani.»

Syvä liikutus oli vallannut Olavin—niinkuin joku olisi repinyt häntä kahtia, kolmia, kappaleiksi. Hän katsahti tytön kasvoihin. Kuinka ehjää, pyhää ja puhdasta kaikki! Miksei hän itse voinut olla samanlainen? Mitä kummaa hänelle on tapahtunutkaan—?

Hän olisi tahtonut heittäytyä lattialle tytön viereen ja sanoa kaikki —sanoa ja kohota jälleen nuorukaiseksi, puhtaaksi ja kokonaiseksi, ja tuntea niinkuin tuo toinen tunsi. Mutta hän ei voinut—'*sinun kevätkuusi on ainaisesti ohi*!' huusi kuin jäätävä viima hänen sisässään. Ja kun tyttö kietoi käsivartensa hänen jalkojensa ympärille, niin hän tuskin uskalsi kumartua hänen ylitsensä, laskea kätensä hänen olkapäilleen ja painaa kuin anteeksipyytäen huulensa hänen otsalleen hiustenrajaan. Kuumia pisaroita alkoi tipahdella hänen polvilleen, kuumia pisaroita alkoi tipahdella tytön hiuksille. Ne kumpuivat syvistä, värisevistä lähteistä kummatkin—mutta erilaisista lähteistä, ja vierivät omia uriaan kummatkin.

17. TUMMAT JUOVAT

Sunnuntaiaamu—tyyni, rauhaisa sunnuntaiaamu. Olavi oli juuri ajanut partansa ja istui vielä tukkaansa sukien peilin edessä pöydän ääressä.

»Niinkuin nuo lahdekkeet hiustenrajassa olisivat syventyneet», ajatteli hän itsekseen.—»No, miehekkäämmältä vain näyttää!»

Hän pani harjan pöydälle, käänsi hiukan päätään ja katsahti vielä kerran.

»Taidanpa olla hiukan kalvakkakin», ajatteli hän edelleen.—»Vaan enhän minä mikään rippikoulupoika enää olekkaan!»

Hän aikoi juuri nousta.

»Katsoppas vielä kerran—hiukan tarkempaan!» kehotti peili.

Olavi otti harjan, pyyhkäsi pari kertaa viiksiään ja hymyili:

»Enpä minä nyt enää mitään huomaa.»

»Vai et huomaa...?» virkahti peili miltei ilkkuen. »*Vilkaseppas hiukan silmiesi alle*!»

Niinkuin suomukset olisivat pudonneet hänen silmistään. Peilistä tuijotti häntä vastaan kalvakka mies, jolla oli vaelluksen ja ristiriitojen viivat kulmillaan ja silmäin alla leveät, tummanharmaat juovat, niinkuin sinetit nimikirjotuksen alla.

136

»Onko se mahdollista?» huudahti hän, tuntien veren jähmettyvän suonissaan.

»Onko se ihmeellistä?» vastasi peili kylmällä äänellä.

Mies peilissä yhä tuijotti tummine juovineen.

»Mistä minä ne olen saanut?» huudahti Olavi tuskaisella äänellä. »Se sinun pitäisi kysymättäsikin tietää!» peili vastasi. »Sinullakin on nyt 'merkki'—pyytämättäsi.»

Mies peilissä tuijotti, tummat juovat tuijottivat. Hän olisi tahtonut kääntää päänsä toisaanne tai ummistaa silmänsä, mutta hän ei voinut. Sillä hän tunsi niinkuin hänen takanaan olisi seisonut suuri, ankara mies, ruoska koholla ja komentanut: »katso!»

Hän katsoi.

»Katso tarkemmin, että opit itsesi tuntemaan!» huusi ruoskamies. »Katso niiden merkkiesi sisäkulmiin, mitä niissä on?»

Olavi katsoi. Joukko hienoja, velttoja viivoja—toiset syvempiä, toiset matalampia, toiset suoria ja varmoja, toiset sekavia. Kylmä hiki alkoi pusertua hänen otsalleen.

»Lue ne!» huusi takanaseisova.

»Mahdotonta—ne ovat niin sekavia!»

»Sen minä kyllä tiedän», sanoi ruoskamies miltei ivaten, »mutta lue!»

Olavi kuuristausi eteenpäin ja koetti tarkata.

»Montako niitä on?»

Ei vastausta.

»Montako niitä on?» kuului kuin jyrähdys ja Olavi oli tuntevinaan ruoskan vinhahduksen päänsä päällä.

»Yhdeksän tai kymmenen paikkeilla», sammalsi hän.

»Enemmänkin niitä on! Ja tahdotko nyt tietää mitä ne merkitsevät?»

»En!»

»Sen arvaan, vaan minäpä sanon, ettei mitään unohtuisi!— Ensimäinen?»

»En minä tiedä.».

»Sinä kyllä tiedät: säihkyvät silmät!»

Se oli niinkuin ruoskan läjähdys, joka sai hänen vaistomaisesti painamaan päänsä alas—ja niitä seurasi toinen toisensa jälkeen: »Solakka vartalo ja hyväilevät suortuvat!—Kyyneleitä ja tyhjiä lupauksia!—Kauneudenjanoa!—Valeveljeyttä!—Vallotushalua ja itsekkyyttä!—Sammuvia lapsuudenääniä!—Mielikuvituselämää ja itsensäpettämistä...!»

»Jo riittää!»

»Ei vielä, on vielä 'ynnä muuta', 'ynnä muuta', jota tuskin muistatkaan.»

»Älä piinaa minua!» huusi Olavi kuin uhaten.

»Itse sinä itseäsi piinaat! Katso tarkemmin: 'ynnä muuta', 'ynnä muuta'...»

»Älä piinaa minua!» karjasi Olavi kuin sydämeen haavotettu peto, tempasi peilin pöydältä ja lennätti sen uunia vasten, niin että sirpaleet helähtivät lattialle.

Hän oli ponnahtanut seisoalleen. Veri kuohui ja silmissä paloi tumma lieska.

»Entä sitte—?» huusi hän uhmaavalla äänellä ja jalkaansa lattiaan polkaisten. »Itse minä merkkini kannan—ja kannan pää koholla!»

Sanoi, tempasi hattunsa ja syöksyi tuulena ulos.

18. KAKSI IHMISTÄ

Juna juoksi, penger jyrisi, vaunut hiljaa keinahtelivat.

Eräässä vaununosastossa oli ainoastaan kaksi ihmistä. Toinen oli nuori rouva, jonka suuret, siniset silmät näyttivät alati katselevan jonnekkin kauvas—häntä vastapäätä istui nuori mies.

——»Siinä te epäilemättä olette oikeassa», vastasi nuori mies. »Ja siitä ehkä olisi paljokin sanomista—vaan tuskinpa minun sopii ruveta teidän kanssanne sellaisesta asiasta keskustelemaan…?»

Hän sanoi sen lämpimällä ja kunnioittavalla äänellä, mutta hänen suupielissään väreili salattu ylimielisyys ja uhka.

»Eikö jokaisen sovi lausua vapaasti mielipidettään?» sanoi nuori rouva. »Minä puolestani ainakin olen iloinen tavatessani ihmisiä, joilla on mielipiteitä.—Muuten», jatkoi hän matalammalla äänellä, leikillinen hymy haaveilevissa silmissään, »luulin minä teidän voivan lausua minulle ajatuksenne lupaa kysymättä—eihän meidän ensi tapaamisemmekaan sattunut aivan luvan perusteella.»

»Vieläkö te sitä muistelette?» nauroi nuori mies. »Sehän kuuluu kokonaan—herra Hanssonin 'Amorin' ansioluetteloon. Minkä minä sille voin, ettei herra 'Amor' suvaitse ymmärtää luvasta ja sopivaisuudesta vähääkään, vaan syöksyy teidän kimppuunne ja minä itseäni esittelemättä riennän avuksenne.»

Hän sanoi sen niin leikillisellä hilpeydellä, että nuori rouva ei voinut olla nauramatta.

»Teidän miehenne sitte on niin hyväntahtoinen, että kutsuu minut teidän kotiinne, ja te, rouva, suvaitsette tuon pikku tapauksen johdosta olla minulle, sivistymättömälle tukkilaiselle, ystävällinen—se asia on ollut ja mennyt, kyllä minä aina asemani muistan.»

Nuori rouva katsahti häneen pitkään, terävä pilke silmissään:

»Miksi puhutte tukkilaisesta ja sivistymättömästä? *Teidän* huulillanne se kuuluu pikemmin ylimielisyydeltä ja ivalta kuin vaatimattomuudelta.»

»Niinkö—?» Siinä tapauksessa pyydän anteeksi—se ei ainakaan ollut tarkotukseni.

Ja minä kiitän teitä, rouva, siitä suosiosta, että puhelette minulle niinkuin ei tässä istuisikaan tukkilainen ja hieno rouva, vaan ainoastaan kaksi ihmistä.»

»Aivan niin—kaksi ihmistä, kuinka sattuvasti te sanoittekaan!» Nuori mies loi häneen nopean, tutkivan syrjäkatseen ja hänen suupielissään väreili taasen ylimielisyys, salattu iva ja uhka.

»Ja se asia», puheli hän aivankuin muuttuneella äänellä, »josta meidän keskustelumme lähti, sekin koskee kahta ihmistä, niitä ihmistenvälisiä suhteita, joissa kolmannella ei ole mitään sanomista.—Sanotteko rouva...»

Hän keskeytti, sillä junapalvelija tuli vaunuun lamppuja sytyttämään, mutta jatkoi sitte matalammalla äänellä.

Liekit syttyivät, kylmä puu sai lämpimän sävyn, koko vaunu muuttui kodikkaaksi——.

——»Ja minun mielestäni», vastasi nuori mies miltei kuohuvalla lämmöllä, »se on koko meidän elämämme päätekijä, josta meidän kohtalomme riippuu yhtä tinkimättömästi kuin vuodentulo taivaan ilmoista.—Vaan sitähän ei sovi sanoa!»

»Ja miksikä ei, jos se kerran totta on?»

»Siksi, ettei tässä ole kysymys totuudesta, vaan hyvinkasvatetuista lapsista, joille haikara tuopi veljet ja sisaret ja aapiskirjan kukko lahjottaa pikkulantit», jatkoi hän miltei karmivan ivallisesti. »Rakkaus, sehän on pieni kiltti lapsi, jota me kasvatamme ja koulutamme kuin koiranpenikkaa—suokaa anteeksi ruma sana! Sitä siistitään ja kammataan, opetetaan sokerinpaloja ottamaan ja kiittämään ... sitte huopatassut jalkaan, punainen silkkinauha kaulaan, nyt kaduille ja kujille ja talutusrihma ensimäisen vastaantulijan käteen: katso, tuleva haltijasi, jota sinun pitää kuolemaasi asti rakastaa!»

Nuori rouva puri huultaan, voimatta estää hymykuoppiensa väreilemistä.

»Ettekö puhu liian rajusti, ettekö suorastaan liiottelekkin?»

»Ehkä—suokaa anteeksi, jos loukkasin tunteitanne. Ja kuitenkin minun täytyy sanoa että se on tämä pieni lapsi, joka taluttaa meitä, emmekä me häntä. Me olemme ylpeitä kuin jumalat, mutta rakkauden edessä me matelemme matoina maassa. Me miehet olemme voimakkaita kuin leijonat, mutta kuitenkin voi hento tyttönen yhdellä suortuvainsa hapsella vetää meidät vaikka kadotukseen. Ja mitä teihin naisiin tulee ... niin, siitähän minulla ei ole oikeutta mitään sanoa.»

Juna kiiti sillan yli—puhujain ääni hukkui teräskiskojen säestykseen——.

——»Sanotteko niin vakaumuksesta», kuului taasen nuoren miehen kiinteä ääni, »vaiko ainoastaan senvuoksi, että olemme maailman ajan sellaiseen puhetapaan tottuneet?»

»Kyllä minä vakaumuksesta sanoin!» vastasi nuori rouva terävästi.

»Siinä tapauksessa minä pyytäisin kysyä mitä hyötyä tuosta 'jostakin' on meille ollut? Sitäkö että punastumme, koska meitä on opetettu punastumaan? Tai että huulemme sanovat 'ei', vaikka silmämme huutavat: 'minä odotan!' Emmekö me kaikista siveyssäännöistä huolimatta ole valmiit mihin tahansa, kun se 'oikea' tulee? Emmekö me ole levottomia kuin kompassin neula, kunnes näytämme pohjoista, s. o. sitä, mitä sydämemme janoo?»

Nuori rouva katsoi hämmästyneenä—sillälailla hän ei ollut kuullut vielä kenenkään puhuvan. 'Mikä hän oikein on, tuo mies, ja mitä hän tahtoo? Miksi minä rupesinkaan hänen kanssaan sellaisesta asiasta keskustelemaan?'

»Ja vaikka minun täytyisikin myöntää, että on tapauksia, jotka oikeuttavat puhumaan, niinkuin te nyt puhutte», sanoi hän kuin torjuen, »niin minun samalla täytyy sanoa että se ei sovi kaikkiin. Ne ovat hetkellisiä tunteita ja suurin osa ihmisiä ne hillitsee, tietäen että niin on parempi.»

»Miksi parempi, sanokaa: kun niin on käsketty!» huudahti nuori mies ja iva ja uhka väikehti hänen suupielissään. Juna pysähtyi asemalle ja joukko työmiehiä työntyi vaunuun—nuori rouva huoahti helpotuksen huokauksen. Mutta miehet huomasivat välioven päällä olevan vaalean sinisen taulun, ja nauraen ja 'naisten karsinasta' sukkeluuksia lasketellen mennä kolistivat he toiseen vaunuun———.

———»Minä taasen loukkasin teitä», sanoi nuori mies omituisella verhotulla äänellä. »Mutta älkää itseänne ajatelko—jos *teidän* avioliittonne on onnellinen, niinkuin se on, niin miksemme silti voi puhua asiasta yleensä, ajattelematta että te olette naimisissa ja minä naimaton, vaan ainoastaan—niinkuin kaksi ihmistä?»

»Niin, niin, niinhän se on», sanoi nuori rouva, mutta hänen levottomuutensa yhä kasvoi. 'Arvaako hän jotakin, tarkottaako hän jotakin? Minusta tuntuu kuin hänen äänessään väreilisi iva?'

»Minä en tahdo ketään loukata tai lausua ainoatakaan halventavaa sanaa», jatkoi nuori mies hillityllä äänellä. »Mutta pitäisikö meidän vaijeta nähdessämme satojen syöksyvän onnensa hautaan kuin kalat mertaan? Vai tahdotteko väittää että merta on kalojen oikea koti—senvuoksi että se on vedessä?»

»Te ette *saa* puhua tuollalailla!» huudahti nuori rouva tuskaisella äänellä. »Teidän vertauksenne ontuu, eikä vain onnu, se on kokonaan väärä! Teidän pitää ymmärtää että minä ja minun kanssani tuhannet kunnioittavat sitä, mitä te uskallatte sanoa onnen haudaksi.»

Nuori mies loi pitkän, miltei säälivän katseen:

»Minähän ymmärrän—mutta miksi te taasen itseänne sekotatte! Minä luulin», jatkoi hän alennetulla äänellä ja katsoen häntä miltei hypnotisoivasti silmiin, »minä luulin teidän minua paremmin ymmärtävän, melkeinpä hyväksyvän, sillä minun käsittääkseni te naiset olette tässä asiassa vieläkin huonommalla puolella kuin me miehet. Minä luulin että teille, joilla on hienommat vaistot ja ehkä suuremmat odotukset, pettymyskin on suurempi.»

»Teettekö te meistä pilaa—tahdotteko te tahallanne minua piinata?»

»En, kuinka minä pilaa tekisin, mutta itse asia on räikeintä pilaa kuin ajatella saattaa.» Hänen äänensä oli matala, mutta tunkeutuva kuin pumpuliin kääritty naskalinkärki: »Sanokaa, rouva, minulle yksi asia! Eikö jokaisella nuorella tytöllä ole miehestä 'ihanne', josta hän haaveilee, ja eikö hän odota avioliitolta sitä suurta ja pyhää, jolle koko hänen olemuksensa väreilee?»

»On on, siinä te totta puhutte!» sanoi nuori rouva lämpimästi. »Mutta ne ovat tyttöajan haaveiluja, jotka eivät aina toteudu.»

»Eivätkö muka toteudu? Toteutuvathan ne! Eikö jokainen meistä kelpaa, jokainen vapiseva vanhus, jokainen kuihtunut ruumis ja jokainen raaka, kömpelö henki? Mehän olemme jumalallista sukua, me miehet—ihanteita kaikki tyyni!»

Hän sanoi sen niin kylmällä, repivällä ivalla, että puistatus kulki nuoren rouvan läpi.

»Ja te kulette näiden 'ihanteittenne' kanssa kuin kievarikyydillä jonkun tuntemattoman herran kanssa, kapsäkit samoilla kärryillä. Ja te istutte ja puhelette ilmoista ja maisemista, ja muuta yhteistä teillä ei olekkaan. Mutta matka sujuu, sillä kärryjen alla on vieterit. Ja aikaa myöten ilmautuu lapsiakin, vaikkette te kaikkina hetkinä voi käsittää kuinka teillä voi olla lapsia tuon miltei vieraan matkustajan kanssa.»

Hän katsahti rouvaan kysyvin, terävin silmin, ikäänkuin hän olisi päässyt siihen, mitä oli tähdännyt.

Nuoren rouvan kasvoilla kuvastui yhä suurempi tuska ja levottomuus.

»Eikö täällä ole liian kuuma?» sanoi hän nousten ylös.

»Aivan varmaan—miten huomaamaton minä olenkaan!» Nuori mies riensi ikkunan luo ja avasi sen, mutta jäi ikkunanpieleen nojaten seisomaan ja loi seuralaiseensa katseen, jossa ilkamoi ylimielisyys ja salainen voitonvarmuus.

Nuori rouva seisoi toisella puolella vaunua ja katseli ikkunasta ulos. Tuo mies ahdisti ja veti häntä—miksei edes ketään tule vaunuun? Hänen olisi pitänyt vastata, mutta mitä? Saamattomuuden tunne ja yhä jatkuva äänettömyys alkoi lopulta käydä sietämättömäksi.

»Mutta mitä te tuolla kaikella oikein tarkotatte?» sanoi hän hermostuneesti, kääntyen ympäri.

»Minä tarkotan—uskallankohan minä sanoakkaan?» puheli nuori mies tullen hänen luokseen. Mielipiteet ovat niin erilaiset... Minä tarkotan että rakkaus on vapaa, vapaa avioliitosta ja synnistä ja muista ihmisten keksimistä siteistä!»

»Ja te uskallatte tuollalailla puhua?» huudahti nuori rouva tulistuneena.

»Miksen minä uskaltaisi—pyydän vain anteeksi mikäli se teitä loukkaa. Rakkaus ei tunne eikä tunnusta mitään rajoja. Puhutaan sivistyksen ja samansäätyisyyden vaatimuksista ja puhutaan sivistyneitten muka 'hienommista tunteista'. Lörpötystä kaikki tyyni! Hieno neiti voi olla varreltaan siro ja vyötäröltään pyöristetty—ompelijattaren armosta. Ja hänellä voi olla pää täynnä korulauseita ja kirjavernissaa—koulujen armosta. Mutta rakkausasioissa hän voi olla raaka ja kömpelö kuin navettapiika. Ja joku sivistymätön 'piika' voi olla kuin notkea koivunvirpi sekä sisältä että ulkoa ja hän voi haaveilla tuntikausia kuvin ja tauluin, joita ei tapaa missään kirjassa—ja sitä hän on luonnon armosta! Ja aivan sama on meidän miestenkin laita.»

Nuori mies puhui yhä hillityllä äänellä, mutta se ääni oli kiinteä ja sen pohjalla virtasi tulta ja sen lomitse välähteli salamoita.

»Ettekö siis anna sivistykselle mitään arvoa näissä asioissa?» kysyi nuori rouva tietämättä mitä sanoisi, sillä tuo ääni alkoi huumata hänen kuuloaan ja aistejaan niinkuin kirkonkellojen ääni, kun sitä kauvan läheltä kuuntelee.

»En, enemmän kuin tekään! Te naiset pidätte kyllä kauniista vaatteista ja hienoista huonekaluista, mukavuudesta ja lemmenkujertelusta. Mutta ne eivät ole sitä, jota teidän sisimpänne janoo ja jolle te väreilette, vaan...»

Hän keskeytti, ikäänkuin peläten liikoja sanovansa.

»Vaan...? Miksette sano suoraan, kun kerran olette jo näin pitkälle sanonut!» huudahti nuori rouva ja hänen maidonvalkeilla poskillaan paloivat tummanpunaiset täplät.

»Vaan te odotatte miestä, joka kykenee teidät ottamaan, ottamaan luonnon vapaalla valtakirjalla! Sellaisesta miehestä te unta näette, sellaisen perään teidän salaisimmat huokauksenne nousevat— miehen perään, joka ei lepertele, vaan ottaa teidät kahden lämpimän käden väliin ja kohottaa niin, että näette taivaan aukeavan ja tähtien tuikkivan. Ja vasta sellaisena hetkenä te tunnette mitä elämä on, ettei sen salaista voimaa kykene kukaan mittaamaan eikä rajottamaan.»

»Mutta eikö juna viheltänyt ... eikö asema jo tule?» sanoi nuori rouva hätääntyneenä, ikäänkuin peläten onnettomuutta ja tahtoen rynnätä vaunusta ulos.

»Ei, ei vielä ... tämä on pitkä väli.» Hänkin oli nyt levoton ja kiihottunut, silmät säihkyivät ja poskilla kukkivat kuumat veret ———.

———»Ja tiedättekö, miksi minä teitä naisia sanoisin, sellaisina kuin te olette saadessanne olla oman luontonne mukaan?—Minä sanoisin teitä *sabinittariksi*!»

»Sabinittariksi—?»

»Niin. Muistattehan että heidät ryöstettiin, ja että heidän joukossaan oli sekä puolisoita että neitoja. Ja kun heidän miehensä ja isänsä tulivat heitä takaisin vaatimaan ja seisoivat miekka miekkaa vasten ryöstäjäin edessä, niin nuo neidot ja puolisot juoksivat hajallisin hiuksin ja revityin vaattein väliin ja vannoivat korkealla äänellä etteivät he *tahdo* palata, vaan jäädä ryöstäjäinsä roomalaisten luo. Ja jäivät, ja heistä tuli sen kansan esi-äidit, joka maailman vallotti.—Ontuuko minun tämäkin vertaukseni?»

»En minä tiedä—en minä ole koskaan sitä ajatellut siltä kannalta», vastasi nuori rouva hämmentyneenä.

Valaistuslaite oli joutunut epäkuntoon, kaasuliekit levottomina lepattivat.

Molemmat istuivat äänettöminä. Nuoren miehen veri kuohui ja kiihkeä maltittomuus kulki kuumepuistatuksina hänen lävitseen. Nuori rouva nousi seisoalleen, pyyhkien hikeä otsaltaan ja leyhyttäen nenäliinalla viileyttä kasvoilleen. Mutta käsi vapisi ja liina vierähti lattialle.

Nuori mies nousi nopeasti, otti liinan ylös ja ojensi sen rouvalle. Mutta hän ei ainoastaan ojentanut, vaan tarttui samalla hänen käteensä. Käsi värisi ja vääntelihe kuin tuskissaan—kaksi suurta sinistä silmää katsoi häneen avuttomina.

»Ettekö pelkää minua?» huusi nuori mies miltei rajusti, tarttuen hänen toiseenkin käteensä.

Tuskainen, tukehtunut huokaus—nuoren naisen rinta kohoili kiihkeästi kuin väsyksiin ajetun otuksen ja hän puristi tietämättään nuoren miehen käsiä, niinkuin hukkuva puristaa epätoivoissaan mitä käsiin sattuu.

Nuori mies tempasi hänet lähemmäksi ja hänen kätensä, jotka yhä pitivät rouvan käsistä, kaartuivat taaksepäin sulkeakseen värisevän naisen syleilyyn.

Niinkuin ukonvasama olisi samana hetkenä piirtänyt hänen selkärankaansa pitkin, karsinut oksat ja polttanut ytimen. Hän päästi äkkiä kädet irti ja painui itse lysähtäen penkille.

»Kurjaa!» huusi hän ja löi raivostuneena otsaansa. »Miksi matkia

146

roomalaista, kun en kuitenkaan ole roomalainen! Ja tuskinpa tekään tahtoisitte olla mikään sabinitar!»

Veri oli paennut nuoren rouvan kasvoilta ja hänen silmissään kuvastui jähmettynyt tuska ja neuvottomuus.

»Me olemme kurjia kaikki tyyni!» puhui nuori mies kuohuvalla raivolla. »Niin kurjia, että jos meidän lävitsemme voitaisiin nähdä, niin me emme uskaltaisi astua toistemme eteen. Me olemme sairaita, ja meissä on himoa ja salapahantekijän halua, mutta oikeata roomalaista verta ei pisaraakaan!»

»Älkää puhuko enää!» nyyhkytti nuori rouva nenäliinaansa. »Jos te tietäisitte kuinka onneton, kuinka äärettömän onneton minä olen...»

»Miksen minä sitä tietäisi, me olemme kaikki onnettomia!... Minä tiesin että te ette rakasta miestänne kokonaisesti!»

»Te—? Mistä te sen tiesitte?» huudahti nuori rouva kauhistuneena.

»Silmistänne—ne sanovat enemmän kuin sanat... Ja minä tiesin että te ette rakasta lapsiannekaan!»

»Älkää jatkako, minä en voi tätä kurjuutta kestää», rukoili nuori rouva.

»Kyllä te voitte, ja se onkin jo kestetty. Ja minä tiesin vielä muutakin. Minä näin että teidän talossanne luikerteli käärme, se sirosuinen lörppömaisteri, joka sattui olemaan teillä juuri sinä hetkenä, kun minäkin siellä kävin. Minä ymmärsin ettei teidän miehenne ollut voinut antaa sitä, mitä te kaipasitte, ja että te yhä haaveilitte 'ihannettanne'. Ja minä näin yhdellä silmäyksellä että tuo siloinen fariseus, jolla oli suu täynnä Goetheä, Schilleriä ja rouva von Steiniä ja joka katseli teitä kuin nälkäinen susi lammasta, luuli olevansa tuo etsitty miehen-ihanne. Ja tämän estetiseeraavan lörppöherran minä päätin tallata lokaan, jos minulle siihen tilaisuus sattuisi, ja näyttää ettei ainakaan hän voi antaa teille senkään vertaa kuin miehenne!»

147

Nuori rouva lyyhistäysi vaunun nurkkaan, niinkuin hän olisi ollut pahantekijä, jolle tuomiota julistettiin.

»Se oli pohjaltaan rehellinen ja kunniallinen ajatus», jatkoi nuori mies, »mutta siihen sekaantui muutakin—minun omaa kurjuuttani. Minun veressäni kuohui halu tehdä ivaa avioliitosta ja rakkaudesta, ja minun suoniani poltti kiihkeä halu syleillä toisen miehen vaimoa, sillä sitä arvolausetta ei minun kulkijankirjoissani vielä ollut. Mutta silloin ryntäsi minun toinen ihmiseni väliin ja huusi minun korvaani: sinä et ole roomalainen, sillä sinä et tahdo pitää etkä taistella sen ryöstetyn puolesta, vaan sinä olet samanlainen salavaras kuin kaikki muutkin!— Halveksikaa minua, sillä sen minä olen ansainnut!»

»*Minäkö* halveksisin—? Ja teitä…? Sanokaa itseänne miksi tahansa, te kuitenkin olette toisenlainen kuin monet muut.»

»Luulottelua! Tai ehkä sentään, ehkä minä lopultakin olen rehellisempi kuin monet muut, sikäli että annan joskus tuon toisenkin ihmiseni puhua—sen, joka on iloinnut ja kärsinyt, suudellut taivasta ja itkenyt mullassa.»

»Rehellinen te olette ja suora—siitä minä teitä kunnioitan», vastasi nuori rouva rauhallisempana.

Hän oli hetkisen vaiti ja jatkoi sitte kuin arastellen:

»Ja miksen minäkin voisi olla rehellinen teitä kohtaan. Minun suhteeni mieheeni ja lapsiini ja minun haaveeni ja toiveeni te olette lukenut kuin kirjasta. Ja mitä siihen kolmanteen tulee … niin, te ette voi ymmärtää millaista elämää minä olen elänyt— meitä on satoja, jotka elämme vuosikausia sellaisten lörpötysten varassa. Sellainen on minun kohtaloni ollut, ja minä olen vain pelännyt ja vavissut että jos minä joskus tapaisin sen, josta minä olen haaveillut, mitä sitte? Mutta te … te olette tahtonut repiä ne haaveet hajalleen. Tahdotteko sanoa ettei 'ihannetta' olekkaan?»

»Tahdon, sillä me olemme kaikki raukkoja! Toiset meistä eivät uskalla ryöstää muuta kuin silmillään, toiset kyllä riistävät käsinkin, mutta he ovat kuin salavarkaat, jotka jättävät saaliinsa heti kun joku heidät huomaa. Jos me olisimme oikeita roomalaisia, niin me astuisimme teidän eteenne, olittepa naineita tai naimattomia, ja sanoisimme: sinä olet minun ja minä sinut otan! Ja te voisitte turvallisina luottaa sellaisiin miehiin. Mutta sellaisia ei ole, ja te turhaan odotatte roomalaisianne.»

»Ja mikä tämän kurjuuden ja toivottomuuden loppu on?» kysyi nuori rouva.

»Kurjuus! Sillä me olemme hulluja ja sairaita, ja se jota me lääkkeeksi luulemme, rakkaus, se on meissä yltynyt tuleksi, joka ei lämmitä, vaan polttaa ja kuluttaa, niinkuin tuli kuluttaa puun.»

Puhe katkesi. He istuivat alakuloisina ja masentuneina———.

———»Vain yhden kohdan minä tiedän koko rakkauselämässä, joka on kaunista ja puhdasta», puhui taasen nuori mies. »Sallitteko että minä sen sanon? Ehkä te ymmärrätte minua— toinen onneton toista onnetonta.»

»Oi sanokaa!» huudahti nuori rouva. Ja hän näki kuinka noihin äsken tulisina hiilinä hehkuviin silmiin kohosi vieno, surumielinen kimallus—hän tuli siitä niin liikutetuksi, että tuskin saattoi kyyneliään pidättää.

»Vain yhdellä asteella minä olen huomannut rakkauden kauniiksi», puhui nuori mies. »Vain silloin, kun sitä ei ole tyydytetty. Kun se vasta väräjää nousevana toivona rinnassamme, kun vain ajatus kuiskaa ja katse tekee hiljaisia, pyhiä tunnustuksiaan. Mutta kun käsi koskettaa, repii se kaiken hennon ja hienon hajalleen, himon viholainen itää ja mustasukkaisuuden orjantappurat kasvavat pistäviä piikkejään ja repivät meidän sydämemme verille. Siihen saakka oli paratiisi ja onnellisuus! mutta silloin ilmestyy käärme ja omena ja enkeli välkkyvin miekoin, ja meidät ajetaan armotta ulos, emmekä pääse enää koskaan takaisin.—Minä olen yksi niitä, jotka ovat ainaiseksi korpeen ajetut.»

»Oi, älkää noin puhuko! Te kuitenkin edes osaatte puhua paratiisista.»

»On parempi *olla* siellä, kuin puhua siitä katkerin mielin. Te, rouvani, olette vielä aidan tuollapuolella—tosin valheparatiisissa, jossa huokaatte ja haikailette, mutta se on luullakseni lopultakin parempi kuin korpi. Menkää miehenne luo, kyllä hän on yhtä hyvä kuin me muutkin! Mitä ette sieltä saa, sitä tuskin saatte täältäkään, sillä täällä on maailmanmarkkinat, joilla myydään huonoa tavaraa korkeasta hinnasta. Ken täällä tahtoo kauppaa tehdä, hänen pitää voida nauraa kylmä nauru kaikelle, mitä ympärillään tapahtuu—ja siihen teillä tuskin on kylläksi kylmä sydän.»

»Etteko voi muuta sanoa—ainoatakaan lohdutullista sanaa?» kysyi nuori rouva kuin epätoivoksi kivettyneenä.

»En—tai ehkä sentään—ja aivan varmaankin! Teillä on lapsia, joita ette sano rakastavanne, mutta ne rakastavat teitä ja odottavat äitiään kotiin. Niissä on teidän vertanne, ja ne ovat lapsia, vaikkapa olisivat ventovieraitakin. Kasvattakaa niistä uutta polvea —tästä vanhasta ei ole muuta kuin leikata ja pätsiin heittää! Kasvattakaa heistä sellaisia, jotka uskaltavat ottamalla ottaa sen, jota rakastavat, ja pitämällä pitää, vaikka maailma kaatuisi ympäriltä. Siinä on teille rakkauden-ihannetta kylliksi… Kuulitteko? Juna vihelsi!»

Hän nousi, tempasi rahalaukkunsa penkiltä ja heitti sen olkapäänsä yli.

»Ja nyt, rouvani, eroavat meidän tiemme! Suokaa minulle anteeksi —te silläpuolen aidan ette ymmärrä miten revityitä me tälläpuolella olemme. Hyvästi, minun tieni viepi markkinoille! Jos muistelette, älkää pahoin muistelko.» Hän puristi värisevää, kylmältä tuntuvaa kättä. Rouvan huulet värähtivät, mutta hän ei saanut sanaakaan sanotuksi.

Hattu heilahti ja nuori mies riensi nopeasti vaunusta ulos.

Nuori rouva näki hänet vielä vilaukselta ikkunan läpi hämärällä asemasillalla. Mutta sitte hän ei nähnyt enää mitään—kuuma virta himmensi hänen silmänsä.

»Mikä hän oli...?» kysyi nuori rouva ajatuksissaan, vaipuen väsyneesti penkille.

»Hän oli sittenkin roomalainen!» vastasi hän hetkisen päästä.

—»Tai ainakin enemmän roomalainen kuin yksikään niistä, joita minä olen nähnyt...»

19. MALJA POHJAAN!

»Minä tahdon kohottaa elämän vaahtoavan maljan huulilleni ja juoda sen yhdellä siemauksella pohjaan!» puhui nuori mies itsekseen.

»Minä olen sen keväistä mahlaa juonut valkeanvälkkyvistä maljoista, ja minä olen sen kuohuvaa olutta juonut punasenhohtavista laseista, miksen minä joisi sen väkevää taaria tummista tuopeista ja maistaisi sen humalluttavia pohjasakkoja—minä, niinkuin muutkin!»

»Sillä juoda meidän pitää, kun kerran olemme makuun päässeet; elämän kuiluihin kurkistaa meidän pitää, jos tahdomme elämää lähteitään myöten tuntea—juoda hymyilevin huulin ja kulkea tietämme kohotetuin otsin!»

»Malja pohjaan, ja naura elämälle—ei sekään sinua itke!»

Ja nuori mies kulki ripein askelin laitakaupungin katuja ja saapui sille kadulle, jonka varrella pienissä huoneissa täyteiset lasit helmeilevät, puolihumalaiset tytöt istuvat miesten polvilla ja ihmiset suitsuttavat sille jumalalle, joka ei tule koskaan tyydytetyksi.

Kirkas, kuulakka kesäilta. Päivän äänet olivat sammuneet, kadulla ei liikkunut ketään. Niinkuin nyt olisi ollut sunnuntai-ehtoo ja ihmiset valmistautuneet iltakirkkoon—hän yksin päivästä erehtyneenä kulkenut arkitamineissa työhön.

Korkea, kapea ovi, sen keskellä pieni luukku. Mutta hän kulkee kuin osotteesta epävarmana pysähtymättä ohitse, tuntien kuinka rinnassaan kuristaa ja jyskyttää.

Se kuohutti. Hän kääntyy harmistuneena ympäri, rientää miltei juosten ovea kohti ja kolkuttaa hätäisesti.

Ei risahdusta. Niinkuin tuhat silmää tähystäisi hänen selkänsä takana, tuhat ilkkuvaa silmää, joiden katseita hänen pitää päästä pakoon. Hän kolkuttaa toisen kerran, rajusti ja hermostuneesti. Lyhyt, kiusallinen hetki. Sitte ovenkäyntiä ja nopeita askeleita— luukku lennähtää auki.

»Hva' ä' de' för en drummel?» huutaa kimakka naisen ääni. »Bråskar de'? Packa dej i väg, din slyngel, och de' på eviga minuten!» Luukku lentää paukahtaen kiinni.

Kuuma veri syöksähtää Olavin kasvoihin. Hän tuntee kiihkeätä halua tarttua oveen ja temmata se pihtipielineen kadulle— kaikkiin koko katuvarren rakennuksiin ja hajottaa ne maan tasalle.

Ihmetteleviä päitä siellä täällä ikkunoissa. Niinkuin hän olisi pahantekijä, joka on yrittänyt murtovarkautta keskellä päivää— hän rientää miltei juosten keskikaupungille.

Siellä hänet tapaa uudelleen raivo—loukatun ylpeyden ja uhman raivo: 'olenko minä karjapoika?'

Rivi ajureita. Eräs kääntyy päin:»Pitäisikö olla?»

»Ei!»—Miten arvokkaan ja puhtaan näköiset kasvot niillä onkaan!

Rivin päästä hän sen vihdoin löysi—lihavan, punaisen naaman ja hätäräiset, vilkkuvat silmät.

»Kyllä vaan, kyllä tunnen!»—kiiluva silmä iskee tutunomaisesti. »Nuoria tyttöjä, hienoja tyttöjä, eikä rahalla väliä—niinkö?»

»Niin.»

»Herra on hyvä ja istuu!»

Katu jyrisee.—Niinkuin hän olisi saanut hyvinansaitun hyvityksen.

Portista pihalle. Ajuri nousee, Olavi nousee.

152

Ruoskanvarsi koputtelee luukulla varustettua ovea.

»Flickorna ä' int' hemma nu!»—luukku sulkeutuu.

»Mennään! Ajakaa vaikka tulimaiseen kattilaan, mutta ajakaa täältä pian!» huutaa Olavi.

»No no, ei sitä niin heitetä, kun kerran on reisuun lähdetty…» Ajuri kääntää kadulle ja kiertää täyttä vauhtia eräälle toiselle pihalle.

Olavi jää kuin tajutonna kärryjen viereen seisomaan.

Taasen koputusta … sitte nuorekas, sointuva ääni. Ja se nuorekas ja ajurin basso puhelevat hiljaa, tutunomaisesti.

»Selvä—ja nuori—eikä rahasta puutetta», selittää basso.

Olavin veri kiehahtaa. Onko hän markkinaraavas, josta rietasnaamainen ajuri hieroi kauppaa? Hän aikoo huutaa ajurin pois—silloin ovi raottautuu.

»Selvä on!» puhelee ajuri kiiluvin silmin——

»Iltaa—stig in, var så go'!» hymyili nuori, miltei hienosti puettu tyttö veitikkamaisesti Olavia vastaan.

Eteiseen, siitä pieneen salintapaiseen. Väkevä hajuveden tuoksu lemahtaa vastaan, huumaavana ja Olavin levotonta mieltä tyynnyttävänä.

»Istukaa!—Mutta miksikäs te noin totinen olette? Henttuko jätti… rukkaset antoi, vai?»

»Niin—miten ihmeessä te sen arvasitte?» huudahtaa Olavi keventynein mielin. Mikä onni että tyttö on noin hilpeä ja alkaa lörpötellä! Ja hän tuntee pakottavaa tarvetta itsekkin lörpötellä, lörpötellä ja valehdella—muuten hän ei voisi täällä viihtyä hetkeäkään kauvemmin.

»Kuinka minä en sitä arvaisi! Tännehän te aina tulette, kun teidän tulee siellä ikävä … ja siellä teidän onkin melkein aina ikävä.— Olikos se nätti?» kysyy hän silmää iskien.

»Nättipä tietenkin—melkein yhtä nätti kuin te...»

»Pyh!» Tyttö purskahti nauramaan. »Antoikos se edes suukkoa?»

»Ei ei, ei sinnepäinkään!»

»Ja sitte te nipistitte jotakin toista tyttöä poskesta—ja saitte rukkaset?»

»Ihme, millainen arvaaja te olette! Niinhän minä nipistin—nipistin ja taisin vähän näpistääkkin. Eikä muuta tarvittu.»

»Sellaisia ne ovat ne familjin naiset! Jes sentään, kuinka ne ovat raaria sen rakkautensa päälle! Niinkuin sitä ei olisi hevosenkuorma vielä hautaankin viedä.»

He nauroivat molemmat—toinen kevyttä ilkkanaurua, toinen vapauttavaa 'maassa maan tavalla' -naurua.

»Mitäs te mieluimmin haluatte? Sherryä—madeiraa—portteria? Minä juon mieluimmin sherryä.»

»Kaikkia!» huudahti Olavi.

»Kaksikymmentä yhteensä», nauroi tyttö, sai rahat ja katosi.

»Mitähän tästä tulee?» Olavi tunsi joka tapauksessa tyydytystä että huone oli siisti, melkein hienosti kalustettu, ja että tyttö osasi edes puhua.

Pullot tulivat, pullot ja lasit.

»Skool!» Tyttö kohotti keimeän viehkeästi lasiaan.

He joivat—Olavi ensi kertaa ijässään. Niinkuin kaikki se karvas ja levoton, mikä hänessä oli lainehtinut, olisi tyyntynyt ja sammunut sherryn aaltoihin.

»Ensikertaako te olette 'Iisakinkirkossa'...?» nauroi tyttö silmää iskien.

»Ensimäistä.» Niinkuin pala olisi tarttunut Olavin kurkkuun.

»Kaadatteko lisää?» ehätti hän kiireisesti.

»Mjuka tjänare!» Lasit kilahtivat.

154

»Onkos teillä paperossia mukana?»

Molemmat sytyttivät tupakan. Tyttö nojausi rennosti taaksepäin, kohottaen toisen jalkansa toiselle polvelleen ja puhallellen savukiehkuroita ilmaan.

»Eikös tämä ole erinomainen laitos?» puheli hän nauraen. »Yleinen hospitaali—kruunu pöllö vaan ei älyä antaa edes ilmaisia huoneita! Te tulette tänne sairaina ja totisina ja levottomina, ja kaikki te lähdette täältä terveinä ja tyytyväisinä. Eikös vain?»

»Kyllä kai...»

»Niin, hitto soi, lähdettekin! Ja mitenkäs te muuten tulisitte aikaankaan? Kuolisitte kuin kiiskit kuivalla maalla! Ja kuitenkin me olemme muka muita huonommat. Jes sentään niitä familjin naisia! Tuostakin kulkee joka päivä ohi muuan asessorinrouva— ylhäinen, ylpeä kuin viirikukko, ja ukko——

»Puhukaa jotain hauskempaa!» huusi Olavi ja hänen täytyi taasen huuhtaista sherryllä alas sitä, mikä alkoi uudelleen kohota.

»Hauskempaa? Kippis!—Joo, joo; hauskaahan teille olla pitää. Laulankos minä vai vihellän? Pidättekös te laulusta?»

»Kyllä, kun ette vaan rivoa laula.»

»Vai rivoa—fint ska' de' vara!

Sohva, sohva, sänky sekä sohva Eikös meill' ole mööpeleitä, sänky sekä sohva?

Hva' sa'? Kelpaaks?»

»Kyllä, kyllä se laatuun käy!»—Olavia laulun kevyt tanssipoljento viehätti.

»Täkki, täkki, tyyny sekä täkki! Höyhentyyny ja silkkitäkki, tyynyllä tyttö nätti!»

Olavin täytyi pakostakin nauraa.

Sitte taas puhetta, naurua, kaskuja—tyttö oli myötänään äänessä. Lasit kilahtelivat, tupakansavu yhä sakeni.

»Jes sentään kuinka minun on palava! En minä viitsi tällälailla paistua, kepeämpään minä itseni puen, ja paikalla!»

Tyttö nousi, posket hehkuvina ja silmät loistaen,—hän oli jo aivan nähtävästi humalassa—ja katosi viereiseen huoneeseen.

»Käyhän tämä laatuun!» myhäili Olavi, nojautuen veltosti sohvan selkämykseen ja puhallellen sinisiä savukiemuroita ilmaan. Kuitenkin tuntui niinkuin hän ei olisi ollut oikein kotonaan.

Tyttö palasi kuin ilmestys—kepeästi, keikaillen, jalassa vaaleat tohvelit, käsivarret puolipaljaina ja vaalea, hienoilla koruompeluksilla somistettu ohut viitta ainoana verhona.

»Oh!» pääsi Olavilta.

»Ohoh!» tyttö veikistellen nauroi. Ja hän sipsutteli punottavana aivan Olavin luo, nosti ujoilemattoman viehkeästi toisen jalkansa sohvalle ja kumartui Olaviin päin—hymy kasvoillaan ja rohkea, kysyvä ilme palavissa silmissään.

Olavi miltei typertyi. Siinä oli hänen edessään ihmistä, eläintä ja enkeliä, orjatarta ja valtijatarta, ja hullaannuttavaa huumausta, joka hehkui, kietoi ja kiihotti. Mutta sitä kesti vain muutamia silmänräpäyksiä. Häntä raivostutti oman kiihtymisensä tunto ja häntä iletti palavat, miltei janoiset silmät ja sherryn lemu, joka läikähti hänen kasvojaan vasten.

»Istukaa ja juokaa, ja sillä hyvä!» Hän tarttui rajusti madeira-pulloon, kaataen lasit täyteen.

»Oo!» huudahti tyttö silmät suurina, »Juomaankos te tulittekin?»

»Juomaan!»

Tyttö veti jalkansa alas ja hänen kasvoillaan väreili hermostunut iva.

»Jes sentään, millainen mies! Kunpa te olisitte kaikki sellaisia—joisitte vaan ja maksaisitte, ettekä olisi kuin... Te olette ensimäinen sellainen—maljanne!»

Ja hän joi, ja iva yhä väreili hänen suupielissään.

Mutta sitte hän vaipui pöytää vasten kyynärpäänsä varaan ja
katseli sohvalla istuvaa miestä pitkään alasvaipuneiden
silmänripsiensä alta. Katseli ja katseli, ja mies sohvalla imi
paperossiaan niin kiivaasti, että se hehkui pitkänä tulipuikkona

———

Tyttö oli istuutunut sohvan toiseen nurkkaan ja puheli
puolihumalaisen hellällä äänellä:

»Miksi te sellainen olette—sellainen mies! En minä maksun
edestä, en vaikka tarjoisitte. Ettekö te ymmärrä että
minä *rakastan* teitä? Vai eikö 'tyttö' muka voikkaan rakastaa?
Voipi, jumaliste, ja paremmin voipikin kuin nuo muut! Antakaa
minun rakastaa ihmistä—kyllä minä olen elukoita tarpeekseni
nähnyt. Jääkää te tänne koko yöksi...»

Olavin läpi kulki inhon puistatus.

»Juokaa!» huusi hän. »Juokaa, älkääkä puhuko tuhmia!»

Mutta inho muuttui ahdistavaksi alakuloisuudeksi, miltei sääliksi:

»En minä voi täällä viipyä, minun täytyy lähteä, ja pian täytyykin.
Juodaan pois!»

»Juodaan sitte!» huusi tyttö, nousi ylös ja tyhjensi lasinsa. »Ja
juoda täällä pitääkin»—hän heittäytyi tuolille istumaan. »Juoda
aamulla ja illalla, juoda yöllä ja päivällä ... ilman noita tuolla ei
täällä kukaan voisi ollakkaan. Tämä maailma on narrien pesä—hyi
sentään, millainen minä olen!»

Hän pyrskähti itkuun ja vaipui pöytää vasten käsiensä varaan,
nyyhkyttäen niin että koko yläruumis tärisi.

Olavista tuntui olo yhä tukalammalta. Hänen päässään läikähteli
ja hänelle nousi itselleenkin itku kurkkuun nyyhkyttävää tyttöä
katsellessaan.

»Sanonkos minä teille millainen tämä paikka on?» puhui tyttö
nyyhkytystensä välistä rajusti. »Tämä on helvetti, ja helvetissä
täytyy lakkaamatta kieltään kastaa—eikös niin sanota jossain

kirjassakin? Oi, joi, joi...»

Hän hyrskähti yhä raivokkaampaan itkuun.

Olavi tunsi mahdottomaksi enää kauvemmin kestää. Hänen olisi tehnyt mieli puhua ja lohduttaa tyttöä, mutta hänen kielensä oli kuin kitalakeen tarttunut.

Mutta tyttö hypähti äkkiä pystyyn ja iski nyrkkinsä pöytään niin, että lasit ja pullot tarjottimella helisivät.

»Mitä h——ttiä minä tässä itken ja löllään—niinkuin se siitä paranisi!»

Hän tarttui portteripulloon, kaatoi lasiinsa, joi yhdellä siemauksella ja heitti tyhjän lasin helähtäen kakluuninnurkkaan.

»Voi hitto, kuinka minun taas tuli ikävä!» puheli hän seisoen keskellä huonetta. »Ja silloin en minä voi olla yksin. Odottakaas, minä kutsun toverini, niin on hauskempi. Hän on vielä nuorempi kuin minä—vasta opissa. Mutta kaunis tyttö, kaunis kuin enkeli. Älkää vaan rakastuko, taikka minä tulen mustasukkaiseksi...»

»Ei, ei!» aikoi Olavi kieltää, mutta tyttö jo sipsutti eteisessä. Olavi nousi ylös—hänen päässään läikähteli ja jalat tuskin kantoivat.

»Täältähän se kullanmuru tulee!»

Kynnykselle ilmautui hento, kirkassilmäinen tyttö—ilmautui ja pysähtyi siihen hymyillen.

Niinkuin Olavi olisi nähnyt aaveen, niinkuin veri olisi seisattunut suonissa ja jäävuori syöksähtänyt päälle.

»Gaselli!» pääsi häneltä kauhistuksen huudahdus.

»Olavi!» kuului ovelta miltei yhtaikaa.

»Herrasväki taitaakin olla vanhoja tuttuja! No, paiskatkaa toki kättä—ei, pussatkaa!»

Olavi tunsi maailman mustenevan silmissään.

Nuori tyttö kavahti kalpeaksi kuin lumi. Hän värisi kauttaaltaan, kääntyi sitte äkkiä ympäri ja juoksi eteiseen. Kuului kuinka käsi tempasi kiireisesti avaimen jonkun oven suulta ja ovi vetäytyi läiskähtäen kiinni—sitte ei kuulunut enää mitään.

Olavi seisoi yhä paikallaan, kuin lattiaan naulattuna. Hän näki vain epäselvää valon tuikotusta hämärän keskeltä. Vihdoin hän riistäytyi irti, hapuili hattuaan ja syöksyi sen löydettyään kuin pahojen henkien ajamana ovesta ulos.

* * * * *

Nuori mies istui tuolillaan ja katseli ikkunasta ulos. Yö oli ollut kylmä. Hänen edessään lepäsi ryhmä kattoja, joiden mustaa peltipintaa peitti hieno, valkea kuura—niiden takana seisoi kappale kylmänharmaata taivasta.

Hän oli istunut sillälailla koko yön, istunut ja ajatellut. Niinkuin tie olisi noussut pystyyn, tai hän olisi äkkiä vanhettunut eikä jaksaisi enää käydä, tai sairastanut vaikean taudin eikä jaksaisi nousta. Silmiä kirvelti, pää oli raskas, ajatus samea ja sydänalassa tuntui samantapaiselta kuin talvipakkasella jaloissa, kun ne alkavat kylmettyä ja jäykistyä.

Hän nousi ylös, pesi kasvonsa ja valeli niitä kauvan kylmällä vedellä.
Suki ja siisti itsensä, ja läksi ulos.

Ja hän astui suorinta tietä erästä katua kohti. Saapui pihalle ja kolkutti luukulla varustettuun oveen. Pihalla liikkui ihmisiä aamutouhuissaan, aikuisia ja lapsia, mutta häntä ei ensinkään hävettänyt—niinkuin hän olisi seisonut kirkon ovella kolkuttamassa.

Luukku avautui ja vanhahko ääni kysyi kummastellen:

»Mitäs te tämmöiseen aikaan? Tytöt vielä nukkuvat!»

»Milloinkas ne nousevat?»

»Parin tunnin päästä.»

»Jaha!» Hän katsoi kelloaan ja läksi pihalta. Kulki katua sinne ja toista tänne, lopulta tullista ulos maantielle.

Kun hän vihdoin palasi, olivat hänen kasvonsa aivan kalpeat ja jalkansa niin väsyneet, että tuskin kantoivat.

Kolkutti. Luukku avautui, kasvot kurkistivat—ovi avautui.

»No—?» kysyi avaaja, se eilinen tyttö—aamupukeissaan, samein silmin ja veltoin kasvoin. Olavi tunsi sherryn hajua, portterin ja oluen hajua ja kaiken maailman hajua—hän tuskin saattoi hengittää.

»Onko se toverinne jo ylhäällä? Olisi asiata», sai hän vaivoin sammalletuksi.

»Kyllä, jumaliste! Kyllä se ylhäällä on—katsokaa itse!»

Ja hän ryntäsi sisään ja tuli tuulena takaisin, ojentaen Olaville ruttuisen postipaperiarkin.

Olavi luki hätäisesti vedettyjä lyijykynän jälkiä:

»Kun sinä tätä luet, olen minä jo monen penikulman päässä. Pois minä menen, enkä enää koskaan tule, en minä täällä voi olla.— Elli.»

»Mitäs pentelettä tämä oikein merinteeraa?» kysyi tyttö miltei huutaen.

Mutta Olavi ei vastannut mitään. Paperiarkki vapisi hänen kädessään ja hän luki yhä uudelleen ja uudelleen.—Niinkuin raskas paino olisi vierähtänyt hänen hartioiltaan.

»Saanko minä tämän?» kysyi hän kuumat veret kasvoillaan.

»Syökää se, jos haluttaa!»

»Hyvästi sitte ja voikaa hyvin!» puheli Olavi, tarttui tytön käsiin ja pusersi niitä niinkuin se, joka ei tiedä mitä tekee.

»Piru heitä ymmärtäköön—puolihulluja ihmisiä!» mutisi tyttö Olavin rientäessä miltei juosten portaita alas.

III

20. TIEN VARRELLA

Matkamies asteli maantietä pitkin—vaaleapohjaista, vihreäreunaista maantietä pitkin.

Hän kulki niinkuin kone, joka kerran on liikkeelle pantu: kysymättä, ajattelematta, sivulleen katsomatta—yhä vain eteenpäin.

Matkamies saapui mäen laelle, josta tie laskeutui laaksoon. Ja siinä hän äkkiä pysähtyi, ikäänkuin kone, josta käyttövoima loppuu tai jonka eteen voittamaton este ilmautuu.

Hänen edessään lepäsi pieni laaksomaisema. Ympärillä vihreät metsät kuin rauhanaita onnentarhan ympärillä. Itse tarhassa pieniä kunnaita, rinnepeltoja ja taloja, niittytäpliä ja kuhilasrivejä, heinäketoja ja viillossarkoja, pieni joki ja silta, kohiseva koski ja sen molemmilla rannoilla mylly.

Äkillinen liikutus valtasi matkustajan nähdessään tuon kaiken yhtäkkiä edessään. Yksi ainoa silmäys toi mieleen tulvan muistoja ja tapahtumia, jotka olivat jo aikoja sitte unohtuneet.

Kaikki näytti olevan ennallaan. Ja hän katseli jokea ja kohosi siitä kosken vartta ylöspäin. Myllyt katselivat toisiaan, kumpikin rannaltaan, niinkuin ne olivat maailman ajan katselleet. Mutta ne eivät olleet entiset hirsiseinäiset myllyt, vaan uudet, upeat, kiviseinäiset.

Ja se löi kuin välähdyksenä hänen mieleensä: onko mikään muukaan enää entisellään, vaikka puitteet näyttävät samoilta? Mitä kaikkea onkaan voinut näiden vuosien kuluessa tuossa pienessä kylässä tapahtua?

Matkamies kävi levottomaksi—niinkuin hänen olisi vaikea astua näin äkkiä ja tietämättömänä noiden kaikkien mahdollisuuksien keskelle. Ja hän lähti hitaasti, raskain askelin laaksoon laskeutumaan, ja kuta likemmäksi kylää hän läheni, sitä levottomammaksi hän itsensä tunsi.

Tie kaartui. Kaarroksen takaa kilahti heleä kello ja näkyi joukko syödä nykyttäviä lampaita—niiden kohdalla aidalla keikkui avorintainen, liinahousuinen lammaspoika.

Matkamiehen mieli ilostui—että edes lampaat ja lammaspoika olivat entisellään.

»No päivää!» tervehti hän poikaa kuin vanhaa tuttavaa. »Kenenkäs poikia se mies on?»

»Olenhan vaan semmoisen Tiinan poika», kuului aidalta reipas, ujostelematon vastaus.

»Vai niin, vai niin.» Matkamies astahti ojan yli tienoheen, istui ja pani tupakan.

»No mitäs tänne teidän kylään oikein kuuluu? Minäkin, näetkös, olen liikkunut täällä joskus ennen ja tunnen vähän näitä paikkoja, mutta en ole nyt pitkiin aikoihin kuullut mitään», puheli mies.

»Jaa mitäkö kuuluu?» sanoi lammaspoika ilostuneena niin suuresta luottamuksesta, ja laskeutui aidalta alas. »Jokos olette kuullut että Mattilan 'Tyttö' sai varsanäyttelyssä ensimäisen palkinnon?»

»En veikkonen!» vastasi vieras hymyillen. »Vai ihan ensimäisen? Entäs muuta?»

»Niin, mitäs sitä taas onkaan?» Pienissä viisaissa silmissä näkyi pirteä välke. »Niin! Tiensuun Maija on nyt mennyt naimisiin. Ja se sai oikein kaupunginsuutarin, ja niille laitetaan nyt tupaa— tuonne noin kokkoaholle! Näettekös?»

»Kyllähän minä näen. Kaunis siitä näyttää tulevankin...»

»Ja tulee oikein hella ja paistouuni... Niin, ja Niemellä oli kanssa häät, sille Annikille. Se meni nyt vasta naimisiin—vaikka kyllä siellä on paljo riijareita käynyt, joka vuosi vaan, ja isollisia.»

»Vai niin.» Matkamiehestä tuntui niinkuin joku olisi napauttanut häntä vasaralla rintaan, ja hänelle tuli kiire ja hätä tietää jotain muutakin.

»Entäs Koskelassa?» kysyi hän maltittomasti.

»Jaa Koskelassako? Se kuoli vanha isäntä jo keväällä, ja...»

»Kuoli—?» Niinkuin olisi isollamoukarilla iskenyt matkamiestä rintaan, niin että kaikki meni sillä yhdellä iskulla turruksiin.

»Niin, ja vietiin hautaan kahdella hevosella, ja oli valkoset lakanat hevosten selässä ... ja arkku oli ihkasen täynnä hopeatähtiä— niinkuin taivas vaan.»

Matkamiehestä näytti niinkuin ilma olisi äkkiä pimennyt ja sen pimeän keskellä tanssinut pieniä hopeatähtiä.

»Olikos se tuttu?» kysyi poika, katsellen ihmeissään matkamiehen kasvoja.

»Oli», kuului tukehtunut vastaus.

»Ja emännän asiat on kanssa huonosti», innostui poika jatkamaan. »Se makaa nyt aivan viimeisillään...»

Matkamies tunsi ahdistavaa kuristusta rinnassaan.

»Niin ettei siinä nyt ole oikein isäntää eikä emäntää...»

Matkamies halusi nousta, mutta pelkäsi jalkainsa pettävän.

»Sanovat että se poika on jossain poissa, jota on isännäksi meinattu... eikä ole tullut kotiin.»

Matkamies nousi ja lähti eteenpäin.

»Hyvästi nyt vaan, poika!»

»Hyvästi!» kuului kummasteleva ääni tienohesta. Ja lammaspoika jäi katselemaan hitaasti kulkevan vieraan jälkeen, jonka raskaat askeleet rauskahtivat kuin hiekkaiset huokaukset maantien tiiviiksisullotusta rinnasta.

21. PERINTÖKAAPPI

»Astu!» kehotti avain.

Mutta väsynyt mies yhä seisoi sen tunteen kivettämänä, joka oli
hänet juuri oven takana vallannut.

»Astu—olet jo kyllin viipynyt!»

Ja väsynyt mies tarttui kamarin avaimeen, mutta tunsi itsensä
kuin pieneksi lapseksi, joka kyllä yltää avaimeen, vaan ei vielä
jaksa kiertää lukkoa auki.

»Kalakala!» helähti avain hermostuneesti reijässään hänen
vapisevan kätensä alla.

Silloin hänen täytyi kiertää, kiertää ja astua sisään.

Niinkuin hän olisi astunut kirkkoon. Juhlallinen hiljaisuus istui
tuoleilla ja harras odottavaisuus lepäsi ikkunanlaudoilla—aivan
niinkuin silloin, kun hän pikku poikana astui ensi kertaa
temppeliin.

Ja hänen silmänsä kääntyivät nyt, niinkuin silloinkin, ensiksi
perälle. Ja häntä kohtasi tavallaan samanlainen näkykin—
samanlainen ja kuitenkin niin erilainen. Se silloinen oli nuori
mies, joka ojensi kätensä lapsia kohti; täällä lepäsi vanha, taudin
kuihduttama vaimo—mutta kummankin kasvoilla asui suuri
lempeys.

Vanhan vaimon silmät välkähtivät niinkuin hän olisi nähnyt
ihmenäyn, ja siristyivät niinkuin hän olisi epäillyt väärin
nähneensä, ja kirkastuivat niinkuin hän olisi uskonut ihmeen
tapahtuneen. Tutiseva pää kohoutui ja heikko ruumis nousi kuin
jousen ponnistamana istualleen, suu avautui ja kuihtuneet huulet
liikkuivat, mutta ääntä ei kuulunut—ainoastaan laiha, vapiseva
käsi ojentui sitä kohti, joka ovipielessä seisoi.

Ja se, joka seisoi, lähti liikkeelle ja saapui vuoteen ääreen. Ja vanha
vaimo ja väsynyt mies tarttuivat toistensa käsiin ja puristivat niitä,
ja katsoivat toisiaan silmiin ja tärisivät liikutuksesta, voimatta
sanaakaan sanoa.

Vanhan vaimon silmiin hersyivät hiljaiset vedet, kurttuisille
kasvoille levisi ikäänkuin ilta-aurinko syyslehdon rintaan, ja

164

ohuilla, kuihtuneilla huulilla kiistelivät hymy ja itku, tietämättä kumpi oli voitolla.

»Sinä tulit», sanoi vihdoin vanha väräjävällä äänellä.»Minä tiesin että sinä kerran tulisit … ja olen iloinen että sinä juuri nyt tulit…»

Ja vanha vaimo vaipui väsyneesti takaisin päänaluselleen ja mies vaipui vuoteen vieressä olevalle tuolille—molemmat pitivät yhä toistensa käsistä.

Vanha vaimo lepäsi kyljellään poikaan päin kääntyneenä ja katseli häntä lempein silmin.

Mutta sitte hänen silmiinsä kohosi kuin avoin, vuosikausia odottanut kysymys.

»No, poikani…?» sanoi hän miltei kuiskaten.

Mutta poika ei voinut mitään vastata.

»Katsotko minua silmiin, Olavi?» pyysi vanha.

Ja se, joka vuoteen vieressä istui, nosti suuret, tummat silmänsä, joissa kuvastui väsymys ja jähmettynyt tuska—nosti, mutta laski ne taasen pian.

Hymy katosi vanhan kasvoilta. Ja hän katseli pitkään ja tutkivasti —terävää leukaa, laihoja poskia, raukeita silmänalusia, veretöntä otsaa, hiustenlahdekkeita, tukkaa … kaikkea.

»Ehkä se kaikki on ollut tarpeen», sanoi hän tuokion päästä—ei niinkuin pojalle, vaan niinkuin jonkun kolmannen kanssa neuvotellen…»*Ja koska hän kaiken tavaransa tuhlannut oli, niin hän sanoi: minä nousen ja…*»

Ääni katkesi ja Olavi näki vilahdukselta kuinka ryppyinen leuka tutisi liikutuksesta.

Silloin hänen omassa sisässään tuntui luhistuvan se kylmä ja jähmettynyt, joka oli häntä siihen saakka pystyssä pitänyt—hän lysähti polvilleen vuoteen viereen ja upotti nyyhkyttävät kasvonsa sairaan peitteeseen.

Niinkuin olisi oltu kirkossa ja nyt päästy siihen kohtaan, jossa kukin vaipuu omiin hiljaisiin rukouksiinsa.

* * * * *

Vanha vaimo lepäsi vuoteellaan ja hänen kasvoillaan asui sama surunvoittoinen lempeys, joka oli niillä jo vuosikausia asunut ja kaikista taudin karkotusyrityksistä huolimatta yhä vieläkin sen asuntonsa pitänyt.

Mutta tänään oli lempeyden poimujen lomissa alkanut hiipiä levottomuuden etuvartijoita ja otsalla oli näyttäytynyt tuskan kimaltelevia partiojoukkoja.

»Oletko tänään sairaampi, äiti?» kysyi vuoteen vieressä istuva Olavi, pyyhkien hikeä sairaan otsalta.

»En, en ensinkään. Minä vaan kutsuin teidät tänne sanoakseni jotakin—mutta nyt en tiedäkkään vaikka olisi parempi olla sanomatta.»

Olavi otti kuihtuneen käden hellästi omaansa:

»Miksi äiti sitä epäilee? Tiedämmehän me, että mitä äiti sanoo, se on aina hyvää.»

»Niin, tarkotus—kyllä, kyllä. Mutta sattuu joskus tapauksia, jolloinka ihminen ei tiedä kuinka pitäisi tehdä, vaan epäilee ja hapuilee. Ja sellainen on nyt tämä minunkin kohtani. Minä olen elättänyt vuosikausia sitä ajatusta itsessäni, että minä sen teille sanon ennenkun ummistan silmäni. Ja se on ollut minulle suuri lohdutus minun elämäni koettelemuksissa—mutta nyt, kun minun vihdoinkin pitäisi sanoa...»

Sairaan rinta kohoili kiivaasti ja joukko hikipisaroita pusertausi taasen otsalle.

»Oi, älä ajattele nyt niin kovin sitä asiaa», pyysi Olavi, kuivaten jälleen hänen otsaansa. »Kyllä se vielä selviää.»

»Kyllä ... ja oikeastaan minä olenkin jo itse asiasta selvillä. Sillä jos

minä sen jättäisin, niin minä pettäisin oman itseni ja teidät ja
koko entisen uskoni ja toivoni—se alkuunpääsy vaan on niin
vaikeata... Tulisitkohan sinäkin, Heikki, tänne lähemmäksi, niin
minun olisi helpompi puhua?»

Vanhempi veli, joka oli tullut suoraan pellolta savisine
kyntösaappaineen ja istuutunut ovipuoleen, siirsi tuolinsa hitaasti
vuoteen ääreen.

Sairas makasi jonkun aikaa ajatuksiinsa vaipuneena ja ikäänkuin
yhä vielä neuvoa kysellen. Sitte hän katsoi poikiinsa pitkään ja
hartaasti.

»Minä en ole tahtonut kajota sanallakaan teidän välillänne kohta
tapahtuvaan perinnönjakoon», sanoi sairas vihdoin, »sillä tiedän
että te niistä asioista kyllä keskenänne sovitte. Mutta tässä talossa
on yksi kappale, jonka tahtoisin erottaa muiden perujen joukosta
ja jo eläessäni antaa sen teille omin käsin.»

Sairas huoahti syvään ja vaikeni—niinkuin hänen olisi pitänyt
välillä levähtää. Pojat katsoivat henkeäpidättävä odotus
kasvoillaan.

»Se ei ole mikään kallisarvoinen kapine, mutta siihen liittyy eräs
tapaus ja eräs ajatus, joiden vuoksi se on minun silmissäni
muuttunut niin tärkeäksi ja merkilliseksi.—Se on tuo kaappi
tuossa!»

Pojat katsahtivat tuttuun kaksiosaiseen kaappiin—kaappiin ja sitte
äitiin.

»Te näytätte hämmästyneiltä ... kunhan minä nyt vaan osaisin
sanoa sanottavani sillätavalla, kuin minä tahtoisin.»

Hän katsahti vaijeten ylöspäin, ikäänkuin voimaa pyytäen.
Kääntyi sitte, omituinen kimallus silmissään, poikiinsa ja puheli
miltei kuiskaten—niinkuin kummitusjuttua kertoen:

»Siitä on jo pitkä aika. Tässä samassa kamarissa ja tällä samalla
paikalla makasi silloin eräs vaimo, joka oli neljää päivää
aikaisemmin synnyttänyt terveen poikalapsen. Vaimo oli aina

ollut hellä ja nöyrä ja uskollinen miehelleen, ja koettanut kaikessa täyttää hänen tahtonsa. Ja hän oli ollut onnellinenkin, hyvin onnellinen. Mutta jo ennen lapsen syntymistä oli salainen epäluulo alkanut kalvaa hänen mieltänsä. Ja kun hän nyt lepäsi viidettä yötä vastasyntyneen vieressä, pienen lampun palaessa tuossa alakaapin kulmalla, niin hänen sydämentuskansa kohosi niin suureksi, että hän nousi ylös ja meni tupaan, tullakseen vakuutetuksi että hänen epäluulonsa oli väärä...»

Sairas käänsi päänsä seinäänpäin, salatakseen niitä kahta kyyneltä, jotka olivat hiipineet varkain hänen silmänurkkiinsa.

»Mutta kun hän ei löytänytkään tuvasta sitä, jota etsi, niin hän, vaikka olikin lapsivuoteessa oleva, meni tuskansa vetämänä puolipukeissa ja avojaloin routaisen pihan poikki saunakamariin. Siihen aikaan poltettiin vielä viinaa, ja siellä saunakamarissakin poltettiin paraillaan. Vaimo avasi hiljaa oven ja näki takassa palavan tulen loimotuksessa kuinka peitteen alla vuoteessa makasi viinanpolttaja-nainen—hän oli vielä nuori ihminen—ja se, jonka tähden vaimo oli sydänyönä lapsivuoteesta noussut. Ja sinä hetkenä hänen sydämensä kuoli. Hän olisi tahtonut parkaista, mutta kurkusta pusertui ainoastaan kähisevää henkeä, ja hän läksi takaisin, peläten joka askeleella polviensa pettävän...»

Sairaan rinnankäynti seisahtui ja hänen ruumiinsa värähti niinkuin ilma olisi loppunut keuhkoista—kuuntelijat istuivat kivettyneinä.

»Mitenkä hän kamariinsa tuli», jatkoi sairas, »sitä hän ei myöhemmin itsekkään tietänyt, hän vaan istui vuoteen laidalla lapsensa vieressä ja paineli rintaansa, jonka pelkäsi halkeevan. Silloin kuului eteisessä kiivaita askeleita. Kului hetki, ja ne jo riensivät välikamarin läpi, ovi avautui ja sen aukeamasta tunkeusi sisään sanaton pedon murina, joka sai vaimon sydämen seisahtumaan. Kynnyksen yli astui mies, jonka silmissä näytti läikkyvän punaista verta, kun hän lävisti katseellaan vuoteessa istuvan tyrmistyneen vaimon. Kuului kauhea kirous ja sitä seurasi kamala karjahdus—molemmin käsin nostettu kirves kohosi miehen pään yli. Sen takana kuuli vaimo sisarensa kiljahduksen ja näki kaksi kättä haparoivan kirveenvartta kohti. Kirves irtautui kädestä, terä välähti lampun himmeässä valossa, vaimo heittäytyi selälleen—mitä sitte tapahtui, sitä hän ei enää tiennyt...»

Niinkuin kirves olisi juuri nyt välähtänyt ja iskenyt kaikkiin kolmeen. Äiti ummisti silmänsä, Olavi värisi kauttaaltaan, toinen poika lyyhistyi tuoliinsa tylsä kauhu kasvoillaan.

»Kun vaimo sitte tointui», jatkoi sairas vapisevalla äänellä, »istui mies tuolilla, pää käsien varassa, kasvot sinisinä ja silmät verestävinä—istui ja tärisi, niinkuin ankara vilutaudin puuska olisi kulkenut lakkaamatta hänen lävitsensä. Kirves oli lentänyt muutamia tuumia vaimon ja lapsen yläpuolelta ja iskeytynyt taempana olevaan kaappiin—se oli tuolla samalla paikalla kuin se nytkin on...»

Sairas huokasi syvään, niinkuin huokaistaan jännittävässä kertomuksessa, kun uhkaava vaara saa äkkiä onnellisen käänteen.

Olavi tarttui kiihkeästi vanhan käteen—tarttui, puristi ja katsoi häntä rukoillen silmiin.

»Kyllä, kyllä», nyökäytti sairas hänelle lempeästi.»Mies pyysi anteeksi, ja sai, ja he tekivät sovinnon. Ja mies haki vielä samana yönä kellarista kittiä ja täytti sillä kirveen iskemät haavat, ja siveli myöhemmin maalia päälle. Mutta ... tahtoisitteko katsoa sitä korjattua kohtaa...?»

Olavi nousi ja asteli kuin kone kaapin luo, mutta vanhempi veli ainoastaan kääntyi tuolillaan, katsellen siitä sanaton kauhu yhä kasvoillaan.

»Niinkuin näette, sattui terä juuri kaappien liitekohtaan, iskien molempiin syvän haavan. Ja kitti ja haavat kajastavat tarkemmin katsellessa vieläkin maalin alta. Ja mitä vaimoon tulee...»

Lause katkesi, sairaan kasvot olivat aivan verettömät ja niitä tempoi tuska ja syvä liikutus.

»Niin, vaimo antoi anteeksi, eikä heidän välillään vaihdettu koskaan epäystävällistä sanaa, niin että syrjäiset pitivät heitä hyvin onnellisina. Mutta ne haavat, ne haavat...! Ei sellaisia voi kitillä eikä maalilla peittää—sellainen on vaimon sydän...»

Kertoja vaikeni, vain itkuja liikutus puhuivat hänen kasvoillaan.

Olavi palasi paikalleen, tarttui vanhan käteen ja suuteli sitä kerta kerran perään kuin anteeksipyytäen, kuumien kyynelten tipahdellessa. Nyt vasta hänelle ikäänkuin yhdellä näkemällä selvisi äitinsä koko olemus, sen lempeyden ainainen surunvoittoisuus. Eikä hän voinut karkottaa omituista, selittämätöntä tunnetta: niinkuin hän itse olisi jotenkuten syyllinen, vaikkei hän ollut tähän päivään saakka edes tietänyt mitään äitinsä salaisuudesta.

»Ja mitä mieheen tulee ... niin, levätköön hän rauhassa. En ole tahtonut hänen muistoansa häväistä, mutta ajatellessani että *tekin* olette nyt kasvaneet miehiksi, ja että teilläkin tulee olemaan vaimot... Niin, kyllä hän oli jalo mies kaikessa muussa, niinkuin kaikki hänen käsialansa todistavat. Ja minä tiedän että hän sai siitä itsekkin paljo kärsiä, ja hänellä on tuomarinsa ja meillä on tuomarimme, ja meillä on kullakin kyllin vastattavaa omassa kohdassamme...»

Sairaan valtasi ankara liikutus, niin ettei hän voinut puhua pitkään aikaan. Olavi istui ajatuksissaan, silmät kyyneleitä tulvillaan— vanhempi poika oli edelleenkin tuoliinsa lyyhistynyt.

»Ja nyt minä tahtoisin antaa teille perintöni», puhui sairas tyynemmällä äänellä.»Siihen liittyy paljo ajatuksia, toivomuksia ja rukouksia, oikeastaan koko minun elämäni raskain ja rakkain. Enkä minä ole ainoa, joka olen sellaisia haavoja kantanut. Niitä on monia, vaikka maailma ei niistä tiedä, sillä vaimo voipi kärsiä suuria kärsimyksiä niitä kenellekään ilmottamatta. Ja olen kuullut myöhemmin että näiden seinien sisällä on jo ennen minuakin samanlaisia huokauksia huokailtu... Jospa minä voisin olla viimeinen tässä suvussa! Siksi olen tahtonut antaa teille tällaisen perinnön, toiselle ylä- ja toiselle alaosan—nuo, joissa on muistuttajat. Katsokaa niitä usein ja kertokaa niihin liittyvä muisto joskus lapsillenne. Ja kulkekoot ne sukuperintönä polvesta polveen—muistoineen, toivomuksineen ja rukouksineen, nimet vain unohdettakoon!»

Kaikki kolme katsahtivat syvän liikutuksen valtaamina korkeaan, kattoon saakka ulottuvaan kaappiin, joka näytti ikäänkuin kasvaneen ja seisovan kuin suuri sukuristi miespolvien yhteisellä hautakummulla.

Sairas kallistausi, levoton jännitys kasvoillaan, poikiensa puoleen: »Tahdotteko ottaa tämän perinnön?» kysyi hän kiinteällä, odottavalla äänellä. »Kaikkinensa, mitä siihen liittyy...?» Olavi painoi kosteat kasvonsa kiihkeästi sairaan laihoihin käsiin— se oli hänen vastauksensa. Vanhempi veli istui hievahtamatta, niinkuin hän oli koko ajan istunut, silmät räpähtelivät ja kasvot nytkähtelivät itkun väänteissä. Äiti luki vastauksen hänen sumeasta silmästään, joka katsahti kunnioittaen äitiin.

»Olen iloinen että kaikki on nyt ohitse», sanoi vanha keventyneellä äänellä. »Vain yksi lisäys tuohon perintöönne ... minun siunaukseni!»

Hänen kasvoilleen levisi sama suuri lempeys, joka oli niillä vuosikausia asunut. Ja se vallotti ne kokonaan—hän katseli hellä loiste silmissään kauvan poikiaan.

»Olavi!» sanoi hän tuokion kuluttua, ikäänkuin havauttaakseen nuoremman poikansa mietteistään. »Se *tapahtui siihen aikaan, kun sinä synnyit...*»

Vanhempi veli katsahti kummastuneena äitiinsä, sillä hän ei ymmärtänyt miksi äiti selitti semmoista, jonka he olivat jo aikoja sitte sanomatta käsittäneet.

Mutta Olavi kohotti äkkiä päänsä, niinkuin hän olisi kuullut suuren, hämmästyttävän uutisen. Sillä väre äidin äänessä sanoi mitä hän tarkotti, ja ilme hänen silmissään valaisi sinä hetkenä kaikki, niinkuin aurinko valaisee äkkiä pimeän loukon.

Ja Olavi katsahti äitiinsä kysyvin, avartunein silmin, ikäänkuin ajatukselleen vastausta odottaen.

Äiti nyökäytti tuskin huomattavasti päätään:

»Sitä minä olen monesti ajatellut näinä viimeisinä surun vuosina.»

Olavista tuntui niinkuin myrskytuuli olisi äkkiä kaatanut tiheän korven, niin että hän nyt näki yhdellä silmäyksellä sen paljastuneen sydämen, rotkot, sammaloituneet suolammet ja salaiset hetteensilmät.

»Niin, niin ... kuka sen kaiken ymmärtää», lisäsi sairas melkein Olavin korvaan.—»Mutta menkää nyt askareihinne, minä olen väsynyt ja haluan olla yksinäni.»

* * * * *

Pojat nousivat ja läksivät. Oven luota he vielä kerran katsahtivat äitiinsä, mutta tämä ei enää heitä huomannut, vaan makasi selällään, kädet rinnoille ristiin liitettyinä, ja katseli rauha kasvoillaan vanhaa kaappia, joka seisoi seinävieressä niinkuin suuri sukuristi miespolvien yhteisellä hautakummulla.

22. OMA TUPA

Hautajaiset olivat ohitse...

Veljekset istuivat vakavina ja harvasanaisina välikamarissa, kumpikin tuolillaan ikkunan luona.

»——Ja sinä otat nyt talon ja isännyyden, ja hankit tietysti emännänkin, ja alat hoitaa taloa, niinkuin sitä on miespolvesta miespolveen suvussamme hoidettu», sanoi Olavi.

»Mitäs sinä sillä meinaat?» kysäsi vanhempi veli rykäisten kuivan, lyhyen rykäyksen.

»Sitä, mitä sanoinkin, että sinusta tulee nyt Koskelan isäntä», virkkoi
Olavi miltei hilpeästi.

»Vaikka tiedät että sinua on aina siksi ajateltu ja ettei minusta ole isännän saappaisiin. Kyllä minä tiedän paikkani miesten edellä työmaalla, mutta komento...»

»Siihen sinä pian totut», sanoi Olavi vakuuttavasti. »Sitäpaitsi luulen talon pysyvän paremmin talona, kun isäntä kulkee ase kädessä miesten edellä, kuin jos hän kulkee suu täynnä suuria sanoja niiden jälessä.»

»Hm», sanoi vanhempi veli, rykäsi taas kuivan, lyhyen rykäyksen ja jäi eteensä tuijottaen miettimään ja sormillaan tuolin sivuun rummuttamaan.

»Mitäs sinä sitte oikein itsestäsi meinaat?» kysäsi hän hetkisen päästä.

»Jäädä itsekseni ja ruveta rakentamaan omaa mökkiä—ja ehkä raivaamaan omia peltojakin.

»Mökkiä...?» ihmetteli vanhempi veli.

»Niin. Katsoppas, veljeni!» sanoi Olavi raskaasti. »Kullakin on omat polkunsa, ja minun elämäni on nyt joutunut siihen kohtaan, etten minä voi elää minkään ennenrakennetun päällä. Minun täytyy alottaa kaikki alusta ja rakentaa itse—ja jos minä kykenen alottamaan ja rakentamaan, niin minä kykenen elämäänkin.»

Vanhempi veli katseli häntä jäykin, hämmästynein silmin, niinkuin olisi kuullut vierasta kieltä—katseli ja alkoi taasen rummuttaa.

»Hm.—En minä sinun asioitasi tiedä, enkä tahdo tietääkkään», sanoi hän kotvan kuluttua kunnioittavalla äänellä, niinkuin ylempäänsä puhutellen. »Tiedän vaan, että niin on tehtävä kuin sinä sanot. Mutta uskotko sinä että Koskela pysyy minun käsissäni Koskelana?»

»Uskon!» vastasi Olavi sekä lämpimästi että vakuuttavasti.

»Olkoon sitte niinkuin sinä tahdot. Mutta jos jotain alkaa mennä vinoon, niin silloin täytyy sinun tarttua ohjaksiin.»

»Sen kyllä teen, mutta sen täytymisen sinä jo tänä syksynä kynnät peltoon viljaa kasvamaan. Olkoon nyt vaan kaikki onneksi uudelle isännälle!»

»No no! Hm.» Ja vanhempi veli taasen rykäsi.

»Minkäs hinnan talosta sovimme?»

»Ei mitään hintaa! Sinä otat talon semmoisenaan, niin olet heti hyvillä jaloilla. Minä pyydän itselleni ainoastaan Isonsuon ja kauramaan sen rannalta ja sen pienen metsäpalstan, mikä kuuluu samaan aitaukseen—ja mahdollisesti rakennuspuut talon metsästä.»

»Vai niin sinä olet ajatellut!» virkahti vanhempi veli pirteä välke silmissä. »Siitä tulee mainio pala, eikä siinä ole savikaan kaukana. Mutta kyllä se on monen hien takana—minä olen sitä katsellut. Hm, hirret! Tietysti, ja hevosapu myös. Mutta kyllä talosta hinta määrätään ja kaikki muukin pannaan tasan.»

»Ei nyt mitään määrätä eikä tasata, kaikki muu jääpi sinulle. Ymmärräthän, että kun kumpikin meistä tahtoo antaa enemmän kuin toinen huolii, niin siitä kyllä aina sovitaan. Jos minä myöhemmin tarvitsisin jotakin, niin minä kyllä tulen luoksesi, ja jos sinä tarvitset jotain, niin tietystihän ensiksi käännyt veljesi puoleen.»

»No, jos sitte sillälailla sovitaan—kyllähän minä koetan kaikki tallella pitää.»

Ja vanhempi veli alkoi taasen rummuttaa, tällä kertaa varmasti ja nopeassa tahdissa.

Mutta sitte hän ponnahti äkkiä hätäisesti ylös:

»Minä luulen että kotopellon karje tulee jo auratuksi—jos ne vielä riisuvat hevoset ennen aikojaan…!»

Ja hän riensi kiireisin askelin tupaan ja sitä tietä pihalle.

Olavi nousi hänkin ja meni jälessä tupaan. Pysähtyi ikkunan luo ja katseli kuinka veljensä harppasi pää itsepintaisessa etukumarassa ja kädet voimakkaasti sivuilla heiluen pitkin, vakavin askelin portista ulos.

»Kullakin on oma leiviskänsä», hymyili hän, tuntien liikutuksen sekaista hellyyttä, miltei kiitollisuutta veljeään kohtaan. »Ja sinun leiviskäsi taitaa lopultakin olla Koskelalle suuremman arvoinen, kuin kukaan on tähän päivään asti aavistanut.»

Olavi poikkesi maantieltä pienelle metsätielle—Olavi kirves olalla.

Oli syysaamujen juhla-aamu. Yö oli ollut kylmä, ja aamu oli niin raitis ja kevyt, että se ikäänkuin kohotti ihmisen ilmaan—jalat vain vanhasta tottumuksesta vielä silloin tällöin hipasivat maan pintaa.

Jo maantietä kulkiessaan oli Olavin vallannut outo tunnelma. Molemmin puolin tietä juoksevan aidan seipäitten väliin olivat hämähäkit kutoneet riippusiltojaan, rihmapaulojaan, verkkoaitojaan ynnä muita taidekudoksiaan—siellä täällä keinui rihmojen varassa ristihämähäkin mestariteos: suuri sädeaurinko. Ja kun yläilmojen aurinko juuri paraillaan nousi, välkkyivät näiden pienten kutojain rihmat kuin hopealangat, niin että Olavi tunsi kulkevansa kuin hopealla aidattua tietä, jonka varteen oli sinne tänne pistetty riemuin tervehtiviä sädelippuja.

Samoin metsässäkin. Sielläkin juoksivat hopealangat molemmin puolin tietä puusta puuhun ja näreestä näreeseen—lippujakin lieskui siellä täällä.

»Sanotaan hämähäkin ennustavan onnea», ajatteli Olavi itsekseen. »Ainakin ne nyt näyttävät minulle tietä viitottavan.»

Ja väkevä halu kiidätti häntä miltei juoksujalassa eteenpäin.

»Eikö jo?» kysäsi kirves maltittomasti olalta.

»Ei, ei vielä, mutta pian», vastasi Olavi, kouraisten varresta lujempaan.

»Tästä päivästä se kaikki riippuu», ajatteli hän taasen. »Se on kuin koe—jos minä sen kestän, niin tie on ainaiseksi selvä! Mutta jos minun vaellusvuoteni ovat minulta kaiken ytimen ja ponnen vieneet, niin silloin en minä toden totta tiedä minne askeleeni käännän.»

Ja maltiton kiihko tarttui häneen ja lennätti häntä niin, että hiki pusertausi hatunreunan alta, ja sai hänet odotuksesta vapisemaan.

»Ehkä minä liiottelen ja suotta hätäilen», ajatteli hän taasen itsekseen. »Mutta kun se on minulle elämänkysymys, ja kun en minä tiedä itsestäni vähääkään, vaan ratkaisu voi kallistua yhtähyvin toiseen kuin toiseenkin puoleen.»

Hän ponnahutti kirveen korkeassa kaaressa olalta eteensä, piti sitä vaakasuorassa ja pystyssä, ja heilautteli puoleen ja toiseen. Kirves tuntui kevyeltä kuin lehti, ja hän riemastui niinkuin pieni lapsi—niinkuin tämä jo olisi ollut kokeen koe.

Vihdoin hän saapui määräpaikkaansa, mäenrinteeseen, jossa kasvoi pitkiä, sileärunkoisia kuusia ja mäntyjä. Tempasi takin päältään ja viskasi sen maahan, katsomatta mihin, ja hatun jälessä samaa tietä. Vilkasi kerran ylös puuhun, kirves kohoutui ja iski punervaan puunkylkeen—hänen ensimäisen kädenlyöntinsä tutulle kotimetsälle kuuden vuoden päästä.

Metsä vastasi raikkaalla kaiulla, vastasi kolmelta taholta ja niin kovaäänisesti, että Olavi pysäytti uudelleenkohotetun kirveensä ja katsahti hämmästyneenä vastaajiin.

Vastaajat katselivat häntä kohotetuin päin ja kirkkain otsin, ei päätä nyökäytellen tai hymyillen, vaan niinkuin miehet miestä tervehtien karskin katsein: »terve tulemastasi!»

»Terve!» vastasi Olavi välkähtävällä kirveenterällä.

Ja niin he alkoivat puhella, kysellä ja vastailla ja keskenään haastella————.

»Miksikö minä näin yksinäni häärään ja tällälailla reudon?» vastasi Olavi. »Se asia nyt on sillälailla että...» Ja hän kertoi koko asian punervien honganlastujen sinkoillessa ympärilleen.

»Vai niin—onneksi olkoon!» vastasivat puut. Vastasivat ja kaatuilivat toinen toisensa perään, niin että tanner jymisi ja metsä raikui.

Olavista tuntui niinkuin hän olisi ollut tulta täynnä, tulta joka yhä vain paisui ja jännittyi, mikäli sitä singahteli kirveenterän kautta ulos. Hän otti kuin kunnianasiakseen katkaista aina yhdellä iskulla oksan, olipa se suuri taikka pieni. Ja katkasi, ja innostui ja riemastui yhä enemmän.

»Tätä tässä minä ajattelen alushirreksi», puheli hän taasen. »Pitäisi siitä tulla!»

»Hyvin sinä meidät tunnet», vastasivat puut. »Tuollainen tervassydän kestää miespolvia. Muuten olkoon meidän kesken sanottu, ettemme me teistä kirvesmiehistä liioin pidä, mutta kun noilla sinun hommillasi on sellaiset pohjat, niin ... iske huoletta, hymy huulillaan sitä silloin kaatuu!»

Ja Olavi iski niinkuin kaikkien niiden vuosien edestä, joina hän ei ollut kirvestä heiluttanut.

Kun päivällisaika joutui, lepäsi hänen ympärillään jo kokonainen hirsikaski.

»No, miltäs tuntuu?» kysäsivät puut, katsellen kuinka hän takki hartioillaan söi kiireisesti kuivaa päivällistään.

»Eipä hullummaltakaan—hyvää minä tästä toivon!» vastasi Olavi.

Taas välähteli kirves, taas ruskivat oksat ja tanner jymisi.

»Onpas tuossa paha mutka», puheli Olavi.—»Vaan sijansa se sekin saa, kelpaa hyvin ikkunain välipaloiksi.»

»Niin niin, itse sinä sen paraiten tiedät», sanoivat puut. »Vaan montakos niitä ikkunoita oikein tulee, ja montako huonetta— siitä sinä et ole vielä mitään virkkanut?»

»Kaksi huonetta vain, tupa ja kamari, mutta suuria molemmat», selitti Olavi. Ja hän kertoi kaikki tuumansa, ikkunat ja ovet, uunien sijan ja kuistin satulakattoineen—aivan kaikki niinkuin hän oli ajatellut.

»Vai niin... Mutta minnekkäs sinä sen talosi aijot sijottaa?» kysyivät taasen puut.

»Sille pienelle kummulle Isonsuon rantaan—niin minä olen ajatellut.»

»Isonsuon rantaan!» huudahtivat puut ja katsoivat ihmetellen toisiinsa ja Olaviin. Mutta sitte niiden kasvoille levisi voitokas ilo. »Terve!» huusivat he yhteen ääneen. »Terve, ja menestys salvakoon seinäsi ja onni kaartukoon niiden yli katoksi—että vielä löytyy joku, joka uskaltaa metsässä elämänsä alottaa.»

»Sitä minä itsekkin toivon, sitä enkä mitään muuta.»

»Mutta eivätkös ne sano sinua hulluksi—ihmiset?»

»Eipä ne tiedä minua miksikään mainita, kun ne eivät vielä tiedä koko näistä minun tuumistani mitään, vastasi Olavi.

»Parasta onkin!» sanoivat puut. Sitte he alkoivat keskustella Isostasuosta, ja suurista viemäreistä ja mullan laadusta suon rantamalla, ja kaikista Olavin suunnitelmista.

Kirves yhä heilui ja lastut lentelivät, metsä raikui ja pakina jatkui. Ja sen kera vierähti päivä iltaan niin nopeasti, että Olavi aivan hämmästyi, kun huomasi alkavan jo hämärtää.

»No, mitenkäs se nyt kuuluu se päätös...?» kysäsivät puut odottaen.

Olavi ponnahteli rungolta rungolle ja luki puut, sai niitä neljäänkymmeneen—ja hymyili.

»Niin, että vielä minä ainakin huomenna tulen!» vastasi hän reippain mielin.

»Ja kun sinä tulet huomenna, niin sinä tulet aina», sanoivat puut. »Näkemään asti!»

Olavi asteli iloisesti vihellellen kotiinsa päin. Hänestä tuntui niinkuin se mökkinsä olisi jo miltei valmiina hänen sisässään, nurkat salvettuna ja kattotuolit paikoillaan. Ja se oli niin suuri, että se täytti ja pingotti häntä, ja niin vankka kuin se olisi ollut uusi luisto, joka oli tänään hänen sisäänsä kasvanut.

23. YHTYVIÄ POLKUJA

Hirvijoen Kylänpäässä 28.9.1897.

Kyllikki!

Sinä varmaan hämmästyt saadessasi näin monen vuoden päästä minulta vihdoinkin kirjeen. Vihdoinkin, sillä en tiedä enää tarkoin edes osotettasi—oletko vielä »Kyllikki», vaiko mahdollisesti jo joku »se ja se» jota minä en tunne. Olen taas liian ylpeä tiedustaakseni mitään Sinua koskevaa keneltäkään muulta kuin itseltäsi.

Ja sitte asiaan! En ole päässyt Sinusta koskaan aivan täydelleen irti, en tahtomallanikaan. Olen koettanut sinut unohtaa, repiä jokainoan piirteesi sielustani, mutta Sinä olet siitä huolimatta kulkenut minun jälessäni kylästä kylään ja vuodesta vuoteen, ja nyt viime aikoina Sinä olet alkanut lakkaamatta väikkyä minun silmieni edessä. Onko se ollut Sinun ystävänajatuksesi, joka on sillälailla minua seurannut, vai onko se ollut minun paha omatuntoni, vaiko minun se ihmiseni, joka on Sinua kaivannut ja lakkaamatta hiljaisuudessa Sinun perääsi huutanut, vaikka minä olen koettanut väkivaltaisella kädellä sen suun tukkia?

Sitä en tiedä. Tiedän vaan että minä olen nyt koskeni laskenut ja kulkuni kulkenut ja asettunut kotipuoleeni. Tunnustan suoraan että olin väsynyt ja masentunut, revitty ja raadeltu, kun palasin kotiin—nähdäkseni viimeisen kerran äitini ja saattaakseni hänet hautaan. Enkä voi sanoa nytkään olevani paljoa parempi, jonkun verran sentään. Tunnen sisässäni jotakin, joka kasvaa ja ponnistelee, jotakin josta voin toivoa. Ja se on jo jotain sekin!

Rakennan paraikaa itselleni mökkiä, ja siihen liittyy vähän muitakin tuumia. Yhtä kuitenkin näissä puuhissani kaipaan, ja se kaipuu käy päivä päivältä yhä huutavammaksi—ystävää ja toveria, jota voisin kunnioittaa ja johon voisin täydellisesti luottaa, ei toveria onnea jakamaan, vaan toveria *kärsimään ja ponnistelemaan.*

Et voi arvata, Kyllikki, kuinka paljo minä olen näinä viimeisinä aikoina sydämeni syvyydessä kärsinyt, epäillyt ja hapuillut. Onko minulla ollenkaan oikeutta vaatia itselleni toveria? Voinko luvata hänelle mitään? *Ja kenelle...?* Kyllikki, Sinä tunnet minut siksi tarkoin, että tiedät ja arvaat mitä kaikkea tuohon yhteen sanaan sisältyy. Se ei ole ollut pieni eikä helppo kysymys.

Nyt minä luulisin kuitenkin olevani siitä *omasta* puolestani täysin selvillä. Siksi kysyn: uskaltaisitko Sinä vielä kerran lähteä minun kanssani vesille—ei joen yli, vaan sille uintiretkelle, jonka päätä ei näy? En voi taata että pääsemme koskaan onnellisesti rantaan, voin ainoastaan luvata, että jos Sinun kätesi on vielä vapaa ja Sinä sen vapaasti ja luottavasti minulle ojennat, niin en minäkään ole siitä koskaan hellittävä—kävi miten kävi.

Vielä: uskaltaako Moision tytär lähteä *mökkiläisen* vaimoksi, sillä mitään muuta en voi enkä tahdo hänelle tarjota? Jos hän siihen uskaltaa, silloin minäkin luulisin uskaltavani vaikka mihin.

Ja vielä: *tahdotko* liittää kohtalosi minuun? Vai ehkä halveksit minua? En tahdo itseäni puolustella, eikä siitä olisi mitään hyötyäkään, sillä tiedän etteivät yksityisseikat vaikuta Sinun päätökseesi, vaan se peruskäsitys, minkä olet minusta ihmisenä saanut.

Yksi asia ennen kaikkea: ei sääliä eikä armopaloja! Luulisin tietäväni ettei kumpainenkaan meistä tarjoa eikä huoli armopaloista, mutta olen kuullut sanottavan että säälillä on naisen sydämessä suuri sija. Tahtoisin kuitenkin sanoa ettei sillä montakaan viittäväliä päästä, jos se toinen, aikaisempi tunne kerran on kuollut. Ja sen vain Sinä tiedät!

Vieläkö Isäsi elää? Ja onko hän yhä entisellä kannallaan? Mutta sehän ei merkitse mitään tässä asiassa. Jos me olemme yksimielisiä, niin Sinulla saa olla vaikka kymmenen isää! Sillä nyt minä tahdon niinkuin se tahtoo, joka vie tahtonsa perille.

Kuulemaan asti, Kyllikki! Tiedät että odotan jännityksellä kirjettäsi—sehän voi tuoda mitä tahansa. Mutta tiedän että miten asiat muuten ovatkin, se tuo suoran ja vilpittömän vastauksen.

Olavi.

Osotteeni on: *Olavi Koskela*. Paikkaosote sama kuin ylempänä.

* * * * *

Kohisevassa lokak. 2. pnä 1897.

Olavi!

Sinun kirjeesi on tavannut entisen Kyllikin, ja minä olen tavannut Sinut kirjeessäsi jokseenkin sellaisena kuin saatoin odottaa. Olet ylpeä ja vaatelias niinkuin ennenkin, vaikka vähän toisella tavalla. Ja se on hyvä, sillä jos Sinä et sellainen olisi, niin se saisi minun epäilemään.

Kyllä minä uskallan, kaikkeen! Minun ei ole edes tarvinnut sitä enää miettiä, sillä minä olen kerran siinä suhteessa mietteeni miettinyt ja päätökseni tehnyt ja pysynyt sille uskollisena. En häpeä tunnustaa, etten ole ollut Sinusta niin tietämätön kuin luulet. Olen seurannut syrjästä askeleitasi aina siihen saakka, kun kotiisi läksit, ja päättänyt odottaa Sinua siksi, kunnes kaikki toivo on mennyt. Pidän omantuntoni velvotuksena juuri tänä hetkenä sanoa että näin on ollut, tietääksesi ettei tämä kirjeeni perustu mihinkään kauniisiin toiveisiin tai tietämättömän luuloihin, vaan vakavaan selvyyteen siitä, mikä minua Sinun kanssasi odottaa.

Älä pelkää armopaloja, Olavi! Minä uskon kohtaloon ja sen tarkoitukseen. Olen näinä viimeisinä vuosina usein miettinyt, onko minun elämälläni mitään tarkotusta ja miksi kohtalo niin kummallisesti meidät kerran yhteen toi. Kiusatakseenko ja haavottaakseenko? Ja päätös on ollut, että jos minun elämälläni on joku tarkotus, niin sen tarkotuksen täytyy liittyä Sinuun, ja että jos kohtalolla silloin oli joku tarkotus, niin Sinä tulet vielä kerran minun luokseni vaikka vuorien takaa. Ja Sinä tulit, ja tulit juuri se sana huulillasi, jota minä olen vuosikausia odottanut: että minä olisin Sinulle *tarpeellinen*! Se oli se oikea tunnussana, jonka kuullessani en enää mieti, en kysele enkä epäile, vaan vastaan silmää räpäyttämättä: olen valmis!

En minäkään luule enkä toivokkaan että tiemme on kulkeva kukkaisten yli. Mutta tunnussana on oikea, siitä minä pidän kiinni, ja se on vievä varmasti lopulta perille!

Tule Olavi, tule pian! Minä odotan Sinua, neljän vuoden odotuksella, neljän vuoden kaipauksella, koko minun elämäni kaipauksella!

Sinun

Vedenneitosi.

J.K. Isä on entisellään, mutta siitä asiasta Sinä olet sanonut minunkin ajatukseni. Yhtä pyytäisin: tahtoisin tavata Sinua kahdenkesken, ennenkun astut isäni eteen. Pelkään nähdä Sinua näin monen vuoden päästä vasta hänen läsnäollessaan. Etkö voisi tulla ensin muinaiseen yhtymäpaikkaamme ja ilmottaa ennakolta kirjeessä päivän ja hetken?

Kyllikki.

24. KOSINTA

Olavi astui Moision portaita ylös.

Hän oli mielenjännityksestä miltei kalpea, mutta tunsi itsensä niin voimakkaaksi ja horjumattomaksi, että voisi kuulla tyynesti mitä tahansa—kuulla ja nähdä ja vaatia hellittämättä osaansa.

Avasi oven ja astui sisään.

Huoneessa oli kaksi ihmistä. Toinen oli tuikeannäköinen, tuuheakulmainen ukko, joka mitään aavistamatta juuri asteli perältä ovellepäin. Se toinen oli levotonta odotusta täynnä ja luuli sydämensä hypähtävän rinnasta, kun ovi avautui.

Kaikki kolme naulautuivat paikkaansa.

»Päivää!» tervehti Olavi kunnioittavasti, miltei pojanomaisen nöyrästi.

Kukaan ei vastannut. Olavi näki vain kuinka ukon tavattoman tuuheat kulmakarvat vetäytyivät toisiinsapäin kuin kaksi mustankellahtavaa ukkospilveä.

»Päivää!» kuului vihdoin perältäpäin kuivanlyhyesti, sillä äänenpainolla että sen on kunniallinen talo velkaa maantierosvollekin.

Mutta velka oli nyt maksettu ja sitte tuli kuin halkokirveellä iskien:

»Kun me erosimme, niin minä pyysin ettette enää ikänä ilmestyisi minun silmieni eteen—onko teillä jotain asiata?»

Nuori tyttö nojautui kalpeana astiakaappia vasten.

»On», vastasi Olavi tyynesti. »Meidän ensi tapaamisemme ei ollut sellainen, kuin sen olisi pitänyt olla. Minä pyydän sitä kertaa anteeksi ja pyydän nyt uudelleen tyttärenne kättä.»

»Souvari!» kivahti vihasta ja harmista vapiseva ääni.

»Niin—mutta älkää kiivastuko!»

»Tukkisouvari!» kimahti uudelleen, ja ääni oli niin täynnä ylenkatsetta ja loukattua kunniantuntoa, että se viilsi kuin veitsi ja puri kuin hohtimet.

Tumma puna lensi Olavin otsalle ja hän saattoi vaivoin hillitä sitä, mikä hänen sisässään alkoi kiehua.

»Niin», sanoi hän harvaan ja painokkaasti. »Savenkääntäjöitä on joka nurkassa, mutta oikeita tukkisouvareita harvassa!»

Ukon kulmakarvat kohoutuivat kerran ja painautuivat sitte entistäkin syvempään, kuin hyppyyn kyyristäytyvät kissat.

»Ulos!» jyrähti hän kuin ladattu ukkospilvi.

Sitä seurasi syvä äänettömyys. Olavi purasi huultaan, mutta katsahti sitte uhmaten ukkospilveen ja puhui kuin kuohuva kevätkoski:

»Te ajoitte minut kerran ulos, ja minä menin, mutta nyt en astu askeltakaan ennenkun asiamme on selvä! Minä tulin luoksenne nöyrällä mielellä ja pyysin silloista anteeksi, vaikken vielä tänäpäivänä tiedä kummallako meistä olisi enemmän anteeksipyydettävää. Ja minä menen nytkin, mutta en käskemällä enkä yksin, vaan vaadin mitä minulle kuuluu, vaikka se olisi tähtenä taivaalla!»

Ukko oli kuuristunut eteenpäin, hänen kätensä olivat puristuneet nyrkkiin ja hän syöksyi sanaakaan sanomatta kiivain askelin ovea kohti.

Olavin päätös oli silmänräpäyksessä valmis: hän ottaa tuon äkäisen ukon syliinsä kuin lapsen, istuttaa hänet peräpenkille ja sanoo: istukaa siivosti ja puhukaa siivosti asiasta, niinkuin vanhalle miehelle sopii! Hän astui päättävästi ukkoa vastaan.

»Isä!» kuului silloin kaapin luota ja kalpea tyttö astui nopeasti eteenpäin, rientääkseen yhteensyöksyvien väliin. »Isä—minä … minä kuulun hänelle!»

Isä pysähtyi, niinkuin salahyökkääjä olisi iskenyt häntä takaa ratkaisevana hetkenä—pysähtyi, kääntyi tyttäreen ja katsahti pitkään.

»Sinä—?» huudahti hän kummastuneena. »Vai oikein sinä *kuulut* hänelle?» lisäsi hän selkäpiitä karmivalla ivalla. »Ja ehkä olet häntä oikein odottanutkin nämät vuodet, jolloin minä en ole saanut sinusta kenellekään ihmiselle kuuluvata?»

»Niin olen», kuului tyyni, rauhallinen vastaus. »Ja minä olen päättänyt ruveta hänen vaimokseen.»

Ukko astui pari kiivasta askeletta tyttöön päin:

»Vai olet sinä *päättänyt—*?»

Se sai tytön miltei säpsähtämään.

»Minä olen niin ajatellut», sanoi hän nöyrällä äänellä, »ja minä toivoisin että isä sallisi sen tapahtua suosiolla.»

»Vaan jospa *minäkin* olisin jotain päättänyt!» Ukko suoristausi, seisoen kuin vanha naavakuusi keskellä permantoa. »Ja nyt voitte kuulla minun päätökseni: Moision tytärtä ei anneta tukkijätkälle —hävetköön se, joka kehtaa pyytääkkään!»

Hän sanoi sen sellaisella isän mahdilla ja valtijaan varmuudella kuin se olisi ollut päätös, josta ei enää voi vedota.

Seurasi äänetön jännityksen hetki. Kyllikin pää oli painunut alas kuin raskaan iskun tapaamana. Mutta sitte se kohosi jälleen, hitaasti ja itsetietoisesti, ja Olavi huomasi hämmästyksekseen että noilla kahdella, jotka seisoivat vastatusten, oli sinä hetkenä sama asento, sama ylpeä ryhti ja sama päättäväisyys kasvoilla.

»Vaan jospa Moision tytär siitä huolimatta *menee* tukkijätkälle!» helähti kuin vasaralla teräskangen kylkeen.

Ukon pää kohosi entistäkin ylemmäs.

»Niin hän menee tukkijätkän lutkana, vaan ei minun tyttärenäni!» tömähti kuin isomoukari alasimeen.

Sitte oli taasen hiljaista. Kyllikin poskille sävähti harmin puna ja Olavi tunsi kiihkeätä halua toteuttaa äskeisen aikeensa. Mutta hän ymmärsi että noiden kahden täytyi saada itse suorittaa asiansa, kolmas sen vain pilaisi.

»Valitse!» sanoi isä kylmän arvokkaalla äänellä. »Ja valitse pian, tuo toinen odottaa.—Yksi sana vielä!» Hänen äänessään väreili vihlova, voitonvarma iva: »Jos sinä päätät nyt mennä, niin sinä lähdet tällä minuutilla, ja lähdet juuri samassa puvussa kuin aikoinasi tähän taloon tulitkin—ymmärrätkö? Tee päätöksesi!»

Se iski niin yllättävänä ja syvän alastomana, että molemmat nuoret seisoivat hämmästyneinä ja neuvottomina.

»Täytyykö minun *näin* valita?» kysyi tyttö kalpeana, miltei rukoilevalla äänellä.

»Täytyy!»

185

Tyttö lennähti punaiseksi ja kalpeni taasen, ja seisoi niin liikkumattomana kuin hän ei olisi ensinkään hengittänyt.

»Kyllikki!» sanoi Olavi liikutuksesta väräjävällä äänellä. »Minä en soisi isän ja tyttären välien särkyvän, mutta jos sinun päätöksesi lankee niinpäin, niin»—hän tempasi rajusti palttoon päältään ja hänen äänensä vapisi harmista ja katkeruudesta—»niin on tässä aluksi sen verran verhoa, ettei sinun tarvitse alasti maantielle astua.»

Ukko hymähti myrkyllisen hymähdyksen ja hänen kasvoillaan ilkkui alaston iva. Mutta tytön poskille kohosi lämmin puna ja silmä lennätti Olaville salaisen kiitoksen.

Olavi seisoi kuin elämän ja kuoleman edessä, tyttö seisoi yhä lattiaan tuijottaen—heitä molempia katseli ukko ilkamoiva iva kasvoillaan.

Silloin tytön pää hiljaa kohoutui ja hän ikäänkuin kasvoi ympäristöään korkeammaksi. Kädet kohosivat rauhallisesti, puseron napit avautuivat yhdellä vetäsyllä, sitte vyötäisnauha— pusero lepäsi sängyn päälaudalla ennenkun katselijat ennättivät oikein oivaltaa mitä oli tapahtunut.

Ivahymy kuoli ukon kasvoilla.

Olavin valtasi hurja riemu. Hänen olisi tehnyt mieli temmata paljain käsivarsin seisova tyttö olalleen ja kiitää taakkoinensa ulos.

Mutta tyttö seisoi rauhallisena paikallaan. Päällyshameen haka avautui—hame teki puserolle seuraa.

Ukon kasvot kävivät tuhkanharmaiksi.

Olavi kääntyi selin, ja inho ja viha tormalsivat häneen niin rajuina, että veri pakeni hänen kasvoiltaan. »Kiiruhda!» kuului hänen tukehtunut äänensä olkapään yli.

Tyttö seisoi yhä paikallaan—kalpeana, mutta rauhallisena. Alushameen nappi avautui ja...

»Lopeta jo!» kuului isän ääni kuin maan alta.

Olavi kääntyi ympäri ja tyttö katsahti isäänsä kysyvin silmin.

»Menkää! Olkaa! Ota! Vie!» huusi ukko niinkuin se, joka ei tiedä mitä sanoo. »Sinä näyt olevan sukuusi, kelvoton», huusi hän tyttärelleen, »vaikka sinulle olisi sopinut paremmin housut kuin hame!—Ja sinä! Tottakai jaksat vaimosi elättää, kun jaksat sen väkisin ottaakkin—hävytön!»

Kuumat veret törmäsivät nuorten kasvoille, mutta he seisoivat yhä hämmästyneinä, kykenemättä jäsentäkään liikauttamaan.

»Pane jo päällesi!» sanoi ukko tuskaisella äänellä. »Ja sinä siellä, käy istumaan!»

Kyllikin valtasi äkkiä sellainen kainouden tunne kuin hän olisi seisonut alasti suuren miesjoukon edessä. Hän tempasi hameensa ja puseronsa ja juoksi kiireisesti kamariin.

Vanha Moisio oli niinkuin häneltä olisi selkäranka sulanut, kun hän vetäytyi peräikkunaa kohti, istahti penkille, vaipui kyynärpäänsä varaan ikkunanlautaa vasten ja tuijotti ulos.

Olavi istahti sivupenkille, ja hänet valtasi säälin tunne nähdessään vanhan miehen niin masentuneena.

Hetkisen päästä tuli Kyllikki sisään, punottavana ja liikutettuna— tuli ja hiipi hiljalleen kaapin luo.

Nuoret katsahtivat pikaisesti toistensa silmiin ja jäivät sitte katselemaan ikkunanpielessä istuvaa vanhaa miestä.

Äänetöntä hiljaisuutta jatkui kotvan. Vihdoin ukko kääntyi. Hänen kasvonsa olivat liikutetut, mutta niillä lepäsi arvokas, miltei juhlallinen vakavuus, kun hän katsoi suoraan Olaviin.

»Kun meistä nyt näyttää pakostakin tulevan sukulaisia», alotti hän, »niin minä toivoisin että meidän välimme olisi ainaiseksi selvä. Minun suvussani on tapana sanoa sana ajallaan ja antaa korvapuusti paikallaan, mutta ei sitte enää menneitä märehtiä.»

»Se on kunnioitettava tapa», sanoi Olavi, tietämättä oikein mitä sanoisi. »Jokseenkin sama kuin minunkin isälläni.»

Seurasi taasen hetkisen äänettömyys.

»Ja kun minusta nyt tulee appi ja sinusta vävy, niin meillä kai olisi yhtä ja toista puhuttavaa», jatkoi ukko lauhtuneella äänellä. »Haluaisin tietää mitenkä olet aikonut tämän jälkeen elämäsi järjestää. Aijotko vielä naituasikin maailmaa kiertää?»

»En, olen sen jo jättänyt ja asettunut kotipuoleeni, jossa rakennan paraikaa itselleni mökkiä», vastasi Olavi.

»Hm, vai niin.—Muuten, asiain kerran käännyttyä tälle tolalle, olisi tässä meilläkin ollut mökkiä, jo entisestään. Sillä niinkuin luultavasti tiedät, ei minulla ole miehistä perillistä ja itse alan käydä jo vanhaksi.»

Olavi katsoi pitkään vanhan Moision silmiin.

»Nyt vasta minä ymmärrän mitä te sillä tarkotitte, ettei teidän suvussanne ole tapana menneitä märehtiä», sanoi hän. »Enkä minä voi kylliksi kiittää teitä hyvyydestänne. Mutta asia on siten, etten minä voi asua missään entisissä mökeissä, vaan minun täytyy itse rakentaa ja itse peltoni raivata. Minulla olisi ollut asuttu talo siellä kotonakin, mutta en minä voinut siihen ruveta.»

»Talo...?» huudahti ukko ja nousi seisoalleen. »Mistäs sinä sitte oikein olet kotoisin?»

»Hirvijoen Kylänpäästä—jos olette kuullut puhuttavan?» vastasi Olavi.

»Olen nuorempana käynytkin sielläpäin», puheli ukko lämmenneenä, kävellen Olavia kohti. »Ja mistäs sieltä...?» kysyi hän vetäen pöydänedus-lavitsaa ulospäin ja istuutuen sen kulmalle lähelle Olavia.

»Koskelasta.»

»Koskelasta! Isosta-Koskelastako—?»

»Onhan se isonlainen», Olavi vastasi.

Ukko suoristausi, luoden pitkän, tiukan katseen:

»Ja miksikäs sinä et voinut tätä jo silloin sanoa, kun ensi kertaa meillä kävit?—Se olisi ollut parempi sekä sinulle että minulle.»

»Siksi», vastasi Olavi ja hänen poskipäilleen levisivät tummat punat,»etten minä ole aikonut koskaan ottaa vaimoa Koskelan nimellä enkä koskelaisille, vaan omalla nimelläni ja itselleni!»

»Vai niin, vai niin», sanoi ukko ja katseli häntä pitkän aikaa äänettä kiireestä kantapäähän. »Vai sillätavalla.»

Mutta sitte hän näki vilaukselta jotakin pihalta.

»Älä ole milläsikään», sanoi hän ystävällisesti, nousten kiireesti ylös. »Hevoset näyttävät tulleen pajasta, minun pitää pistäytyä hiukan ulos—en minä siellä monta minuuttia viivy.»

Tupaan jääneistä tuntui niinkuin nyt olisi ollut sunnuntaiaamu myrskyisen lauvantaiyön jälkeen ja kellotapulista paraikaa soitettu huomenkelloja.

Kaapin luona seisova tyttö riensi punottavin poskin Olavia kohti, joka nousi häntä vastaan—riensi ja kietoi hurmautuneena kätensä hänen kaulansa ympäri:

»Nyt vasta minä alan ymmärtää millainen sinä oikein olet!»

»Ja minä—millainen sinä oikein olet...!»

25. KATKENNUT KIELI

Syysilta käveli mustissaan. Käveli teillä, hiipi kedoilla ja istuskeli metsissä—ojissa kuultava vesi polkujen suuntaa osotti.

Mutta Moisio loisti kuin nuotio mustassa yössä. Jokaisesta ikkunasta tulvi punakeltainen valo voimakkaana ja täyteläisenä, niinkuin rakennuksen sisus olisi ollut ilmitulessa.

Ja ulkona kiistelivät punaiset, keltaiset, siniset ja vihreät valot keskenään. Ne keinuivat pienissä paperilyhdyissä maantieltä kuistin eteen johtavan pihatien molemmin puolin—keinuivat pitkissä köysissä, niinkuin maita mantereita kulkenut paikkakunnan maalari ne oli järjestänyt, ja viskelivät toisilleen

kompasanojaan ja sutkauksiaan. Kuistin otsikossa keinui
monivärinen valoköynnös ja itse kuistissa himmeleinä riippuvia
yksityisiä lyhtyjä.

Ja talosta kuului äänen humina ja puheen sorina, niinkuin
nuotion ympärillä istuvasta suuresta miesjoukosta, kun ne
tarinoivat hiljaisella äänellä. Humu oli kuin säestys, jonka lomitse
kuului ulkoa selvempiä ääniä, kimakoita ja syviä, karkeita ja
vienoja, loppumatonta askeleiden tassutusta ja hiipiviä
kuiskauksia nurkkien takana. Koko Kohisevan elämä, ääni ja valo
näytti tänä iltana Moisioon keräytyneen.

Viulu vingahti, tuvan sisus kohahti, lattia tömähti, ja ikkunoiden
ohitse kiisi loppumaton sarja päitä ja vartaloita.

Vihkiminen oli suoritettu ennen hämärän tuloa.

Sitte oli syöty ja juotu ja tanssittu—ja yhä tanssittiin puoliyön jo
lähetessä.

Sulhanen oli komea, morsian sulhasen vertainen—ei oltu ennen
nähty niin uljasta paria, sen tiesi jokainen omasta näkemästään.
Sillä jokainen oli heidät nähnyt. Kaikki eivät tosin saaneet
koskaan omaa sisäänpääsyvuoroaan, mutta maita mantereita
kiertänyt maalari kuiskasi jotakin ulkona seisovain korvaan, ja
ulkona huudettiin sulhasta ja morsianta. Ne ilmautuivat kuistille
kukkaspoikineen ja -tyttöineen, ja puolipimeällä pihalla
huudettiin eläköötä ja hurraata—kaikki kävi niinkuin suurissa
kaupungeissa, vakuutti maita mantereita kulkenut.

Sulhanen oli onnellinen—kelpasikin sellaisen tytön rinnalla! Ja
morsian oli onnellinen—kuinkas muuten, niin monen vuoden
uskollisen odotuksen perästä! Sillä jokainen tiesi että hän oli
odottanut, jokainen tunsi tarinan kummallisesta kosinnasta,
koskenlaskusta ja punaisesta laulusta lahden rannalla. Ja niihin
liittyi loppumaton sarja katkelmia sulhon seikkailuista ja
morsiamen uskollisuudesta, joilla ihmisten runonhenki, kerran
lentoon päästyään, jatkoi ja täydensi tarinaa. Ja tarinat kiersivät
miehestä mieheen pihalla ja hiipivät hiljaa itse häähuoneeseenkin,

aivan sulhon ja morsiamen läheisyyteen. Kaiken päällä kimmelsi seikkailun ja sankarisadun sädekehä, luoden pöydän päässä istuvan vanhan Moisionkin harmaille hapsille kunnian kultaa.

Taas huudettiin sulhasta ja morsianta—satuparia, miehekkyyden ja uskollisen rakkauden ihailtuja ilmikuvia, joita silmä ei väsynyt näkemään. Taas säteili kuisti, taas vyöryivät innostuneet eläköön-ja hurraahuudot kilvan pihalla, ja taasen pujottihe yksi ja toinen utelias sisäänpainautuvan joukon jatkona häätupaan.

Sekin loisti ja säteili. Valkoisilla lakanoilla verhottu laipio hohti kuin nuoren, yöllä sataneen lumen peittämät katot aamun vaietessa. Seiniä verhosi kauttaaltaan sama valkea vaippa, mutta seinälakanoilla someili siellä täällä pieniä köynnösseppeleitä ja vihreitä katajaruusukkeita, jotka kohosivat kuin nuori, vihanta elämä puhtaanvalkealta pohjalta.

Tanssi taukosi hetkiseksi. Kutsuvieraat vetäytyivät kamarisuojiin virvokkeita saamaan—naiset morsiamen kera, miehet appiukon ja sulhasen kanssa erikseen. Tarjoojat kulkivat edestakaisin, lasit ja posliinit kilahtelivat, hilpeä puheensorina täytti huoneet ja ihmisten silmissä läikkyi hääilo kuin kirkas juhlajuoma läpikuultavissa laseissa.

Taas vingahti viulu ja vieraat alkoivat painautua tupaan. Miehet vielä lasejaan ja kuppejaan tyhjentelivät ja tupakoitaan tupruttivat, mutta pian hekin läksivät.

Viimeisenä kulki sulhanen. Mutta hän muisti unohtaneensa ottaa pelimannille tupakkaa ja palasi senvuoksi vielä takaisin. Ja kun hän oli otettavansa ottanut ja kääntyi ympäri mennäkseen, seisoi hänen edessään lyhyt, tanakahko, vielä nuorenpuoleinen mies.

Olavi miltei säpsähti—että mies ilmestyi niin äänettä ja niin äkkiä kuin aave. Ja seisoikin kuin aave, liikkumattomana ja muutenkin kummallisen näköisenä: hajasäärin, vasen käsi housuntaskussa, oikea veltossa puuskassa kupeella, hattu kaukana takaraivolla ja paksu, tulipäinen sikaari suussa—muuten hienosti puettuna kiiltokauluksineen, punaisine rusettineen ja paksuine hopeaperineen liivin päällä. Sameankiiluvat silmät tuijottivat jäykästi Olaviin.

»Olisi pari sanaa sulhaselle—jos olisi aikaa kuulla?» sanoi mies paksunkäreällä äänellä, sikaari yhä hampaissa.

»Miksikäs ei ... ainahan sitä ... en edes tunnekkaan...?» Olavi vastasi.

»Kyllähän me tuttuja ollaan», tuli sikaaria myöten, ja hänen paksussa äänessään poreili jotain salaperäisen myrkyllistä —»enemmänkin kuin tuttuja, vaikkemme ole tainneet tulla esitellyiksi.»

Mies astui askeleen Olavia kohti:

»Sinä vietät tänä iltana häitäsi—minä tulin onnittelemaan. Sinun, joka olet niin monen tytön sydämen vääntänyt ylösalaisin ja niin monen pojan mielen muuttanut sydeksi, sinun ehkä olisi hyvä tietää...»

»Mitä—?» huusi Olavi kuohuvin äänin kuin tilille vaatien.

Miehen lasittavat silmät pullistuivat ulospäin ja niiden terien keskeltä tunkeusi kuin kaksi tulikuumaa neulankärkeä:

»Sinun, jolla on ollut koko maailma vallassasi, mutta joka kuitenkin olet vienyt niin monelta köyhältä mieheltä ainoan karitsan, sinun ehkä olisi tänä iltana hyvä tietää että ... *että luuletko sinä itsekkään valkoisen karitsan saaneesi!»*

Ja mies näki kuinka Olavin hahmo mustui, kuinka hänen sieraimensa laajenivat ja värisivät ja kuinka hän tärisi kauttaaltaan kuin kaatuva puu, joka odottaa vain viimeistä kirveeniskua. Mies päätti iskeä sen yhteen jaksoon:

»No, miltäs tuntuu? Onnittelen!»—hän kumarsi ilkamoiden.
»Minulla onkin suurempi syy kuin muilla, koska me taidamme olla niinkuin osamiehiä samassa...»

»Kurja—raukka—p——le!» räjähti Olavin salpansa murtava tuska ja raivo. Syöksähdys eteenpäin, kaksi vihan karkasemaa kättä iskeytyi rintapieliin ja mies kohosi kynttilänä ilmaan.

»Siunaa itsesi!» sähähti Olavi hampaittensa välitse, pitäen miestä yhä koholla ja puristaen häntä rintapielistä niin, että tärkätty paita rutisi. Mies sätkytteli muutamia kertoja jalkojaan, mutta sitte ne riipahtivat hervottomina alas, kasvot kavahtivat kalpeiksi, sikaari putosi suusta ja Olavi tunsi kuinka puvun sisässä oleva räytyi äkkiä veltoksi, riippuvaksi lihakasaksi.

»Minä taidan olla ju-ju-o-vuksissa ... enkä tiedä mi-mi-mi...» tohisi kalpeitten huulien välistä kuin lopputohahdukset tyhjentyvästä palkeesta.

»Kiitä onneasi että niin on—muuten...!» Olavi laski miehen tömähtäen lattiaan:—»Ulos!»

Kalpea mies, joka tuskin pysyi jaloillaan, kääntyi puoleen ja toiseen kuin pyörtynyt, kääntyi vihdoin kokonaan ympäri ja huojui sanaakaan sanomatta ulos.

Olavi seisoi keskellä huonetta. Hänen korvansa humisivat ja kynttiläin liekit tanssivat piirongilla.

'Totta! Kukaan ei uskaltaisi, ellei se olisi totta!' Se oli niin luonnollista, ettei hän hetkeäkään epäillyt juopuneen miehen puhetta—kohtalo, jonka sekaantumista hän oli kuin aavistaen pelännyt ja joka nyt yllätti ja murskasi kaikki yhdessä silmänräpäyksessä!

Viulu vingahti tavallista äänekkäämmin ja permanto tömähti niin, että koko rakennus tärisi—tuvassa aloitettiin uutta tanssia. Olavista tuntui niinkuin viulu olisi nauranut loppumatonta, korvia vihlovaa ilkkanaurua, niinkuin kaikki nuo ihmiset olisivat nauraneet ja hyppineet kilvan hänen häväistystään.

»Ei, loppu tästä helvetistä tulla pitää, ja heti!» huudahti hän ääneensä, syöksyen kamarista ulos ennättämättä edes ajatella miten lopun tekisi.

Joukko hymyileviä silmiä tähtäsi Olaviin, kun hän astui tuvan kynnykselle ja pysähtyi siihen hetkiseksi ahdingon vuoksi. Ja siinä hänelle selvisi, ettei hän voinut ruveta puukkojunkkarin tavoin tupaa tyhjentämään.

Sulhaselle tehtiin laitapuolella tilaa, ja hän riensi kapeata railoa myöten perälle—viuluniekan luo.

»Myötkö viulusi?» kuiskasi hän soittajan korvaan. »Joku haluaisi ostaa, on pyytänyt minun kysymään—hinnalla ei tingitä!»

»Enpä tiedä—on vaikea luopua», vastasi pelimanni hiljentäen viulunsa ääntä.

»Myötkö viulusi? Haluttaisiin, *tarvittaisiin!*»

»Olkoon menneeksi kolmestakymmenestä markasta!» »Hyvä! Ostaja tulee pian.—Mutta muuta nyt polkaksi ja soita niinkuin se, joka hyväilee rakastettuaan viimeisen kerran! Repäsevä tahti!»

Viuluniekka nyökäytti päätään.

Olavi astui suoraan erään nuoren tytön luo ja kumarsi. Viulu hiljeni ja helähti samalla polkaksi niin repäsevästi, että tanssijat jäivät hämmästyneinä katsomaan.

Mutta Olavi kiisi tyttönsä kanssa kuin tuulispää—useat muutkin parit läksivät taasen liikkeelle. Mutta ne lopettivat pian, sillä kaikkien silmät kiintyivät sulhaseen, joka oli kuin yliluonnollisen voiman haltioima. Silmät säihkyivät, huulilla väikkyi salaperäinen hymy ja kulmilla paloi ylpeä uhma.

Kaikki katsoivat ihmetellen ja ihastellen—sellaista tanssia ei oltu koskaan nähty! Olavi otti toisen tytön, ja kolmannen, vei kutakin vain pari kierrosta ympäri ja vaihtoi taasen. Ei saatellut heitä paikoilleen, vaan ikäänkuin kevyesti heitti luotaan ja kumarsi uudelle, ja tempasi hänet samassa hurjassa vauhdissa aivankuin edellisen jatkoksi.

»Mitähän se tarkottaa?» kuiskailtiin väkijoukossa.

»Se tanssittaa nyt kaikki tytöt—viimeisen kerran poikamiehenä!»

»Tosiaankin!» Ja ihmiset hymyilivät ja katselivat ihaillen hurjaa, salaperäistä tanssia—olisikin ollut ihme, ellei häissä olisi ollut jotain kummallista, kun kaikessa muussakin.

Olavi pyöräytti taasen toverinsa kevyesti syrjään ja kumarsi sitte erittäin syvään ja kohteliaasti—Kyllikille, joka seisoi hämmästyneenä ja levotonna, tietämättä mitä ajatella.

Soittoniekka, joka näki kenen hän nyt otti, puristi viulunkoppaa lujemmin rintaansa ja juoksutti kaiken tulensa jousen jouhiin. Viulu vinkui ja valitti, ja morsiuspari kiisi kuin ilmassa, sulavana ja hurmaavana. Kiisi kerran, kaksi, kolme, neljä kertaa tuvan ympäri—yhä vain kiisi.

Silloin, viidennellä kierroksella, viulu äkkiä vaikeni, välähti ohitanssivan Olavin toisessa kädessä ja iskeytyi samassa silmänräpäyksessä sadoiksi sirpaleiksi pöydänkulmaan—'vii-uu' huusi räsähdyksen keskeltä valittaen muuan pingottuneena katkennut kieli.

Häähuone hätkähti, väki katsoi pelästyneenä morsiuspariin. Mutta he seisoivat rinnakkain perällä, ikäänkuin tuo kaikki olisi kuulunut tanssin loppuaskeliin.

»Anteeksi, jos tuntui oudolta!» virkkoi sulhanen hymyillen. »Ymmärrättehän ettei sillä viululla, jolla minut on vanhaksimieheksi soitettu, enää koskaan soiteta.—Hyvää yötä!»

Joukosta kuului äänekäs helpotuksen ja ihastuksen hyminä. Sellainen lopputanssi! Sellainen sulhanen! Kukaan muu ei sellaista olisi keksinytkään!

Väki hymyili, sulhanen hymyili ja Moision ukko hymyili pöydän takana: niin sen pitää ollakkin! Selkä muille, kaikki sille yhdelle— on minun tyttäreni yhden viulun arvoinen!

Morsian yksin seisoi kalpeana—niinkuin taasen olisi ollut kesäinen sunnuntai-ilta ja hän olisi seisonut lahden rannalla ja nähnyt kuinka rinnetietä riensi kiivain askelin mies, jonka kulmilla paloi vihan lieska.

26. MORSIUSKAMARI

Morsiuskamarissa pienet lemmettäret leijailivat—hilpeinä, vallattoman veitikkamaisina.

»Hei!» huudahti muuan. »Minä se olen ensimäinen. Ensimäinen tervehdys minun, lentomuisku minun!»

»Entäs minä?»

»Ja minä...?»

He alkoivat puhua kaikki yhtaikaa.

»No no, kuulkaa nyt hiukan minuakin! Miltäs tämä minun onnitteluni kuuluu? Se pitäisi olla hienoa, vai?»

»Tui-tui!» visersi pienin kaikista lemmettäristä, joka oli toisten intoillessa pujahtanut salaa morsiusvuoteelle peitteen reunan alle, ja kurkisti sieltä veitikkamaisesti valkean lakanan laskoksesta. »Tui-tui—mitenkäs *minun*luulette heitä onnittelevan...?»

»Rasavilli!» huudahtivat toiset puolittain leikillä, puolittain tosissaan, sillä tuo oli jo kaikkienkin mielestä liian rohkeata. Ja he pyrähtivät kuin mehiläisparvi pienintä vekkulia vallattomuudestaan kurittamaan.

Mutta pienin lehahti lentoon ja piilottausi piirongin taakse— toiset jälessä.

»Hiljaa!» huudahti äkkiä joku joukosta. »Nyt se taisi vihdoinkin tanssi loppua!» Oltiin hetkinen äänettä.

»Niin loppui—nyt ne tulevat!»

Kukin riensi paikalleen, punottavin poskin ja sykkivin sydämin.

Viereisestä kamarista kuului läheneviä askeleita. Kaikkien silmät tähtäsivät oveen.

Sisään astui mies, jonka silmissä lieskui synkkä tuli—häntä seurasi kalpea morsian.

Tervehyttäjän käsi vaipui alas, hymy jähmettyi silmissä ja

onnittelut jäätyivät huulille—lemmettäret hiipivät väristen seinäviertä ovelle.

Mutta mies, jonka silmissä paloi vihan tuli, astui kiivain askelin edestakaisin huoneessa, astui ja pureskeli raivoissaan ylähuultaan. Sitte hän pysähtyi äkkiä perälle pöydän luo ja kiinnitti kalpeaan naiseen läpitunkevan, kuurakylmän katseen.

Nainen, joka oli siihen saakka seisonut ajatuksissaan piirongin luona, läheni hitain askelin kylmää miestä.

»Olavi!» sanoi hän äänellä, jossa värähteli tuska ja hellyys. »Mitä tämä oikein merkitsee, rakas Olavi...?»

»Rakas—?» kalskahti miehen hampaiden välitse kuin raepuuska ikkunanlasia vasten, ja hänen äänessään värisi itku ja nauru, vihlova iva ja katkeruus. Hän tarttui kiivaasti naisen molempiin olkapäihin.

»Pysy loitommalla!» huusi hän vihasta kiehuen ja heitti kalpean naisen luotaan niin tuimasti, että hän lensi pari syltä syrjään ja horjahti sivuseinällä olevalle sohvalle.

Kalpea nainen jäi hämmästyneenä asentoonsa—heitto oli tullut niin odottamatta. Mutta sitte hän nousi ja astui pari askeletta Olavia kohti, tyynesti ja päättävästi, pää korkealla koholla ja poskilla punaiset pilkut.

»Mitä tämä oikein merkitsee, Olavi?» kysyi hän äänellä, jossa yhä vielä väreili hellyys, mutta jonka pohjalla jo läikkyi aalto kirkasta terästä.

Olavin veri kuohui kohisten—että syyllinen uskalsi seisoa tuollalailla pää koholla ja katsoa sellaisella ylevyydellä häntä suoraan silmiin. Ja kun hänen katseensa samassa sattui myrttikruunuun, morsiamen puhtauden tunnusmerkkiin, joka ikäänkuin häntä ilkkuakseen näytti sinä hetkenä kasvavan ja kohoavan entistäänkin korkeammaksi, niin hän pelkäsi verensä tyrehtyvän ja tunsi pakottavaa tarvetta syöksyä tuon riettaan teeskentelijän kimppuun ja repiä hänet kappaleiksi.

»Sitä», huusi hän miltei mielettömän raivolla ja syöksyi hänen eteensä, »että sinä kannat vääriä koristeita, petturi!» Ja hän repäsi yhdellä tempasulla myrttikruunun huntuineen, viskasi sen lattiaan ja survoi sitä yhä rajummin metallisten runkolankojen kohoillessa kuin uhottelevat käärmeenpäät hänen jalkainsa alta: »Valehtelija, valehtelija, tekopyhä!»

Kyllikki ei liikahtanut, ei äännähtänyt, hän vain katsoi kauhistuneena—punaiset pilkut poskilla yhä laajenivat.

Kruunusta oli vain metallilankoja ja myrtinsirpaleita jälellä—Olavi potkasi vielä viimeksi hunnun syrjään. Sitte hän suoristausi ja katsoi Kyllikkiin hurjasti, niinkuin mies, joka on kukistanut yhden vihollisensa ja nyt silmää toiseen.

»Tahtoisitko nyt viimeinkin sanoa mitä tämä kaikki merkitsee» virkkoi Kyllikki—yhä tyynesti, mutta niin muuttuneella äänellä, että hän pelästyi sitä itsekkin.

»Kyllä, jumal-avita! Jos minulla olisi revolverini, niin vastaisin silmänräpäyksessä niin, ettet enää ikänä kyselisi!»

Kyllikistä tuntui niinkuin kaikki veri olisi paennut hänen suonistaan ja sen sijaan virrannut kylmä viima, huutava hätä ja neuvottomuus. Häntä oli häväisty, hänen kruununsa ja morsianonnensa oli lattiaan poletttu, jälellä oli vain mies, joka raivosi ja uhkasi. Hän tarkasti Olavia pitkään, ikäänkuin yhdellä silmäyksellä käsittääkseen mistä metallista hän oikeastaan oli tehty. Ja hän tunsi vaistomaisesti seisovansa jonkun suuren ja hirmuisen edessä, josta koko heidän tulevaisuutensa riippui—yhdestä ainoasta sanasta ja liikkeestä, mihin hän nyt ensiksi ryhtyisi. Hän muisti äkkiä jotakin ja veri syöksyi humisten hänen päähänsä... Uskaltaisiko tuo mies? Onko hänen vihansa suurempi kuin rakkautensa?

Hän teki nopeasti päätöksensä: nyt taikka ei koskaan, muuten on kaikki hukassa! Astui piirongin luo ja avasi alimman laatikon. Etsi kiireisesti jotakin, ja kun ei löytänyt, niin työnsi laatikon kiinni. Avasi sitte toisen, kohosi hetken päästä ylös ja astui tyynein, päättävin askelin Olavin eteen pöydän luo, vaikka sydän löi niin että jyskytti.

Pöydälle laskeutui vanhanaikuinen kookas revolveri, jonka tummankiiltävä piippu välkkyi kynttiläin valossa.

»Siinä on se, jota kaipaat, luoteja on täysi panos—minä odotan vastausta.»

Hän sanoi sen harvaan, ponnistaen kaikki voimansa ettei ääni pettäisi, astui pari askeletta taaksepäin ja jäi odottamaan— kasvoiltaan lumivalkeana, värähtämätön katse Olaviin tähdättynä ja hengitys miltei lakanneena.

Ratkaiseva silmänräpäys oli tullut. Se tuntui Kyllikistä pitkältä kuin ijankaikkisuus, ja hän olisi kaatunut, ellei olisi tuntenut itseään jäykäksi kuin jääpuikko.

Olavi seisoi liikkumattomana, tuijottaen häneen kuin kummitukseen. Hän oli nähnyt hänet kerran ennenkin samanlaisena, yhtä kalpeana ja päättäväisenä—silloin vanhan Moision edessä. Ja tuo vertaus iski häneen kuin ahdistava tuska, ja revolveri pöydällä oli niinkuin vaatteet, joita Kyllikki taasen alkoi riisua.

»Mitä sinä oikein tarkotat—tahdotko tehdä minut hulluksi?» huusi hän tukehtuneella äänellä, repien molemmin käsin epätoivoisena tukkaansa ja syöksähtäen rajusti ovellepäin.

Kyllikki tunsi veren ja lämmön palaavan tyrskyten ruumiiseensa.

Olavi astui pari kertaa perän ja oven väliä ja riensi sitte kuin tuulispää Kyllikin eteen. Hänen verensä oli päässyt salpauksestaan ja hän tunsi taasen kohoavansa tuomari-istuimelleen.

»Sinä vielä uhmaat, salapetturi!» huusi hän vihasta kalpeana ja jalkaansa lattiaan polkaisten. »Tiedätkö mikä sinä olet? Valehtelija ja valapatto! Ja mitä sinä olet tehnyt? Sinä olet pettänyt minut! Sinä olet turmellut minun hääiltani—sinä olet hävittänyt minun onneni ja tulevaisuuteni—sinä olet häväissyt minut koko maailman edessä—sinä et ole puhdas, vaan sinä...» Ilma loppui hänen keuhkoistaan ja hän veti sitä kiihkeästi, jatkaen särkyneellä äänellä:»Ja nyt on tilin hetki tullut! Tunnetko sinä erään miehen, elukan, jolla oli tänä iltana punainen nauha kaulassa ja paksut hopeaperät liivin päällä? Valehtele nytkin, jos uskallat!»

»Tunnen—hyvinkin.»

»Tietysti, kuinkas muuten...!» Hän nauroi kamalaa, hermostunutta naurua.

»Ja tuo elukka tuli minun hääiltanani minun eteeni ja sanoi...» Hän keskeytti lauseensa, hän tahtoi häntä kiduttaa.»Mitä hän sanoi—?» kysyi Kyllikki henkeään pidättäen.

»Sitä, minkä sinä itsekkin tiedät—*että sinä olet ollut hänen vaimonsa, vaikka vihkimättä!*»

Ja Olavi näki tyydytyksekseen kuinka tuo lause iski Kyllikkiin kuin vasama—niinkuin tarkotuskin oli.

Kyllikki tunsi joka luusolmunsa vapisevan. Hän tunsi vihaavansa Olavia—koko tuota sukua, joista yksi kantoi väärää todistusta ja toinen raivosi, jotka puhuivat *heidän* hääillastaan ja *heidän* onnestaan ja vaativat puhtautta—muilta vaan ei itseltään. Hän tunsi että heidän täytyi nyt iskeä yhteen ja repiä toisiaan, pelkäämättä ja armahtamatta—murskata kaikki, jos mieli mitään rakentaa.

»Entä sitte?» kysyi hän kylmänkirkkaalla äänellä, pää koholla.

»Entä sitte—?» huusi Olavi raivostuneena.

»Niin. Sehän on vain yksi ainoa, vai onko ilmotettu useampia...?»

»Yksi ainoa! Herra Jumala, minä tapan sinut—nyt, tällä hetkellä!»

»Tapa!» Ja hän kiinnitti Olaviin uhmaavan katseen ja jatkoi kylmällä, varmalla äänellä:»Kuinka monta vihkimätöntä vaimoa sinulla itselläsi on ollut...?»

Olavi mörähti niinkuin häntä olisi pistetty puukolla rintaan. Sitte hän iski raivoissaan molemmilla nyrkeillään päähänsä että jysähti, kääntyi poispäin ja alkoi karata hurjasti edestakaisin, tukkaansa repien ja raivoten:»Minä tapan sinut ja minä tapan itseni—tapan, tapan, tapan!»

Hetkisen riehuttuaan hän heittäytyi sohvalle, repäsi takkinsa auki niin, että napit sinkoilivat irti, tarttui valkoiseen rusettiinsa, tempasi sen poikki ja viskasi lattialle huutaen tuskissaan:»Miksi minun pitää tätä helvettiä kärsiä? Ei kellään ole näin kurjaa hääiltaa, ei kukaan ole näin onneton!»

Kyllikki seisoi yhä paikoillaan, antaen Olavin raivota ja tuskitella ja tuntien niinkuin se pohja, jolla hän itse seisoi, olisi yhä varmistunut. Vihdoin hän meni hiljaa Olavin eteen sohvan luo.

»Pitääkö minun vihata ja halveksia vai rakastaa sinua?» sanoi hän tyynellä äänellä. »Sinä kuuntelet juopuneen miehen valeita sensijaan, että kysyisit siltä ainoalta, johon voit ehdottomasti luottaa, tai edes olisit antanut selityksen, kun sitä pyysin. Minä en ihmettele, että tuo mies teki niinkuin teki ja antoi sinun hääiltanasi maistaa pisaran sitä samaa myrkkyä, mitä epäilemättä olet itse monelle muulle valmistanut. Mitä häneen tulee, niin hän on tavallaan nuoruudentoverini, erään mahtavan talon poika, ja minä olen ollut pienestä pitäin kuin hänelle luvattu. Ja hän, puolikymmentä vuotta minua vanhempi, kohteli minua lapsempana kuin morsiantaan, jopa yritti joskus hyväilemäänkin, kun olin niin lapsi, etten ymmärtänyt edes suuttua. Mutta siinä onkin kaikki, vaikka tuo raukka on juovuspäissään ja harmissaan koettanut uskotella sinulle jotain muuta.»

»Onko se totta, Kyllikki—?» huudahti Olavi ponnahtaen sohvalta ylös.

»On. Kyllä *minä* olen puhdas, mutta *sinä*—oletko sinä oikeutettu puhdasta vaatimaan...?»

»Olenko minä oikeu...?» kuohahti Olavi, mutta lause jäi kesken ja hän vaipui takaisin sohvalle, tarttui molemmin käsin päähänsä ja ummisti silmänsä kuin pahaa näkyä torjuen.

»Sinulle olisi ollut oikein», jatkoi Kyllikki, »jos asia olisi ollut niinkuin luulit—niin olisi *pitänyt* olla! Ja sinä tiesit sen itse, siksi sinä raivosit ja uhkasit tappaa.»

Hän oli hetken vaiti, katsellen sohvalla voihkivaa Olavia.

»Niin, puhdasta, se on oikein että pidätte siitä vaatimuksesta kiinni. Mutta oletko sinä kertaakaan tänä iltana ajatellut mitä minä saan—minä, joka *olen* puhdas?»

»Älä kiduta minua!» valitti Olavi käsiään väännellen. »Kyllä minä sen ymmärrän, ja kyllä minä olen sinuakin ajatellut—oh, oh!»

»Niin oletkin ... joskus. Siitä oli sinun kirjeessäsi, pari sanaa vain, mutta syvästi. Minä ymmärsin sen anteeksipyynnöksi, ja voin ottaa kaiken vastaan semmoisenaan, sillä minä ajattelin silloin enemmän muita kuin itseäni. Mutta tänä iltana...»

»Voi Jumala tätä kurjuutta—kaikki on mennyttä!» vaikeroi Olavi itkunsekaisen hermostuneella äänellä ja alkaen taasen tukkaansa repiä. »Tätä iltaa, tätä iltaa, joka on ollut minun kauniin unelmani, jota minä olen odottanut kuin suurta sovintopäivää. Kaikki on sirpaleina: kruunut ja hunnut, toiveet ja unelmat— minun hääyöni, minun hääyöni... sitä ei minulle annettukaan!»

Hän heittäytyi tuskissaan sohvan päänojan yli suulleen ja ratkesi raivoisiin nyyhkytyksiin.

»Sinun hääyösi?» sanoi Kyllikki värähtelevällä äänellä. »Eikö sinulla jo ole ollut hääyösi...? Mutta minun hääyöni»—hänen äänensä petti—»sitä ei ole ollut, eikä sitä tule koskaan...!»

Hän pyrskähti rajuun, epätoivoiseen itkuun, lysähtäen sohvan toiseen nurkkaan ja väristen koko ruumiiltaan.

Ja morsiuskamarin täytti itku ja valitus, nyyhkytykset ja huokaukset ja onnettomuuden tunto niin syvä, että olisi luullut seinien puhkeavan niiden jännityksestä. Kyllikin itku paisui toisinaan korvia vihlovaksi valitukseksi ja Olavi väänteli ja vieriskeli tuskissaan kuin avuton lapsi.

Hän säpsähti kuin unesta havahtuen tuntiessaan kierineensä

tietämättään aivan Kyllikin viereen. Ja hän vierähti lattialle hänen eteensä, kiertäen kätensä hänen polviensa ympärille ja painaen päänsä hänen syliinsä.

»Tapa minut!» huusi hän epätoivoissaan. »Anna ensin anteeksi, ja tapa sitte!»

Kun Kyllikki tunsi hänen käsivartensa jalkojensa ympärillä, niin hän lakkasi värisemästä ja tunsi itkunsa ja tuskansa tyrehtyvän siihen puristukseen.

»Mikset sinä vastaa?» huusi Olavi. »Ellet voi antaa anteeksi, niin tapa edes—tai minä tapan itse itseni!»

Mutta Kyllikki ei puhunut mitään. Hän ainoastaan kumartui eteenpäin ja pujotti kätensä hiljaa Olavin käsivarsien alle, alkaen vetää häntä ylöspäin—voimakkaasti ja hellittämättä, kunnes sai Olavin puolikoholle, jolloin puristi hänet lujasti itseään vasten.

Lämmin aalto huuhtasi Olavin rintaa ja hän kiersi käsivartensa Kyllikin ympärille, niinkuin kiitollinen lapsi kietoo kätensä äidin kaulan ympäri:

»Purista minut nyt kuoliaaksi, niin minä olen saanut ne molemmat, mitkä pyysin!»

Mutta Kyllikki ei sanonut sanaakaan, ainoastaan puristi. Ja he lepäsivät siten pitkän aikaa, niinkuin kiivaasta itkusta väsyneet lapset.

»Olavi!» sanoi Kyllikki vihdoin, hellittäen puristuksestaan. »Kun sinä pyysit minua omaksesi, niin sanoit ettet pyydä minua kanssasi onnea jakamaan, vaan kärsimään ja ponnistelemaan.»

»Se oli silloin», valitti Olavi, »mutta silloin minä kuitenkin toivoin onnea.»

»Vaan se tarkotti juuri tätä iltaa—tämä on meidän ensimäinen kärsimyksemme.»

»Johon kaikki särkyi … kaikki, kaikki!»

»Ei kaikki, ainoastaan hääyömme onni—kaikki muu on jälellä.»

»Ei ei, älä koeta pettää itseäsi ja minua. Ja mitä minä itsestäni! Minä olen osani ansainnut, mutta sinä, jonka täytyy...»

»Ei sanaakaan siitä enää, Olavi», keskeytti Kyllikki, »ei nyt eikä vasta! Minä olen sen jo unohtanut...»

»Kaikkiko...?»

»Kaikki—sinun tähtesi kaikki, Olavi!» sanoi hän lämpimästi. »Ei ihminen saa aina kaikkea, mitä toivoo, ja jos me emme voineet olla hääyönämme sulhanen ja morsian, niin voimme olla ainakin tovereita.»

»Onnettomuustovereita...!» huokasi Olavi raskaasti, ja he puristautuivat yhteen niinkuin kaksi orpoa, rikkirevittyä sielua, jotka voivat turvautua ainoastaan toisiinsa.

»Olavi!» kuiskasi Kyllikki hetkisen päästä. »Meidän täytyy mennä jo levolle, sinä olet niin väsynyt.»

Heidän katseensa lennähtivät yhtaikaa valkoiseen morsiusvuoteeseen ja sitte säikähtyneinä toisiinsa. Ja he lukivat toistensa silmistä kuin kirjasta, mitä kummankin sielussa sinä silmänräpäyksenä liikkui.

»Emmekö voi levätä tätä lyhyttä aamuhetkeä tällä sohvalla?» kysyi Kyllikki väräjävin äänin.

Olavi tarttui hänen käteensä ja painoi sen sanaakaan sanomatta huulilleen.

Kun Kyllikki nousi, mennäkseen tyynyjä ottamaan, sattui hänen katseensa pöytään. Hän meni sen eteen ja otti Olavilta salassa jotakin, meni sitte piirongin luo ja sulki avoimen laatikon. Olavin kiitollinen katse saattoi häntä vuoteen luo.

Mutta kun hän otti esiin kaksi valkeanhohtavaa tyynyä, joiden pitseihin onnellinen morsian oli niitä kuntoon laitellessaan painanut sykkivin sydämin kaihon ja riemun suudelmia ja niiden rypytettyihin nauhoihin kuumien huulten salaisia tervehdyksiä, niin hänen hartiansa alkoivat värähdellä ja hän jäi selin paikoilleen, puuhaten kiihkeästi nauhain kera, ikäänkuin jotain olisi epäkunnossa.

Olavin silmäluomet alkoivat räpähdellä ja niiden väliin tulvahtivat kuumat vedet. Hän nousi ja hiipi varpasillaan Kyllikin taakse.

»Kyllikki!» sanoi hän rukoilevalla äänellä, kääntäen hänet hartioista hiljaa puoleensa. »Kaikkiko...?»

»Kaikki!» vastasi Kyllikki kyynelten läpi säteilevin silmin, kietoen kätensä Olavin kaulaan. »Anna minulle anteeksi lapsellisuuteni.»

Ja Olavi sulki, kuumain kyynelten yhä tipahdellessa, hänet kiitollisena ja riemullisena syliinsä——.

»Älä sammuta vielä tulia, Olavi—annetaan niiden palaa koko yö», pyysi Kyllikki, joka lepäsi jo sohvalla.

Olavi nyökäytti päätään, ja laskeutui hänkin sohvalle—jalat sen jatkoksi asetetulle tuolille ojennettuina ja päätään Kyllikin syliin nojaten.

»Anna minulle kätesi!» pyysi hän ojentaen toisen kätensä päänsä yli
Kyllikkiä kohti.

Kaksi himmeästi sädehtivää silmäparia alkoi kuiskailla toisilleen kuin kaksi yksinäistä tähteä puolipimeällä syystaivaalla, maan huokaillessa öisen hämärän peitossa.

IV

27. UNISSAKÄVIJÄ

Hän oli unissakävijä, vaikkei hän uskaltanut sitä itselleenkään tunnustaa.

Sillä unissakäynnissä on jotain salaperäistä ja kammottavaa.

Levoton sielu nousee ja lähtee omille retkilleen. Ruumis seuraa mukana, mutta tajutonna. Silmät ovat avoinna, mutta näkevät ainoastaan sen verran, kuin omia teitään hiiviskelevä henki tahtoo niiden kautta kurkistaa. Se kiipee katoille kuin orava, se kulkee kapeilla harjalaudoilla huimaavassa korkeudessa. Se avaa ikkunoita ja istuu niiden kaltaalla kuilujen päällä, se pitelee teräaseita kuin lapset lastuja leluinaan. Ja syrjäinen, joka havahtuu ja sellaista näkee, kavahtaa koko olennossaan, sillä hän ymmärtää että se on sielu, joka hiipii öisillä retkillään.

Olavi oli käynyt unissaan jo pitemmän aikaa—lähes siitä pitäin, kun Kyllikki hänen toverikseen liittyi.

Hääyö oli unohdettu, siihen ei kajottu koskaan viittauksellakaan. He olivat koettaneet sulautua toisiinsa kaiken sen kauniin ja syvän pohjalla, jolla kummankin olemuksessa oli niin vankat juuret, ja kaiken sen eteenpäinpyrkivän ja rynnistävän pohjalla, joka aukoi heidän tulevaisuudensarkojaan ja -viemäreitään.

Olavi oli vaimostaan ylpeä, sillä hän liikkui kuin kesäinen sunnuntai heidän uuden mökkinsä palkeilla—tyyneenä ja kirkassilmäisenä, angervon tai katajan tuoksu aina ympärillään. Ja hän tunsi kiitollisuutta, kunnioitusta ja rakkautta häntä kohtaan —että hän oli niin hellä ja uskollinen toveri.

Mutta sitte tuli unissakäynti—hiljaa, hiipien kuin yölintu.

Hän oli kulkenut jo pitkät ajat siitä itse mitään tietämättä. Eikä hän tahtonut sitä vieläkään uskoa, vaikka oli jo muutamia kertoja ollut vähällä havahtua täyteen selvyyteen. Ja hän oli iloinen ettei ainakaan Kyllikki mitään epäillyt, koskei ollut mitään virkkanut. Sillä hän ei pelännyt mitään niin kuin sitä hetkeä, jolloin vaimonsa havahtuisi ja virkkoisi väräjävin äänin: eikö minun käsivarteni ole kyllin lämmin sinua luonani pidättääkseen, ja eikö minun henkeni ole kyllin joustava sinun sieluasi syliinsä sulkeakseen?

Aivan viime aikoina hän oli tuntenut itsensä levottomaksi pelkästä tuon mahdollisuuden pelosta. Ja hän pureutui vastapainoksi työhön, raataen kuin hurja Isonsuon rantamaa mökkinsä ympäriltä. Eikä puuhaillut ainoastaan omalla suo-osallaan, vaan juoksi ja hääri koko laajalla suolakeudella—siitä paisui lopulta suurenmoinen, koko kyläkuntaa koskeva kuivaus- ja raivaussuunnitelma.

Siitä huolimatta hän yhä unissaan käveli.

* * * * *

Oli muuan noita hiljaisia hämyhetkiä, jolloin Olavi oli juuri palannut työmaaltaan ja mökin seinähirret kuiskailivat ja odottivat.

Kyllikki hiipi hiljaa kuin hämärä hänen luokseen, pujottautuen hänen avautuvaan syliinsä, kysellen katseillaan hänen kuulumisiaan ja kertoillen omia mielialojaan.

Olavi hymyili, mutta hän ei etsinyt Kyllikin silmien sisintä, eikä hetkisen päästä enää edes häntä katsellut, vaan tähysti kauvas eteensä, ikäänkuin yhä vielä päiväisiä työmaitaan katsellen.

Kului hetkinen.

Olavin toinen käsi kohosi kuin uneksien ja irrotti Kyllikin hiussykeröstä luuneulan, päästäen hänen pitkän tukkansa vapaaksi alas. Ja hän silitteli hänen silkkihienoja hiuksiaan—yhä hymyillen ja etäisyyteen katsellen—kiersi niiden latvat hyväillen kätensä ympäri ja puristi käden hiuksineen hänen vyötäisilleen.

»Oma tyttö!» kuiskasi hän katsahtaen Kyllikkiin kuin harson läpi ja etsien hänen huuliaan.

Ja Kyllikki tunsi kesken suutelon kuinka Olavin hiuksiahyväilevä käsi värisi hänen vyötäröllään. Hän katsahti liikutettuna Olavin silmiin, mutta hämmästyi nähdessään niiden oudon ilmeen.

Niinkuin ne olisivat harhailleet jossain kaukana.

Ja se hämärä, aavistuksentapainen levottomuus, joka oli jo pitemmän aikaa häntä ahdistanut, syöksähti nyt kuin suuri hätä hänen sieluunsa. Ja kuta kauvemmin hän katsoi, sitä suuremmaksi hänen hätänsä kasvoi—kunnes hänet äkkiä valtasi kamala tunne.

Niinkuin se, joka silmien kautta katseli, olisi paennut pois ja jälelle jäänyt ainoastaan syleilyyn jäykistynyt sieluton ruumis.

Hän alkoi väristä kauttaaltaan, tuntien valahtavansa kylmäksi kuin jää. Ja hän riistäytyi äkkiä irti, vaipuen hervotonna pienelle puusohvalle.

Olavi seisoi paikkaansa kivettyneenä, voimatta jäsentäkään liikauttaa.

Heidän välillään oli yhdessä silmänräpäyksessä tapahtunut jotain kauheata, johon ei kumpainenkaan uskaltanut kajota, mutta joka kuvastui sanattomana selvyytenä heidän katseissaan.

Niinkuin heidän allaan olisi äkkiä auvennut syvä meri, paljastaen sinervän vaippansa alta mutaisen pohjan levämetsän ja sen oudot asukkaat kurottavine tuntosarvilleen ja suurine kummituksensilmineen.

Se lamasi voiman ja hyyti veren.

Ja ikäänkuin tätä näkyä torjuen nuori vaimo vihdoin kätki kasvot käsiinsä, nyyhkyttäen ja väristen.

»Sinun sielusi, sinun sielusi, Olavi!» vaikeroi hän kuin pieni lapsi.

Olavi seisoi kuin unen ja valvonnan rajalla. Mutta nähdessään toisen värisevän ja nyyhkyttävän, hän ikäänkuin havahtui, koettaen irtautua tuosta kauhun lumouksesta.

»Kyllikki…?» pyysi hän rukoillen.

Kyllikki katsahti häneen nyyhkytystensä keskeltä kuin outoon, josta ei tiedä mikä hän on.

»Kyllikki-rukka…» sanoi Olavi tukehtuneella äänellä, istuutuen sohvan toiseen päähän. Mutta hän pelästyi omaa ääntään eikä saanut sanaakaan enempää esiin—niinkuin hän olisi ollut aave, joka ei uskaltanut puhua tuon toisen kanssa, joka oli ihminen.

Kun Kyllikki näki hänen sanattoman tuskansa, niin hänen oma onnettomuutensa rynnisti epätoivon voimalla esiin.

»Minä tiesin että kärsimystä oli tuleva», puhui hän vavahtelevalla äänellä. »Sillä sinun sydämesi kammioissa oli asunut niin moni, etten minä voinut toivoakkaan saavani siellä aluksi kuin pienen nurkkakamarin osalleni. Mutta minä rakastin sinua niin palavasti ja tunsin itsessäni niin suuria voimia, että luulin voivani vallottaa vähitellen kamarin toisensa perään, kunnes minulla olisi koko talon avaimet hallussani—vaan minä en voinutkaan...» Hän ratkesi jälleen nyyhkytyksiin.

Olavi tunsi pakottavaa tarvetta puhua, mutta hänen sydämensä oli kuin sulettu kammio.

»Se on niin kauheata, kun minä sen nyt kokonaisuudessaan ymmärrän ja näen voimattomuuteni», valitti taasen Kyllikki.

»Sinä olet yhä vieläkin kulkija ... ja minä olen heikko ... ja sinä karkaat minun luotani ... niiden luo, jotka sinua odottavat...»

»Voi Jumala!» vaikeroi Olavi tuskissaan. »Älä puhu semmoista— tiedäthän sinä etten minä tahdo olla kenenkään muun kuin sinun, sinun ainoan luonasi!»

»Mutta sinä menet kuitenkin, tahtomattasi! Ja ne tulevat hymyillen sinua vastaan! Minä olen yksin, vaan heitä on monta. Ja he voittavat minut, sillä minä en voi antaa enemmän kuin yksi voi. Mutta he kuiskailevat sinulle lakkaamatta siitä, mitä nainen voi vaan kerran elämässään antaa, kukin omalla tavallaan...»

»Kyllikki!» katkasi Olavi hänen kiihtyneen puheensa, katsoen häntä rukoilevasti silmiin.

Mutta Kyllikki jatkoi kuin jäitään purkava puro:

»Ja he kostavat minulle sen, että minä tahdoin sinut yksinäni omistaa! Ja kun sinä lepäät minun sylissäni, niin he tulevat hymyillen ja kuiskaillen, ja pujottavat käsivartensa väliin, ja ojentavat huulensa ja...»

»Kyllikki!» huusi Olavi, tarttuen kuin hukkuva hänen käteensä.

»...ja sinä hetkenä sinä syleiletkin *heitä* ja

suutelet *heidän* huuliaan!» päätti Kyllikki epätoivon kiihkeydellä, vääntäen kätensä kiivaasti irti ja ratketen itkuun.

Olavi istui tyrmistyneenä. Nyt se oli sanottu—se, joka hiipi kuin kirous hänen kintereillään ja levisi kuin näkymätön myrkky kaikkialle. Kyllikin onnettomuudentunto kasvoi kuin vierivä lumipallo. Millaista petoselämää he olivat eläneet—luulotelleet ja toivoneet, vaikka alaston toivottomuus ammotti kaikkialta.

»Kun minulla olisi edes se, jota minä olen jo toista vuotta ikävöinyt ja odottanut, niin minä olisin osaani tyytyväinen. Sillä sitä ei kukaan voisi minulta riistää, ei mikään voima maailmassa! Mutta ... ja nyt minä ymmärrän syyn—minulla ei ole enää koskaan mitään toivoa!»

Hän rupesi ääneensä valittamaan.

Niinkuin veitsenterä olisi viiltänyt Olavin sydämeen—arkaan, kivusta värisevään kohtaan. Hän oli koettanut lohduttaa vaimoaan, vaikka hänen omaa mieltään oli jo pitemmän aikaa painanut epätoivon kylmä jää. Kenenkä muun kuin hänen voisi olla syy—nyt sen ymmärsi tuo toinenkin! Hän tunsi jähmettyvänsä kiveksi tuskansa painon alla ja jäi sanaa sanomatta synkästi eteensä tuijottamaan.

Kun Kyllikin mielenapeus hetkisen päästä hiukan vaimentui, niin häntä lähes kammotti ympärillään vallitseva hiljaisuus, jonka hän nyt äkkiä huomasi.

Hän kääntyi nopeasti Olaviin ja näki hänen hämärän varjostamat kasvonsa niin surun murtamina, että hän pelästyi ja tunsi syvää katumuksen tunnetta.

»Olavi, Olavi rakas!» sanoi hän tarttuen hänen käteensä. »Mitä minä olenkaan tehnyt? En minä sinua moittia tahtonut. Syyhän voi olla yhtä hyvin minun ... ja aivan varmaan onkin, enemmän minun kuin sinun.»

Mutta Olavi oli kuin kivettynyt, ainoastaan voimakkaat

puistatukset kulkivat hänen lävitsensä.

Kun Kyllikki näki hänet sellaisena, niin hänen oma surunsa hiukeni ja hänet valtasi ääretön mielipahan ja hellyyden puuska.

»Älä ole niin surullinen, Olavi!» sanoi hän sellaisella lämmöllä kuin hänen täytyisi sovittaa suuri rikos. »Kuinka minä olinkaan sellainen—niin ajattelematon ja tuhma, niin heikko ja itsekäs...»

»Ei», sanoi Olavi. »Sinä olit se kuin sinun pitääkin olla: minun omatuntoni—muuten sinä et oikea toveri olisikaan.»

»Älä sano niin, Olavi, sillä juuri sen minä unohdin! Ne kaksi sanaa, joille kaikki perustuu: kärsiä ja ponnistella—yhdessä, kuuletko sinä Olavi: *yhdessä*!»

Hän pujottautui hiljaa hänen syliinsä ja kietoi käsivartensa hänen ympärilleen.

»Ymmärräthän sinä?» puhui hän kuohuvalla äänellä. »Se tuli siitä, kun minä sinua niin rakastan! Minä tahdon sinut kokonaan! Minä en päästä sinua irti, en en, vaan pakotan sinun katsomaan silmiini. Ja minä ajan ne pois, jotka tahtovat tulla meidän väliimme, sillä minä olen taas vahva. Ja sinä olet ainoastaan minun ... kuuletko sinä Olavi, minun, minun!—Mutta miksi sinä olet tuollainen, puhu minulle jotain!»

Ja tuo suuri lämpö leimusi kuin valtava nuotio Olavin ympärillä, niin että hän tunsi jäykistyneiden jäseniensä jälleen sulavan ja sydänalansa lämpenevän.

»Kuinka hyvä sinä oletkaan, Kyllikki!» sanoi hän kimaltelevin silmin. »Sinä olet minulle kaikki kaikessa—ilman sinua minä hukun. Kunpa minä vaan tietäisin yhden asian?»

»Minkä...? Sano se, Olavi!»

»Ettet sinä halveksisi minua, vaan luottaisit minuun—siihen että minä tahdon olla ainoastaan sinun.»

»Luotanhan minä!» puhui Kyllikki. »Minähän tiedän että me tarkotamme samaa. Mutta meillä on vihollisia, jotka meitä vainoovat. Vaan me voitamme ne, aivan varmaan! Ja sinä otat minut—kokonaan ... niinkuin silloin sinä kesäiltana, kun sinä Kohisevasta läksit...! Ja minä saan sinut—kokonaan ... ja— kuuletko Olavi—silloin minä saan senkin... sen, jota ilman minä en voi elää...!»

Mökin seinähirret huokasivat syvään: »Sen sinä oikein sanoit, siitä se riippuu. Kirsi ja sammal—me ne kyllä tunnemme!»

28. ELÄMÄN LANKOJA

Kirkkalassa 7 p. toukok. 1899.

Sinä ainoa!

Älä suutu, että minä sinulle kirjotan ... kuinka sinä voisitkaan suuttua että minä tulen sinun luoksesi, sinä, joka olet niin hyvä! En minä olisi tahtonut, mutta minun täytyy, sillä minulla on niin paljo sinulle kerrottavaa. Nyt on kevät niinkuin silloinkin, ja silloin minuun tulee aina semmoinen kaiho, että minun täytyy lähteä sinua etsimään ja saada puhua sinun kanssasi ... sitte minä taas voin odottaa seuraavaan kevääseen. Kyllä kai sinä olet tuntenut, että minä olen käynyt sinun luonasi ... nyt minä tulen tällä tavalla, kun minä sain kuulla sinun osotteesi.

Muistatkos sinä sitä tarinaa, jonka minä silloin kerroin ... siitä tytöstä ja pojasta ja merkistä, ja mitä minä silloin pyysin ja sain. Minä olen nyt myöhemmin ajatellut, että jäiköhän sinun mieleesi silloin joku väärinkäsitys, kun sinä tulit niin miettiväksi ja totiseksi, sellainen etten minä ollutkaan itsestäni oikein varma, vaan epäilin ja hätäilin etten olisikaan aina sinun omasi, niinkuin tahdoin. Mutta ei se niin ollut, rakas Olavi, kyllä minä jo silloinkin itseni tiesin, vaikken minä tietänyt sitä niin syvästi kuin nyt. Voi kuinka se on syvää ja lujaa! Minä olen lukenut erään runon, kyllähän sinä sen tunnet, ja siinä on yksi lause, joka sanoo kaikki: *»Se hetken on työ, kun salama lyö, mut ijäks jäljen se puuhun syö!»* Niin se on, siihen ei ole mitään lisättävää, se on kuin Jumalan sormella kirjotettu. Ja niin sen täytyykin olla, muutoinhan ei rakkaus mitään olisikaan.

Mutta ei sitä kaikki ymmärrä, eikä puoletkaan. Ihmiset ovat niin kummallisia. Ne ihmettelevät ja kyselevät kaikenlaista ... esimerkiksi sitä, kuinka minä olen näin yksin, aina vaan yksin. Vaan eiväthän he voi ymmärtää etten minä olekkaan yksin, en ensinkään yksin.

Vaikka ... oi Olavi, jos sinä tietäisit, mitä minä olen näinä vuosina tuntenut ja kokenut! Uskallankohan minä sitä kertoakkaan? Kyllä minun täytyy, koska minä sitä varten tulinkin, että kaikki kertoisin ja minun sitte olisi helpompi. Minä olen ikävöinyt sinua niin kauheasti, enkä minä ymmärrä kuinka minä olen jaksanut tähän saakka elää! Olavi, Olavi, älä katso sillälailla, minä vaan kuiskaan sen hiljaa sinun korvaasi... Minua ovat pahat ajatukset vaivanneet. Niinkuin joku olisi aina kulkenut minun takanani ja kuiskuttanut: katsoppas, tuossa on veitsi, se on ystäväsi, ota ja paina, ja se tuntuu rinnassasi niinkuin iltatuuli kuumilla kasvoilla! Etkö huomaa: joki on tulvillaan! Kaivon ohi minä tuskin uskalsin kulkea, sillä se katsoi niin kummallisesti, kuin kutsuen. Ja aivan varmaan minä olisin hukkunut, ellet sinä olisi minua pelastanut. Kun minä muistin miltä sinusta tuntuisi sellaista kuullessasi, silloin minä näin sinut ilmielävänä edessäni. Sinä katsoit minuun nuhdellen, katsoit etkä mitään puhunut, ja silloin minä häpesin että minä olin niin eksymäisilläni, että olisin voinut sinulle surua tuottaa. Ja sinä nyökäytit minulle pääsäi, ja annoit anteeksi ja olit jälleen hyvä.

Sitte minä toivoin että tapahtuisi joku ihme, joka toisi sinut jälleen minun luokseni. Minä toivoin että sinua kohtaisi tapaturma ja että minä sitte pelastaisin sinut omalla hengelläni. Että käärme purisi sinua... purevathan ne usein ihmisiä. Sinä tulisit yöllä tukkilaisten kanssa, ja jo aamulla kuuluisi kylän läpi huuto: voi voi, käärme on purrut Koskenlaskijaa, se makaa jo aivan tajutonna! Minä riennän muiden kanssa paikalle ja laskeudun sanaa sanomatta sinun viereesi, ja painan huuleni myrkkyhaavaan ... ja imen. Ja minä tunnen kuinka myrkky kulkee sinun veresi kanssa minun suoniini niinkuin suuri onni, jota minä olen kauvan odottanut. Minun pääni käypi yhä raskaammaksi ja painuu sitte hiljalleen nurmelle viereesi, mutta sinä jäät eloon ja ymmärrät että minä olin sinulle uskollinen kuolemaan saakka.

Tätä minä odotin joka kevät. Sitte minä toivoin että sinä sairastuisit. Olisit kauvan, hyvin kauvan sairaana, ja veresi olisi niin vähentynyt ja heikentynyt, että se enää vaan hiljaa tykähtelisi, itse jo makaisit horroksissa. Kun nyt olisi joku, sanovat lääkärit, joka antaisi ottaa vähän vertaan häneen, niin hän jäisi eloon, sillä tauti on jo voitettu. Ei ole ketään, kaikki ovat vieraita. Silloin minä saan kuulla asiasta ja juoksen joutuin sairashuoneelle. Lääkärit heti toimeen, sillä on kiire. Minun valtasuoneni avataan ja siitä viedään putki sinun suoneesi. Ja se vaikuttaa heti, sinä jo liikutat kättäsi, vaikka olet vielä horroksissa. Vielä vähän, sanovat lääkärit, kyllä sitä voi vielä ottaa, koska tyttö vain hymyilee. He eivät tiedä kuinka heikko minä olen. Ja kun sinä havahdut, makaan minä kylmänä ja kalpeana, mutta hymyilen kuin morsian, ja sinä annat minulle morsiussuudelman. Sillä minä olen nyt sinun verimorsiamesi ja ijankaikkisesti sinuun yhdistetty ja elän aina sinussa...!

Mutta se kaikki oli vain unta. Käärme ei purrut etkä sinä sairastunut, ja sitte minä en edes tietänyt mihin sinä hävisit. Silloin minä toivoin itselleni kuolemaa, sillä minä olin niin heikko. Ja odotin sitä päivästä päivään ja viikosta viikkoon ja kirjotin jo sinulle jäähyväiskirjeeni. Mutta kuolema ei tullut ... minun täytyi vaan elää.

Minä olen ollut niin sairas, Olavi ... minun sydämeni. Minä luultavasti olen liiaksi tunteellinen, sillä minua sanottiin jo lapsena uneksijaksi ja minua on nyt isompanakin moitittu. Mutta kuinka minä voisin unohtaa sinut ja ne hetket, jotka ovat minulle niinkuin koko minun elämäni rippi ja ehtoollinen. Kuinka minä unohtaisin ne illat, jolloin istuin lattialla ja pidin sinun jalkojasi sylissäni ja sain katsella sinua silmiin. Sinun jaloistasi tuli minuun lämpöä ja sinun vertasi virtasi minuun ... voi rakas Olavi, minä tunnen sen vielä nytkin ja värisen.

Anna minulle anteeksi, Olavi, että minä olen tällainen! Minun onkin nyt taas parempi, kun minä olen saanut puhua sinun kanssasi ja antaa sinulle tiedon minun rakkauteni uskollisuudesta ja minun kiitollisuudestani siitä, mitä sinä minulle annoit niinä lyhyinä hetkinä. Minä itse vaan olin silloin niin lapsellinen ja köyhä … nyt myöhemmin minäkin olisin voinut antaa sinulle jotain. Kuinka onnellinen minä olisinkaan ollut, jos me olisimme voineet olla aina yhdessä, maa olisi ollut taivas ja ihmiset enkeleitä. Kun minä nytkin voin olla joskus niin onnellinen, vaikken minä saa omistaa sinua kuin salassa. Salassa minä sanon sinulle hyvääyötä ja suutelen sinua, ja kenenkään tietämättä sinä makaat joka yö minun käsivarrellani. Ja tiedätkö, Olavi? Se on niin kummallista, etten minä tiedä mitä se on. Nyt aivan viimeisinä aikoina minä olen joskus tuntenut niinkuin sinä olisit oikein elävänä ja lämpimänä minun vieressäni ja kuiskaisit: oma tyttö, oma tyttö! Silloin minä olen aina niin onnellinen … mutta sen jälkeen minä itken niin kovin.

Oli minulla vielä jotain, vaan kuinka se nyt unohtuikaan. Se oli … se oli … no, nyt minä sen jo muistan! Niin, se olikin siitä kaikkein kauniimmasta ja suurimmasta, jota minä sinulta silloin pyysin. Tiedätkö sinä kuinka se on? Ihme on tapahtunut, vaikkei siitä muut tiedä! Minä sain sen sittekin sinulta, sinä keväänä, jolloin minä olin niin kovin sairas … enkä minä voisi ilman elääkkään. Hän on nyt kahden vuoden vanha. Voi voi, jos sinä näkisit hänet! Sellaiset silmät, sellainen ääni … hän puhuu aivankuin sinä. Älä ole huolissasi, kyllä minä hänet hyvin kasvatan ja opetan. Jokainen pistos hänen vaatteissaan on minun ompelemani, hän on kuin prinssi, ei kellään ole sellaista lasta! Me olemme aina yhdessä ja puhelemme sinusta. Äitiä minun vaan tulee sääli, kun se katselee joskus minua niin kummallisesti ja sanoo että minä muka puhelen itsekseni … äitirukka, mitäs hän tietäisi minun prinssistäni ja sen isästä ja että minun täytyy puhella lapsen kanssa…

Niin, mitäs minun vielä pitikään … en minä nyt enää muista. Minun on nyt niin hyvä olla, kun minä sain kaikki kertoa. Ja nyt tuleekin kesä, silloin minä tulen aina iloisemmaksi. Satoi juuri, ja nyt paistaa päivä ja linnut livertävät. Hyvästi, sinä minun ainoani, minun kesäni ja aurinkoni!

Elämänlankasi.

Älä kirjota minulle mitään, sillä minun on näin kaikkein paras. Kyllä minä tiedän ilmankin ettet sinä ole voinut minua unohtaa ... ja muuta minä en pyydä.

29. SALAINEN SINETTI

Niinkuin tie olisi alkanut livastella Olavin jalkojen alla. Niinkuin ilmassa olisi liikkunut salaperäisiä voimia, jotka liitelivät ja kuiskailivat, neuvottelivat ja liittoutuivat—häntä vastaan.

Ennen oli kaikki ollut selvää ja suoraa. Ei ketään, joka olisi voinut hänen tahtoaan vastustaa tai häntä uhata. Nyt uhkasi—salaperäisenä ja tuntemattomana, mutta kuitenkin aavistettuna ja pelottavana.

Hän ponnisteli kiihkeästi ja levottomasti, ikäänkuin aseita ja liittolaisia keräten. Hän kulki suoasian vuoksi talosta taloon yksityisiä taivutellen, ja suuressa yhteisessä kokouksessa hän puhui valtavasti ja sytyttävästi—äänessä oli malmin sointua, jokainen sana kuin vetonaula. Ja asia ratkesi onnellisesti ensi asteessaan: päätettiin hankkia ammattimies tarkastamaan ja kustannusarviota laatimaan.

Mutta sitä seurasi kotva toimetonta odotusaikaa, joka ikäänkuin riisui hänet jälleen aseettomaksi. Hänen täytyi taasen löytää jotain uutta, joka viritti ja jännitti, jossa oli vastuksia voitettavana. Ja niin hän juoksi erään viikon ristiin rastiin kotipitäjänsä ja naapuripitäjän välisessä metsässä.

Otuksen jäljetkin vihdoin löytyivät—uuden oikomaantien suunta.

Se oli oivallinen tuuma, se täytyi jokaisen myöntää. Siitä olisi tuntuvaa etua jo hirvijokelaisille, mutta varsinkin naapuripitäjäläisille ja monille muille, joiden matka asemalle, myllyille y.m. lyhenisi runsaalla parilla penikulmalla.

Olavi kulki taasen talosta taloon, vaikuttavimmille asiaansa esittämässä ja itsepintaisimpien vastarintaa järkyttämässä ennen yleisen kokouksen pitoa. Otti kotipitäjästä alun ja riensi sillä vauhdilla sitte naapuriseurakunnan isäntiä ahdistamaan.

* * * * *

»Onhan tämä Inkala?» kysyi Olavi pihalla liikkuvalta palvelustytöltä—sekä talo että haltijat olivat hänelle outoja.

»On oikein!» tyttö vastasi.

»Sattuukos isäntä olemaan kotosalla?»

»Ei ole—se läksi aamulla Muurilaan», toimitti tyttö.

»Vai niin… Milloinkas pitäisi palata?»

»En minä vaan tiedä.—Vaan emäntähän sen kyllä tietää. Vieras käypi sisään … isäntäväen puolelle! Minä käyn sanomassa emännälle, se on nyt tuvassa.

Olavi nousi portaita ylös.

Hän oli tuskin ennättänyt vieraskamariin, kun sisäovelle ilmautui nuori, solakka, vaalea nainen.

»Hyvää päi…!» tervehti Olavi, mutta lause katkesi kesken ja hän tunsi sinä silmänräpäyksenä jähmettyvänsä jääpuikoksi.

Vaalea nainen pysähtyi hänkin—huulet liikahtivat, mutta ääntä ei kuulunut.

He katsoivat toisiaan jäykkinä ja liikkumattomina.

Välähdys entisyyttä, sarja muutoksia, tuttua ja tuntematonta — silmänräpäysnäky salaman häikäisevässä valaistuksessa.

Naisen poskille vihdoin syöksähti heleä puna ja hän astui päättävästi vieraan luo.

»Päivää, Olavi!» sanoi hän reippaan ystävällisesti, vaikkei

voinutkaan estää ääntään värähtelemästä. »Ole tervetullut ... ja käy istumaan!»

Mutta Olavi oli yhä kuin iskun turruttama tai kirkkaan äkkivalon huikaisema.

»Sinä varmaankin ihmettelet ... tavatessasi minut täällä», alotti nainen reipasta luonnollisuutta tavottavalla äänellä, vaikka silmissä ja kasvoilla kuvastui syvä hämi. »Minä olen ollut täällä jo neljä vuotta...» Hän vaikeni, katsoen ujosti alas.

»Vai niin ... vai niin kauvan...» Muuta ei Olavi saanut sanotuksi.

»Sinä et tietysti ole kuullut minusta ja minun tänne tulostani mitään—minä sentään olen kuullut sinusta jotain ja tullut tietämään että olet nykyisin täälläpäin...»

»En, en, enhän minä. Luulin aivan vieraita asuvan, ja sitte... *täällä*, näin kaukana...»

»Niin, kaukanahan tämä on!» tarttui nainen innokkaasti puheeseen, ilostuen että ilmautui edes joku puheen aihe. »Kaikki täällä on niin toisenlaista kuin siellä kotipuolessa, vaikkei olekkaan maailmanmatkoja väliä... Outoa ja vierasta tämä oli alussa, taisi olla vähän ikäväkin, vaan kyllä minä nyt jo hyvin viihdyn. Ja me käymme usein siellä kotipuolessa, ja isä ja äitikin käyvät joskus täällä...»

»Niin, isäsi ja äitisi! Kuinka ne nyt voivatkaan, ovatko terveitä?» kysäsi Olavi vapautuvasti, äänessä mieluisen mieleenjohtuman pehmeä sävy.

»Terveitä, oikein hyvin voivat! Isä tosin sairasti viime talvena, mutta hänkin jo...»

Samassa raollen jäänyt väliovi aukeni ja sisään astui reippaasti pieni miehenalku.

»Poju!» huudahti nainen hämmästyneenä, kavahti ylös ja riensi kiireesti ovellepäin. »Mitäs poju nyt—täällähän on vieraita—ja pojulla on likainen esiliina...»

»Poju vaan tulee!» vastasi pieni mies lapsen järkähtämättömällä päättäväisyydellä, astellen äitiään vastaan.

Olavi katsoi lapseen kuin aaveeseen.

Nainen seisoi kalpeana ja neuvottomana, pitäen poikaa kädestä.

»Mene sitte ... sedälle päivää sanomaan!» sopersi hän lopulta, tietämättä mihin hädissään turvautuisi.

Poika meni, mutta ei kääntynytkään heti takaisin, vaan jäi Olavin polveen nojautuen seisomaan ja tarkkaavin silmin hänen kasvoihinsa katselemaan.

Niinkuin huoneessa olisi hiipinyt lumous. Ei sanaa, ei värähdystä kenenkään kasvoilla, vain kolme kysyvää katsetta.

»Onkot tetä kaukaalta, kun ei ole ennen käyny?»

Väristys kulki Olavin läpi kuullessaan toisen kerran tuon äänen, jonka ensi värähdys jo oli saanut hänen rintansa jyskyttämään.

»Kuinkas poju nyt sillälailla...?» ehätti nainen tuskaisesti, riensi luo ja tarttui pojan käteen. »Poju menee tupaan—sedällä on äidille asiata—äiti tulee pian jälessä!»

Poika totteli sanaa sanomatta, mutta kääntyi vielä ovella ja loi sekä vieraaseen että äitiinsä kummastelevan, selitystä kyselevän katseen

———

* * * * *

Vieras oli mennyt, Inkalan nuori emäntä istui yksin kamarissaan.

Se oli niinkuin unennäköä, kun hän nyt sitä itsekseen ajatteli. Oliko se todella Olavi, joka oli heillä käynyt? Vai oliko hän nähnyt näkyjä keskellä päivää?

Alussa oli kaikki ollut luonnollista. He tosin hämmästyivät tavatessaan toisensa niin odottamatta, vaan tyyntyivät pian ja alkoivat puhella.

Mutta sinä hetkenä, kun lapsi astui sisään, kulki kuin salaperäinen viima huoneen läpi—niinkuin he olisivat muuttuneet hengiksi, joilla oli vanha selvittämätön asia omillatunnoillaan.

Hän oli kyllä toisinaan ajatellut että voisiko kohtalo, joka jo kerran oli tarttunut salaperäisellä kädellään hänen elämäänsä, joskus viskata lapsen ja Olavin silmä silmää vasten. Mutta hän oli karkottanut sellaisen ajatuksen kuin pahan unen luotaan.

Nyt viskasi—nuo kaksi, joista jokainen olisi voinut vannoa että he olivat isä ja poika, mutta joilla ei kuitenkaan ollut mitään tekemistä toistensa kanssa.

Niinkuin hän olisi seisonut elämänsä tilillä.

Ensin poikansa edessä, kun tämä lähtiessään pysähtyi ovelle ja katseli suurilla viattomilla lapsensilmillään tutkivasti heitä molempia.

Sitte kolmenkertaisella tilillä—Olavin, miehensä ja Jumalan edessä, koko salaisuuden edessä.

Ei kukaan muu paitsi hän itse ja Jumala ollut siitä tähän päivään saakka tiennyt. Nyt sen tiesi tuo kolmaskin, hän, jonka hän ei olisi suonut siitä koskaan vihiä saavan.

Ja se kolmas istui kuin jähmettynyt kysymys ja odotti selitystä:

»Annansilmä—?»

Hän olisi tahtonut kertoa hänelle kaikki, suoraan ja avonaisesti, niinkuin hän itse sen ymmärsi. Kuinka hän oli häntä kaivannut ja ikävöinyt, ja luullut ettei hän voisi koskaan ketään muuta rakastaa. Kuinka sitte hän ilmestyi—hänen miehensä. Kuinka sen rakkaus oli suurta, vilpitöntä ja uhrautuvaa ... että hän halusi köyhän torpantytön tällaiseen taloon emännäksi. Kuinka hän itse siihen aikaan kaipasi ystävyyttä ja tukea, ja kuinka hän lopulta luuli häntä todella rakastavansa.

Ei, näin hän ei voisi kertoa, siinä olisi jotain sopimatonta!— Niinkuin hänellä olisi omat sanottavansa kullekkin noille kolmelle.

Olaville hän sanoi ainoastaan:

»Minä *rakastin* häntä, se on varmaa. Mutta meidän ensimäinen lapsemme ... sinä näit hänet itse? Se on käsittämätöntä! Minä luultavasti en ollut vielä silloin voinut kokonaan unohtaa sitä ... sitä silloista talvea. Mitään muuta selitystä minä en voi ymmärtää.»

Olavi istui kokoonlyyhistyneenä kuin arvotuksen edessä, jota hän jäi tarkemmin miettimään.

Mutta hän itse jatkoi, puhuen nyt Jumalalle, sillaikaa kun Olavi mietti:

»Sinä sen tiedät ... kaiken! Minä luulin olleeni hänestä vapaa, mutta minä en vielä ollutkaan. Minun sydämeni oli ollut hänen, ja rakkaus oli painunut minun sieluuni hänen kuvanaan, niin ettei rakkaudella minun mielessäni muuta muotoa ollutkaan. Ja kun minä sitte rakastin toisen kerran ja kannoin esikoistamme, niin ... sinä Jumala tiedät kaikki, minun ajatukseni ja mielialani. Ja sinä tiedät senkin, ristiriidan, kun lapsi syntyi ... etten minä kaikkina hetkinä olisi edes suonut hänen olevankaan kenenkään muun näköinen, vaikka minä kärsin siitä niin kauheasti.»

Lopun hän puhui miehelleen, kuiskaten:

»Se on ollut niin kauheata *sinun* tähtesi—sinun, joka olet niin hyvä ja jota yksin minä rakastan. Niinkuin minä olisin ollut sinulle uskoton, ja kuitenkin minä tiedän sydämeni. Minä olen tahtonut kantaa sen yksinäni, siksi minä en ole siitä sinulle puhunut. Mutta nyt minun täytyy, ja minun mieleni on paha että kukaan muu sai ennen sinua siitä tietää.»

Hän katsahti Olaviin ja näki hänen silmissään odotuksen.

»Sinä arvaat sanomatta», puhui hän taas hänelle, »kuinka äärettömästi minä olen siitä kärsinyt. Ja kun minä tunsin tulevani toisen kerran äidiksi, niin minä itkin ja rukoilin salaa itsekseni. Ja minun rukoukseni kuultiin. Se on tyttö—isänsä kuva. Ja se antoi minulle jälleen rauhani ja onneni takaisin...»

Hän näki kuinka Olavi huoahti syvään ja kuinka jää hänen

silmissään alkoi lientyä ja sulaa.

Ja hänet itsensä valtasi ääretön hellyyden tunne ja halu puhua Olavin kanssa. Kaikesta, mitä hän oli näinä vuosina yksinäisyydessä miettinyt—elämästä ja kohtaloista, rakkaudesta ja... Oliko Olavikin niitä asioita ajatellut? Ja millaisiin päätöksiin ja selvyyksiin hän oli tullut? Hän itse oli tullut sellaiseen, että ihmisten, jotka kerran yhtyvät ja avaavat toisilleen täydellisesti sydämensä, on niin vaikeata päästä kokonaan eroon ... erittäinkin naisen. Ja että se *ensimäinen* on niin lujaa sentähden, kun siitä on haaveillut ja uneksinut ja siihen keräytyy kaikki niinkuin tulilasin silmään, ja se sitte yhtenä hetkenä ikäänkuin poltetaan ihmiseen...

Mutta hänen kielensä oli sidottu. Niinkuin he olisivat näinä vuosina kokonaan vieraantuneet toisistaan, niinkuin heillä ei itse asiassa olisikaan mitään toisilleen sanomista—vain se yksi asia. Ja siihen hänen ajatuksensa nytkin lankesivat, raskaina kuin syvä huokaus:

»Sellaista se on—oleva ei tule olemattomaksi—eikä elämää voi kukaan paeta...»

Sitte puhui Olavi—ainoa lause, minkä hän koko aikana puhui:

»Ei, me emme voi mitään paeta! Kaikki tapahtunut merkitsee meidät sinetillään ja seuraa kuin näkymätön varjo jälkiämme, ja yllättää meidät kerran, missä tahansa olemmekin—sen minä olen saanut viime aikoina kyllin kokea.»

»Oletko sinäkin...?» Ja hän tunsi taasen sanomatonta hellyyttä ja lähenemisen tarvetta. Kuinka paljo heillä olisikaan puhumista, vuosikausien kokemuksia ja ajatuksia? Hän tunsi selvästi omasta puolestaan että heillä olisi, ja hän kuuli sen toisenkin äänestä, tuosta yhdestä ainoasta lauseesta. Mutta ei! Niinkuin he olisivat olleet niin äärettömän lähellä, mutta kuitenkin niin äärettömän kaukana—lähellä entisyydessä, mutta kaukana nykyisyydessä. Sitä ei voinut auttaa, he olivat toisilleen sulettuja, se näkyi kummankin silmistä.

Mitä sitte tapahtui, sitä hän ei aivan selvästi muistanut—
puhuivatko he vielä toisilleen, vaiko ainoastaan ajattelivat? Sen
vain, että Olavi vihdoin nousi ja tarttui hänen käteensä.

»Anteeksi…!» sanoi Olavi ja ääni värähti niin omituisesti,
niinkuin siihen sanaan olisi sisältynyt niin äärettömän paljon. Ja
hän itse heltyi liikutuksen puistatuksiin ja sanoi samoin:
»Anteeksi…!»

Hän ei ollut selvillä mistä Olavi oikeastaan anteeksi pyysi ja mitä
hän itse sillä pyynnöllä tarkotti, oli vain tuntenut että se oli
välttämätöntä ja kaunista—niinkuin jonkunlainen sovitus ja
päätös jollekin entiselle, niin että he nyt vasta olivat toisistaan
täysin vapaat…

Yhden kohdan hän vielä muisti—aivan hyvästijättäissä. Hän oli
tuntenut sisäistä pakkoa sanoa sen Olaville, sillä se oli niin
vilpitön ja lämmin ajatus hänessä ja hän oli niin usein sitä
itsekseen ajatellut.

»Minä olen kuullut sinun vaimostasi, Olavi … ja minä olen niin
iloinen, että hän on *sellainen*. Sellaisen sinä tarvitsit … ei kuka
tahansa olisi kyennyt sille sijalle…»

Sanoiko hän sen ääneen? Niin hän luuli. Vai ainoastaan
katseillaan? Sekin voi olla mahdollista. Varmaa vaan oli, että Olavi
sen ymmärsi, jokainoan sanan—hän näki sen hänen silmistään.

Sitte Olavi läksi—niinkuin hänen olisi ollut kiire lähteä——.

30. TOIVIORETKI

Vieraita tulee!
Oho! Mistäs sen tietää?
Kasi pankolla istuu, silmiään pesee.

Mutta Olavi yhä veistelee ajatuksiinsa vaipuneena. On hiljaista
kuin kirkossa, vain veitsenterä hiljalleen sahisee ja kello seinällä
harvakseen naksaa.

Vakaisia vieraita tulee!
Mistäpä sen tietää?
Kasi niin vakaiseen kasvojaan pesee.
Kasi usein kasvojaan pesee—Suon-
rannassa harvoin vieraita käypi!
Olavi yhä lapionvarttaan vuolee. Valkea on haapainen puu,
valkeat
Kyllikin pesemän paidan hihat. Kyllikki kylällä, ajatus kotona.
Vieraita, vieraita tulee!
Älä tyhjää!
Askeleet jo porstuassa poukaa!!
Ovi narahtaa, kissa hypähtää säikähtyneenä lattialle, Olavi
silmänsä työstään nostaa.

Se tulija on nuorehko, herraskaisesti puettu, tukka ylhäällä
sykeröllä, kevyt hattu keimeästi kallellaan—suupielissä
ivansekainen hymy.

Hän seisoo hetkisen kuin hämmentyneenä, niinkuin ei tietäisi
mitä tehdä.

»Päivää!» virkahtaa hän sitte teennäisen tuttavallisesti, astuu
nopeasti Olavin luo ja ojentaa kätensä.

Olavi katselee sanatonna kiireestä kantapäähän—niinkuin tuntisi,
eikä tuntisi, eikä tahtoisikaan tuntea.

»Oo! Miksi noin suuret silmät? Etkö muka enää tunne—*omaasi*»
Hän hymähtää lyhyen, ivallisen hymähdyksen:»Vai oletko nähnyt
niin paljon pihlajoita ja muitakin puita, ja terttuja ja marjoja, ettet
osaa niitä enää toisistaan erottaa...?»

Lapionvarsi vapisee Olavin kädessä, kasvot valahtavat vaaleiksi
kuin paidanhihat.

Nainen nauraa päin silmiä hänen hämmennykselleen, nauraa ja
heittäytyy sohvalle huolettomaan asentoon:

»No niin, tässä sitä nyt ollaan—ja töllistellään! Ei sitä aina näin töllistelty, vai kuinka...?»

Olavi on vaipunut istumaan, ei vastaa, ainoastaan katsoo.

»Onko se sinun ruhtinattaresi kotona?» nainen ivaten kysyy.

»Ei!» Olavin äänessä kuohahtaa kuumia, kirpelöiviä poreita.

Nainen huomaa sen ja suoristautuu.

»Se on hyvä se!» huudahtaa hän kuin uhmaten. »Hänen kanssaan minulla ei ole mitään tekemistä, vain *sinulle* minulla on asiata.— Ja eikö lie parasta hänellekin ... tuskinpa minä olisin 'rouvalle' mieluinen vieras.»

Se oli pistos nauravilta huulilta, myrkkyä kielenkäressä.

Olavi tuntee niinkuin toinen puoli sydäntään jäätyisi hänen tähtensä, joka istuu ja puhuu, toinen kuohuisi kuumana niiden sanojen vuoksi, joita hän Kyllikistä lausuu. Hän aikoo vastata: puhu mitä puhut, mutta hillitse kielesi Kyllikkiin nähden—silloin nainen jo jatkaa:

»No, mitäs me nyt näin juhlallisina! Minähän tulin sinua katsomaan—pitkästä aikaa. Puhellaan nyt taas ... *rakkaudesta*, ehkä minäkin jo osaan siitä jotain pakista!»

Niinkuin toinenkin puoli Olavin sydäntä vetäytyisi jäähän nähdessään naisen kasvojen julkean ivan ja kuullessaan hänen lyhyen, onton naurunsa.

Mutta naisen kasvoilta katoaa äkkiä iva ja nauru.

»Yhdeksänkymmentä yhdeksän millaisia te olette—nyt kun minä teidät tunnen!» huudahtaa hän rajusti, polkaisten toista jalkaansa lattiaan. »Eläimiä kaikki tyyni—ero on vain siinä että toiset ovat sarvekkaita, toiset nupopäitä, ja se ei muuta paljokaan asiaa——

»Katselet? Katsele vaan! Samaa sukua sinäkin olet, vaikka senverran sileäkarvaisempi, että viitsin edes puhua kanssasi... Kuuletko nyt!»—Hän ponnahtaa ylös ja syöksähtää Olavin eteen.

—»Minä halveksin teitä, ja minä vihaan teitä, niin monta kuin

teidän elukkajoukkoonne kuuluu! Minä tahtoisin kynsiä silmät
teidän päästänne—sinun päästäsi kaikkein ensimäiseksi!»

Hänen suurissa, ruskeissa silmissään loimuaa villi vihan palo ja
hänen kasvonsa ovat niin luonnottoman vääristyneet, että
Olavista tuntuu kuin edessään seisoisi raivotar eikä ihminen.

»Teidän rakkautenne!» hymähtää hän ilkkuen ja heittäytyy taas
sohvalle. »Joo-joo, kyllä te siitä laverrella osaatte vaikka
päiväkausia—siihen te puhallatte kuin pyypilliin, kunnes saatte
meidät niin lähelle, että eläin voi hypätä nahkastanne ulos.
Sanonko minä ketä te rakastatte? *Itseänne*, konnat! Me olemme
vain nukkeja ja lystiä kissanpoikasia, joiden kanssa te leikitte. Te
olette kuin nälkäiset sudet—sitä yhtä ja samaa te kaikki tähtäätte!»

Hän puhui niin karmivan ivallisesti, ettei Olaville johtunut
mieleenkään puuttua puolustautumaan—tunsi vaan niinkuin olisi
saanut selkäsaunan, mahdollisesti liian ankaran, mutta asiasta.

»Mikset mitään puhu, mikset nouse sukuasi puolustamaan? Tai
aja minua ulos, kun minä teitä sätin, te narrit! Mitäs te meille
tarjootte? Ruumista! Ja mitä vielä? Ruumista—hyi! Kyllä te silloin
olette makeita, mutta sitte ... te käännätte kylkeä ja pyydätte että
saisitte rauhassa nukkua...!»

Hän loi Olaviin pitkän, halveksivan katseen ja oli hetken vaiti,
ikäänkuin odottaen.

»Mitä sinä tuollalailla kyyristelet kuin kipeä kissa? Mikä sinua
vaivaa? Niin niin, sinähän olet nyt 'kristillisessä avioliitossa' ...
'yhden vaimon mies'—täytyy puhua siivommin. Teidän
'kristillisenne'! Avioliitto ja 'kavioliitto', se on teille samaa.
Voitteko te nahkanne luoda kuin käärme? Ette! Mieli palaa aidan
yli—ja hypitte kun sopii! Entäs vaimonne? Sanonko minä mitä he
tuntevat olevansa? Samoja kuin me muutkin—teidän——!»

Tumma puna lensi Olavin ohimoille ja hän kuohahti kiivaasti:
»Sinä olet...»

...»Raaka—sen minä itsekkin tiedän!» keskeytti toinen. »Mutta en koskaan niin raaka ja hävytön kuin te olette! Hyvä se on avioliitto sellaisille heittiöille—ruokitte edes lapsenne! Eikös joku teistä ole ehdottanutkin että valtion pitäisi ruokkia teidän kakaranne … että rakkaus olisi kaunis ja vapaa, hah hah haa! Me hoidamme ja valtio antaa ruokarahat—Jumala, kuinka te olette jalomielisiä ja ritarillisia! Miltäs eläimeltä te tämän mallin olette lainanneet—kulkurikoiraltako?»

Olavi istuu jäykkänä ja katselee miltei tyrmistyneenä puhujan kiihottuneisiin kasvoihin. Niinkuin niiden takaa häämöttäisi nuori, lapsekas tyttö, jolla on kainot, luottavat lapsensilmät, pitkä ruskea letti hartioilla ja——

»Älä ollenkaan!» huudahtaa nainen, silmissä uhkaava välähdys. »Kyllä minä tiedän, mitä sinä ajattelet. Sinä inhoat minua. Sinä kyselet itseksesi olenko minä se sama äidintyttö, joka kerran istui polvellasi ja katseli silmiisi kuin Jumalaan. En, en olekkaan— jälellä on vain hapan marja! Etkö muka ymmärrä…? Oh, me olemme happamia ja raakoja ja vaikka mitä—sellaisia marjoja kuin te olette kettuja! Mutta sanonko minä sinulle kerran mitä me itse olemme—*me itse*, ymmärrätkö?»

Hän nousee sohvalta ja käy kiivaasti lattian poikki, istuutuen tuolille lähelle Olavia ja puhuen matalalla, läpitunkevalla äänellä, ikäänkuin tahtoisi sekä sanoin että katsein Olavin lävistää.

»Me olemme *naisia*—ymmärrätkö? Ja me kaipaamme rakkautta, kaikki, sekä hyvät että huonot—ei, meidän joukossamme ei olekkaan hyviä ja huonoja, vaan me olemme kaikki samaa lajia! Kaikki me kaipaamme teitä ja rakkautta. Mutta kuinka…? Sinun se pitäisi kyllä tietää! Vastaa minulle kuin Jumalan edessä, onko yksikään niistä tytöistä, joiden kanssa sinä olet ollut tekemisissä, pyytänyt sinulta ruumista—vastaa, mutta älä valehtele!»

»Ei … se minun täytyy rehellisesti tunnustaa», sokeltaa Olavi liikutettuna.

»Se on hyvä, että olet edes rehellinen!—Ja siinä se on se juopa, joka meidät erottaa. Teille on ruumis a ja o, mutta niin ei meille.

Mekin voimme tahtoa, kun meidät opetetaan tahtomaan. Mutta sitä, mitä me itse tahtoisimme, sitä me emme teiltä saa—me saamme vain humalaa ja kohmeloa! Ja me olemme herkkäuskoisia kuin lapset. Me petymme, mutta me yhä toivomme, ja me etsimme ja rukoilemme kuin kerjäläiset, kunnes huomaamme ettemme teiltä voi muuta saada kuin sitä, mikä yksinään inhottaa...»

Olavi huoahti syvään, niinkuin hän olisi ollut piiskurin paalussa ja saanut vain välillä hengähtää—raippa oli yhä koholla.

»Sellaisia te olette! Te otatte meidät, mutta miksette te myöskin meitä *pidä?* Miksi te annatte meille vain vihkisormuksia, ja rahaa, ja koreita vaatteita—miksemme me saa teitä itseänne, sillälailla kuin me tahdomme ja kaipaamme? Ettekö te ymmärrä että rakkaus on meille elämää, teille se on ajanviettoa. Mutta te ette ymmärrä mitään, te vaan lyötte rintoihinne ja kulette kuin puujumalat tietänne!»

Olavi istui tuhkanharmaana kasvoiltaan ja hänen yläluomensa räpähtelivät hermostuneesti.

Naisen kasvoilta oli iva kadonnut ja kovat piirteet lientyneet. Hän oli hetken vaiti, ja kun hän taasen jatkoi, oli hän aivankuin muuttunut, puhuen hiljaisella, pehmeällä ja värähtelevällä äänellä:

»Etkä ymmärrä sinäkään, Olavi... Kyllä minä tiedän, mitä sinun sisässäsi liikkuu. Sinä kysyt mitä tekemistä minulla on sinun kanssasi, kosket sinä ollut minun kanssani sellaisissa asioissa kuin ne muut. Se on totta, et ollutkaan, mutta kuitenkin sinä olet ollut minun kanssani syvemmin ja lähemmin kuin kukaan muu. Mitä minä heistä! He ovat elukoita ja minusta on aivan yhdentekevää onko heitä ollut vai ei. Mutta sinun kanssasi minulla on ollut yhteyttä ja siteitä, vaikket sinä sitä ymmärrä. Olavi! Kun minä istuin sinun sylissäsi, niin minä tunsin että minun vereni kuului sinulle, eikä se tunto ole koskaan minusta hävinnyt. Sinua minä olen nämä vuodet etsinyt ja sen kaipauksen tyydytystä, minkä sinä minuun jätit. Sinun hyväilyjäsi minä olen muistanut, kun heidän rosvonkäsivartensa ovat minua koskettaneet, sinun kanssasi minä olen hairahtunut ja syntiä tehnyt!»

Tuskanhiki helmeili Olavin otsalla—niinkuin ensin olisi ruoskittu, nyt teilattaisiin. »Ymmärrän, ymmärrän!» olisi hän tahtonut huutaa. »Nyt minä ymmärrän jo vaikka mitä!» Mutta hän ei saanut sanaakaan esiin.

Nainen oli siirtynyt lähemmäksi ja katseli häntä tulisin silmin. »Oi Jumala, älä näytä tuollaiselta!» huudahti hän, heittäytyen lattialle Olavin eteen ja kietoen kätensä hänen polviensa ympäri. »En minä sinua yksin syytä. Minä lupasin kynsiä silmät sinun päästäsi, mutta en minä mitään kynsi. Minä olen hullu, me olemme kaikki hulluja, meissä on kaikissa syytä! Älä inhoa minua, älä työnnä minua luotasi. Minä ole kurja ja huono, mutta etkö ymmärrä että minä olen sinua rakastanut, sinua enkä ketään muuta!»

Olavi vääntelihe tuskissaan—niinkuin koko hänen entisyytensä olisi muuttunut mustaksi käärmeeksi, joka nyt kietoutui hänen jalkojensa ympärille ja tahtoi puristaa hänet kuoliaaksi.

»Anna minun olla näin, älä vääntele irti—hetkinen vain, minä menen heti. En minä sinua syytä, älä ole vihainen. Et sinä tiennyt millainen minä olin—emmehän me silloin tietäneet mitään, emme yhtään mitään.»

Hän tyyntyi, katsellen pitkän aikaa tutkivasti Olavin kasvoihin.

»Sanotko minulle yhden asian?» pyysi hän tuokion kuluttua. »Onko *muitakin* käynyt sinun luonasi..? On, minä näen sen silmistäsi! Niin, ei kukaan voi sinua unohtaa, jonka kanssa sinä olet kerran ollut. Kun sinä olisit ollut niinkuin ne toiset— sellaisten luo ei kellään ole mitään asiaa. Mutta sinä olit ... niin, sinä olit sinä, ja me tulemme kaikki sen luokse, joka on kerran meidän *sydämemme* ottanut. Me luulemme toisin ajoin häntä vihaavammekin, mutta emme me vihaakkaan. Ja kun maailma on meitä repinyt ja raastanut, niin me tulemme hänen luokseen, niinkuin ... kuinka minä sanoisin, niinkuin kirkkoon ... ei, vaan niinkuin pyhiinvaeltajat toivioretkelle ... tunnustamaan

syntimme ... muistelemaan sitä, mikä oli kaunista ja puhdasta ...
itkemään miksei se saanut aina niin olla...»

Ääni tupehtui. Hän työnsi lapion, jota Olavi yhä vielä piti toisessa
kädessään, syrjään, niin että se kaatui kolahtaen lattialle—tempasi
kiihkeästi hänen molemmat kätensä ja painautui niiden päälle
hänen polviaan vasten hillittömään itkuun.

Olavista tuntui niinkuin hämärä olisi täyttänyt huoneen. Hän
istui liikkumattomana kuin patsas, leuka painui raskaasti rintaa
vastaan ja silmistä norahteli suuria pisaroita, niinkuin räystästä
peittävän hangen alta keväällä.

Kului pitkä aika. Vihdoin nainen nosti itkusta turvonneet
silmänsä, istuutui Olavin jalkojen juureen ja puheli hänen
silmiinsä katsellen:

»Älä ole minulle vihainen, Olavi! Minun täytyi tulla ja saada
purkaa se kivilasti, jota minä olen nämät vuodet kantanut. Minä
olen ollut niin onneton. Kun minä nyt näen sinut noin, niin minä
ymmärrän että sinullakin on kuormasi. Anna minulle anteeksi
mitä minä olen raakaa ja sopimatonta puhunut. Ymmärrätkö sinä
—ellen minä olisi niin puhunut, en minä olisi voinut mitään
puhua, vaan olisin ruvennut heti itkemään kun sinut näin ...
Olavi! Puhuinkos minä jotain sinun vaimostasikin? Ei ei, en minä
häntä vihaa. En minä tiedä enää itsekkään mitä minä puhuin.
Mutta minun on nyt parempi, kun minä sain taas kerran sinut
nähdä.»

Hänen katseensa irtautui Olavista ja harhaili kaukana, ikäänkuin
hän olisi istunut iltahämyssä yksinään ja haaveillut.

»Kuule, Olavi!» sanoi hän hetkisen päästä, silmissä omituinen
loiste. »Eikös kirjoissa kerrota että toivioretkeltä palataan
toivovalla mielellä kotiin?... Kotiin!»—Hän säpsähti kuin unesta
havahtuen.—»Jospa minä menisinkin kotiin...? Mitäs sinä siitä
sanot, Olavi? Isä ja äiti odottavat. Minä tiedän että he ottavat
minut mielellään takaisin, vaikka olisin millainen, kun vaan tulen.
Tiedätkö, Olavi? Minä en ole ollut kahteen vuoteen kotona—voi,

millainen minä olen ollut!... Ja niin minä teenkin—nyt, heti paikalla! Mutta anna minun istua näin vielä hetkinen ja katsella sinua silmiin ... niinkuin ennenkin, sitte minä taas jaksan.» Ja nainen katseli häntä kauvan. Mutta Olavi istui ja tuijotti niinkuin hän olisi nähnyt näkyjä, sekavia näkyjä, jotka kulkivat kuin tummat varjot hänen ohitsensa.

»Kuinka sinä olet muuttunut, Olavi, sitte kun minä sinut viimeksi näin», puhui nainen hellällä äänellä. »Onkos sinulla ollut paljon suruja...?»

Olavi ei vastannut—vain huulet puristuivat lujemmin yhteen ja alaluomien reunaan ilmautuivat täyteläisyyttään värähtelevät kyyneleet.

Naisen kasvot alkoivat nytkähdellä liikutuksen väänteissä.

»Sellaista se on elämä...!» sanoi hän tukehtuneella äänellä ja painoi kasvonsa äkkiä Olavin polviin.

Tuokio syvää, raskasta hiljaisuutta.

»Nyt minä menen», sanoi nainen vihdoin.—»Olemmekos me nyt...?»

Hän katsoi Olavin silmiin niinkuin lapsi, jolta uupuu sana, vaan joka toivoo että hänen tarkotuksensa kuitenkin ymmärretään.

Mutta Olavi tarttui kiivaasti hänen molempiin käsiinsä:

»Menetkö sinä nyt kotiin?» kysyi hän niinkuin se olisi ollut elämän ja kuoleman kysymys.

»Menen—mutta olemmekos me...?»

»Olemme!» huokasi Olavi kuin omille ajatuksilleen, puristi hänen kättään ja nousi.

Hän hoiperteli kuin juopunut saattaessaan vierastaan kuistille, nojautui pihtipieleen ja jäi katselemaan hänen jälkeensä—mutta näki ainoastaan niinkuin iltasumu olisi noussut maasta ja peittänyt kedon.

31. TILINPÄÄTÖS

Mies miettii—huone ei huokaista henno.

Koputusta...

Mies säpsähtää, kohoaa kyynärpäittensä varasta ja katsahtaa ympärilleen levälleenrävähtänein silmin, niinkuin ei muistaisi missä on. Katsahtaa ovea kohti, ja ahdistava tuska ryntää kuin kylmä viima hänen lävitsensä: joko taas, kuka nyt...?

Kolkutusta...

Hän kavahtaa seisoalleen. Tuska pirskahtaa vaahtoavaksi raivoksi, lyijynä maannut veri liikahtaa ja syöksyy suhisten eteenpäin, hiljaa levänneet keuhkot vetävät kiihkeästi ilmaa—hän ryntää ovea kohti.

»Sisään!» huutaa hän survaisten oven paukahtaen selälleen. »Pian, kaikki! Hattupäät ja hatuttomat, viisaat ja hullut! Minä olen seisonut kuin koulupoika teidän edessänne, jo riittää! Pian, yhtaikaa—kaikki te kuitenkin tulette. Lopputilille! Jokainen saa—kappaleen kukin—minä olen valmis!»

Mutta hän huutelee tyhjään porstuaan. Ja kun hän sen vihdoin huomaa, niin hän lamautuu kuin taistelija, joka ei tapaakkaan vastustajaansa, vaikka tietää sen yhä vaanivan. Hän vetää hitaasti oven kiinni ja palaa takaisin.

Koputusta...

»Näkymättömät perkeleetkö minua ahdistavat...? Tilille!»

Hän kääntyy ympäri.

Taas koputusta—ja hän huomaa pienen linnun, joka istuu ovensuun ikkunan puitteella ulkopuolella ja kurkistaa kirkkain silmin tupaan.

»Sinäkö—? Sinun silmäsi...? Pois, pois, metsään! Etkö vielä tiedä mitä ihmisten asumuksissa on? Saaliinhimoisia silmiä, korisevia rintoja ja vertatihkuvia sydämiä. Pois metsääsi—äläkä enää koskaan lähene näitä kurjuuden majoja!»

Mutta lintu vain keikauttaa päätään ja katsoo häntä suoraan silmiin.

»Etkö ymmärrä…? Mene, mene!»

Hän kopauttaa ikkunaan. Lintu livahtaa tiehensä.

Niinkuin hänen verensä olisi taasen saennut liikkumattomaksi ja tuskanpärskeet puristautuneet jyrkkien törmien väliin.

»Te ette vielä tule … minä tiedän sen. Te tulette yksin erin, te tahdotte repiä minut pala palalta! Te seuraatte kuin kosto minun jälessäni, että minä alati tuntisin teidän palavien katseittenne polton niskassani. Jokainen kapsaus saa minun vavahtamaan, jokaiset oudot naisenkasvot sydämeni seisahtumaan. Ja jos minä voin joskus teidät unohtaa ja ruveta elämään, silloin joku teistä taas ilmestyy—kuin aave, millä minkinlaiset elämän sinimarjat kasvoillaan.»——Hän istahti raskaasti.

»Mitä te minua oikein vainootte, vaikka minä olen kuin näännyksiin ajettu eläin? Senkötähden, että minä olen kerran teitä rakastanut? Ettekö te muista mitä me vannoimme? Ettemme koskaan muulla tavoin toisiamme muistelisi kuin kiitollisina niistä lahjoista, joita toisillemme annoimme? Me olimme rikkaita ja lahjotimme kultaa. Kuinka te nyt tulette kuin kerjäläiset? Ja valitatte köyhyyttänne, vaikka tiedätte että minä olen vieläkin köyhempi. Vai tuletteko te vain minun kanssani itkemään … että me, jotka kerran olimme rikkaita, nyt olemme maantielle joutuneet?»——

»Ja kuitenkin te tulette kuin velkojat! Oletteko te hulluja? Minähän lauloin teille runoja! Elämä oli runoa ja rakkaus oli punaisia kukkia sen säkeiden välissä. Kuinka te nyt tulette ja koetatte uskotella että runo on muuttunut velkakirjaksi ja punaiset kukat numeroiksi, jotka osottavat summan suuruutta? Ei, menkää pois, jättäkää minut rauhaan! En minä kykene mitään lunastamaan. Ettekö te tiedä, että minä olen jo kaikki pantannut —sen viimeisenkin rovon, mikä minulla vielä oli jälellä?»——

Sitä muistaessaan hänet valtasi sellainen tuska, että se puristausi kylminä hikihauleina hänen iholleen.

»Panttasin! Mitä minä sinulle panttasin, sinä onnettomin heistä kaikista...? Sinä olit kuin ruhtinatar heidän joukossaan, ainoa, joka et notkistanut polvea minun edessäni, vaan astuit vertaisena rinnalleni. Ja sinun kohtalosi oli kuitenkin kaikkein kurjin— jäännöksiä, kuluneita repaleita, joihin ei kerjäläinenkään voisi tyytyä.»——

Hän tunsi samassa niinkuin joku olisi lyödä jysäyttänyt häntä rintaan sisältäkäsin, sitte niinkuin ilma olisi loppunut keuhkoista ja suonet valahtaneet sinä silmänräpäyksenä tyhjiksi. Sitte sydämen kiivasta tykytystä, lyönti lyönnin harteilla, veren syöksähtäessä päähän.

Hän vähällä tyrmistyi.

Taas jysäys—sama kaamea tyhjyydentunne—hetkisen päästä sydämen hätäisiä iskuja. Hän tarttui vaistomaisesti käsivarteensa ja etsi kiireesti valtimon. Nopeita lyöntejä—sitte seisaus ... seisoo... seisoo ... joko kokonaan lakkasi...? Hän valahtaa valkeaksi ja kylmä tuskanhiki pursuaa otsalle.—Jo laukesi! Suoni ei ennätä lyödä, se vain sykyttää yhtenä tyrskynä.

Hän karkaa ylös kuin tyhjyyteen raukeamista pakoon. Astuu muutamia askeleita ja jää sitte odottamaan. Kohtaus ei enää uudistu ja sydän rauhottuu, mutta rinnassa tuntuu yhä ilkeä tunne—hän pelkää kaatuvansa ja istuutuu.

»Sinäkö se olitkin, Elämä, joka minua iskit kurikallasi rintaan...? Ja tulitko sinä nyt tilinpäätökselle? Vuokraajako ihminen vaan onkin? Ja sinä olet isäntä, joka keräät laskut ja levität kerran tilisi eteemme? Kyllähän minä sinut oikeastaan tunnen—olenhan minä jo ennenkin nähnyt sinun kasvosi vilahdukselta silloin tällöin.»——

»Sinulla näyttää olevan paksu kirja!—Siitäkö asiasta ensiksi...? Tietysti, sitä minä juuri olen itsekkin ajatellut ... eikös se olekkin päätili meidän suvussamme? Eikös se ollut niin isälläkin—äiti puhui jotain siihen tapaan? Ja isän-isällä niinikään?»

234

»Sinä nyökäytät päätäsi ja viittaat minua katsomaan takaisinpäin
—polkuihin, joilla minä näen omia jälkiäni. Minä tottelen,
tietysti, ja kunnioitan sinua siitä että niin teet, etkä rupea
saarnaamaan synnistä ja taivaasta ja helvetistä—siinä tapauksessa
sinä saisit tehdä tilisi yksin! Sillä rakkaus on lihaa ja verta ja vetää
niinkuin maneetti, niin ettemme me nykypolven ihmiset jätä
synnin ja helvetin pelosta askeltakaan ottamatta—mehän
kuitenkin saamme kaikki katuen ja rukoillen anteeksi!!! Mutta jos
sinun kirjassasi on ainoastaan toisella puolella *teot* ja
toisella *seuraukset*, ja sinä näytät missä yhteydessä ne ovat
keskenään ja miten ne vaikuttavat meidän kohtaloomme, niin me
seisomme sinun edessäsi vaipunein päin ja ymmärrämme että
sinun tilisi on kirjotettu meidän omalla verellämme.»——

Hän tuijottaa eteensä, niinkuin hän todella jotain näkisi.»Sinä
avaat kirjasi ja näytät miten sinä olet minun tilini pitänyt. Tuota
minä en ymmärrä, tuota viivain paljoutta! Tämä on minun
polkuni ja nämät minun tekoni, sen minä kyllä ymmärrän. Ja nuo
ihmisiä, joiden kanssa minä olen sattunut yksiin. Mutta tuo
viivavirta? Kahtaanne...?»

'Seurauksia!' sanot sinä.

»Onko se mahdollista? Nämät, jotka tulevat tänne yhtäänne, minä
jo käsitän—ne ovat minuun itseeni. Mutta nuo, jotka menevät
toisaanne, äärettömiin...?»

'Seurauksia!' sanot sinä taasen—'muihin!'

Tuskan hiki alkaa jälleen helmeillä hänen otsallaan.

»Minä olen jo jonkun aikaa ymmärtänyt että on viivoja, mutta
tällaista paljoutta... Vedätkö sinä aina viivan?»—'Vedät!'

»Kaikestako...?»

'Kaikesta millä on seurauksia ja vaikutuksia!'

»Eikö siis ihminen olekkaan vapaa?»

'On, hänen teoistaan vaan lähtee hienot seuraustenviivat, jotka usein ratkaisevat kokonaisia ihmiskohtaloja—katso...!'

»Ei, ei ... sule kirjasi ... minä olen nähnyt jo tarpeeksi! Kukapa sinun tilejäsi ja viivojasi ajattelisi silloin, kun hän kulkee myötämäkeä! Minä nauroin niille, jotka nuoruutensa paastoten kuluttivat. Ja minä nauroin sinun laeillesi, sillä minä osasin nauttia rakkautta tarvitsematta pelätä että mikään minua sitoisi ja ylpeilin ettei kukaan huutaisi minun jälkeeni 'isä'! Mutta nyt, vuosien kuluttua, minun tielleni ilmestyy ihmisiä, jotka puhuvat siteistä. Ja sinä talutat minun eteeni lapsen, äidistä, jonka kanssa minulla ei ole ollut mitään semmoista yhteyttä, ja sanot: katso, minulla on sellaisiakin lakeja, joita sinä et tunne! Ja kun minä nyt rukoilen lasta itselleni ja hänelle, jolle se on elämänkysymys, niin sinä käännät selkäsi ja vastaat ilkkuen olkasi yli: naura ja nauti rakkaudesta, olet saanut mitä olet tahtonut!»

Hän värisi kuin lankavyyhti tuulessa, tuntien taasen rinnassaan samaa pelottavaa tunnetta kuin äskenkin ja odottaen vain milloin jälleen jysäyttäisi—ja jos jysäyttäisi, olisiko se viimeinen jysäys

———

Tuvan ovi aukeni.

»Terveisiä, Olavi! Minä viivyin niin kauvan, kun... Mutta hyvä jumala, mikä sinun on...? Sinähän olet kuin...»

Kyllikki juoksi suoraa päätä hänen luokseen.

Olavi ponnisti kaikki voimansa ja hymyili tyynesti:

»Älä nyt tuollalailla ... ihan pelästytät! Ei mitään, ei yhtään mitään. Minä vaan äsken tunsin äkillistä pahoinvointia ... se on suvussa, minä olen sitä ennenkin tuntenut ... pian se ohi menee.»

Kyllikki katseli häntä pitkään.»Olavi...?» sanoi hän vakavasti.

»Minä vakuutan sinulle, että asia on niinkuin sanoin!» hätäili Olavi.

»Sinun koko olemuksesi vakuuttaa toista. Sinulla *on* jotakin—on ollut jo pitemmän aikaa, vaikket ole tahtonut minulle ilmaista.

Enkä minä ole tahtonut kysyä, ennenkun itse pitäisit sopivana kertoa. Mutta nyt…»

»Ja jos minulla olisikin jotain pientä», puhui Olavi tuskaisena, »niin ymmärrähän että se on sellaista, joka koskee yksinomaan minua.»

»Onko meillä kummallakaan mitään, joka ei koske myöskin toista…?»

Olavi oli hetkisen vaiti.

»Miksei—sellaista, joka vain suotta lisää toisen kuormaa.»

»Ei—ei varsinkaan sellaista!» vastasi Kyllikki lämpimästi.

Hän meni nopeasti kamariin ja toi sieltä tyynyn.

»Sinä olet väsynyt, Olavi—sinun täytyy paneutua lepäämään!» sanoi hän, asettaen tyynyn sohvan toiselle päänojalle ja painaen Olavin hellänpakottavasti pitkälleen.

»Ja sitte sinä kerrot kaikki … tunnethan sinä minut…!»

Hän istuutui Olavin viereen ja silitteli kuin viihdytellen hänen kalpeata otsaansa, jolla taasen helmeili tuskan hiki.

Kului kotva ennenkun Olavi voi tehdä päätöksensä.

»Tunnenhan minä sinut», sanoi hän hiljaa, tarttuen lujasti Kyllikin käteen.———

* * * * *

Alkoi jo hämärtää, kun he kohoutuivat istualleen.

Molemmat olivat kalpeita ja liikutettuja, mutta katselivat toisiaan niinkuin ne, jotka hätä ja tuska vihdoinkin on puristanut yhteen.

»Lepää sinä vielä, sillaikaa kun minä laitan illallista», sanoi Kyllikki, painaen Olavin jälleen hiljaa tyynylle takaisin.

»Ja huomenna on taas uusi päivä!» lisäsi hän säteilevin silmin, suudellen kepeästi kalpeata otsaa.

32. ODOTELLESSA

Emännättömässä talossa 6.9.1900.

Sinä siunattu!

Sain juuri kirjeesi. Et voi arvata kuinka minä olen sitä odottanut. Olisin jo lähettänyt tytön asemalta kysymään, ellen olisi tietänyt että Sinä kirjotat vasta meidän omaksi postipäiväksemme. Ja Sinä voit hyvin! Sehän se onkin pääasia, mitään muuta ei tätä nykyä koko maailmassa olekkaan. Ja Sinä olet niin reippaalla tuulella, että voisit vaikka vuoria siirtää. Sitä minä tuskin voin itsestäni sanoa. Minun on ollut ikävä! Olen kovasti katunut että annoin Sinun lähteä sinne—tai oikeastaan toimitin Sinun lähtemään. Minä luulin olevani rauhallisempi, kun Sinä olet siellä, mutta siinä minä pahasti petyin. Miksei se olisi voinut yhtä hyvin täällä tapahtua...? Nyt vasta minä ymmärrän kuinka kiinteästi minä olen Sinuun kasvanut, etten minä voi tulla ilman Sinua missään aikaan. Kunpa se odotettu hetki pian tulisi, niin että Sinä taasen olisit kotona—Sinä ja *hän*!

Sitte minun täytyy kertoa Sinulle jotakin, jonka mieluummin jättäisin—mutta meidän välillämmehän ei saa olla mitään salaista, ei edes ajatuksia. Kyllikki! Minua on alkanut taasen levottomuus ahdistaa, heti siitä pitäin kun Sinä läksit—niinkuin minä en voisikaan olla levollinen muualla kuin Sinun läheisyydessäsi. En, näet, ole voinut kokonaan vapautua siitä tunteesta, ettei kaikki ole vielä tullut, vaan että sitä on yhä tulossa ja että se nyt vain odottaa sopivaa hetkeä. Koeta minua ymmärtää! Sinä tiedät miten kauheasti minä kärsin niinä kahtena vuotena, jolloin elämä kielsi meiltä sen, minkä se antaa mierolaisellekin. Ja Sinä tiedät että minä olen ollut miltei ilosta hullu sen jälkeen, kun meidän rukouksemme kuultiin. Mutta nyt, kun me vain laskemme päiviä milloin tuo riemu meille täydellisenä julistetaan, nyt minut taasen valtaa ahdistus. Kaikki kyllä suoriutuu hyvin, siitä olen varma—siksi terve ja elonvoimainen Sinä olet. Mutta kostonjumala, näkymätön käsi, joka voisi juuri ilon hetkenä kirjottaa 'mene tekelinsä'! Jospa se odotettu olisikin … voi, kuinka kauhealta se tuntuu … epäluoma, sielun tai ruumiin puolesta…? Mitä minä siihen voisin? Painaa pääni vaieten alas ja tunnustaa, että kohtalo on minut yllättänyt. Sinä et voi käsittää millaisessa hädässä minä olin täällä eilen illalla yksinäni. Minä huusin ja rukoilin ettei Sinua ja häntä, teitä syyttömiä, rangaistaisi minun tähteni, vaan että se kohtaisi minua yksin—ellei se jo riitä, mitä tähän saakka olen kärsinyt. Sattui vielä niin, että tikka ilmautui ulkorakennuksen nurkkaan, aivan ikkunani alle, ja koputteli kummia koputuksiaan. Ja vähän ajan päästä alkoi harakka räkättää katolla kuin ilkkuva paholainen. Se jo melkein selkää karmi. Sinä varmaan naurat, että minä olen tällainen raukka. Mutta tässähän voisi olla joku niitä elämän salaperäisiä lankoja, joita minä olen jo muutamia nähnyt—minähän olin niin murtunutkin siihen aikaan. Nyt, kun luin kirjeesi, olen taas levollisempi, mutta kokonaan minä en voi tuota ajatusta karkottaa, ennenkun olen omin silmin nähnyt.—Anna anteeksi että minä tämmöistä kirjotan, mutta minun täytyi saada puhua tästä Sinun kanssasi. Ja minä tiedän ettei se vaikuta Sinuun mitään.

On minulla sentään ollut iloakin! Olen laittanut vähän Sinun kamariasi—*teidän* kamarianne. Saat sitte nähdä, mutta en malta kuitenkaan olla jo jotain kertomatta. Olen pannut lattialle… korkkimaton, sillä siinä huoneessa, missä te olette, ei saa olla vetoa. Mutta kun sain sen kiinnitetyksi, niin minun tuli melkein paha ollani. Se on tosin halpa, mutta se on kuitenkin korkkimatto, ja on paljo lapsia, joiden varpaita huurre tavottelee hataran lattian raoista. Olisi tehnyt mieleni riisua se heti sinä hetkenä. Ja kuitenkin: mikä olisi *hänelle* liikaa? Kaksi mattoa päällekkäin minä tahtoisin naulata!

Hyviä uutisia! Peräkorven tietä jo laitetaan.—Ja sitte huonoja, perin huonoja! Tiedätkö mitä? Suoasiasta uhkaa tulla oikea räme —nyt kun kaikki vihdoinkin on selvillä ja pitäisi vaan työhön ryhtyä. Erimielisyyttä ja pikkumaisuutta, oikeaa talonpojan härkäpäisyyttä— Tapolan Antti tietysti etunenässä. Sellaisia miehiä, tekisi mieli iskeä nyrkillä kalloon! Ja minä olenkin iskenyt!

Ollut kuin Mooses Sinain juurella, jylissyt ja pauhannut ja iskenyt raukkamaisuuden kultaisia vasikoita murskaksi. Sen *täytyy* mennä läpi, vaikka maa halkeisi! Minä isken *yksinäni* sen mutaiseen rintaan, ellen saa muita seuraamaan. Ei heitä nyt enää monta olekkaan—huomenna on taas kokous.

Ja sitte vasta minä iskenkin, kun te olette kotona! Kunpa hänestä vaan tulisi sellainen, että me voisimme kerran yhdessä suolla iskeä. Miksen minä osaa lentää? Tähän paikkaan minä jättäisin nämä vaivaiset paperit!

Elä terveenä ja reippaana, kaikki hyvät henget Sinua ja häntä suojelkoot!

Se joka odottaa.

Kirjota pian—heti!

* * * * *

Syyskuun 8 p:nä 1900.

Sinä!

Kirjeesi oli minulle kuin sykäys Sinun vertasi! Se oli *Sinua* jokainen sana, ja se yhä selvitti minulle erästä puolta Sinussa, jota en voi kyllin rakastaa.

Olet huolissasi, mutta Sinä huolehdit suotta. *Meidänkö* lapsemme ruumiillisesti tai henkisesti vajapainoinen? Ei koskaan! Että vielä on jotakin tuleva, se on selvää. Ja mikä tulee, se tulee, ja sen me otamme yksin voimin tyynesti vastaan. Mutta meidän *lapsemme* kanssa sillä ei ole mitään tekemistä! Sinä tosin olit hiukan alakuloinen, mutta *terve*, sielultasi ja ruumiiltasi terve. Ja minä tunnen sellaista voimaa ja sellaista elämäniloa, että vaikka hän olisi kivi, niin hänessä täytyisi ruveta virtaamaan se sama, mikä minussa itsessäni virtaa. Ja minussa virtaa rakkaus Sinuun ja luottamus tulevaisuuteen! Ja kun minä niillä häntä joka päivä ruokin, niin minä myöskin tiedän että hän on niiden kuva. Sinun harakkasi ja tikkasi, ne Sinä käsitit väärin! Harakkahan toi Sinulle minun terveiseni ja kaipaavat ajatukseni … minkäs sille voi ettei

sillä ole kauniimpaa ääntä. Ja tikka! Etkö ymmärrä että se perkasi
toukkia hänen asumuksensa ympäriltä, jonka mieleen ei saa
mitään salaisia toukankäytäviä tulla? Niin se on!

Mutta kuinka onnellinen minä olen että Sinä kirjotit juuri tuosta
asiasta. Sillä se minulle vakuuttamalla vakuutti, että hänestä tulee
sellainen, mitä me odotamme. Nyt minä ymmärrän miten
äärettömästi Sinä olet mahtanutkaan näinä vuosina kärsiä. Ei
Sinusta olisi pahantekijäksi, Olavi! Kylmemmällä mielellä minä
voisin, vaikka olenkin nainen, rikoksen tehdä ja sen kantaa.
Kuinka minä rakastankaan Sinua juuri semmoisena! Ja kuinka
iloinen ja kiitollinen minä olen, että minun lapseni isä on
sellainen! Herkkä, valvova omatunto … se on parasta, mitä Sinä
voit hänelle antaa kaiken sen muun hyvän lisäksi, mitä hän
Sinulta saa.

Että siitä tulee *poika*, siitä minä olen varma, ja että siitä tulee
sellainen poika, joka Sinun kanssasi suolla puuhaa, sen minä
tunnen veressäni! Jos Sinä tietäisit nytkin … arvaa jos osaat!

Se kamari! Sinä ihan hämmästytit minut, niinhän Sinä varustat
meille kuin kuningattarelle ja perintöprinssille. Minäkin sanoisin:
revi se jälleen pois! Mutta kellä on oikeus repiä *rakkautta* …
sitähän se oli eikä mitään koreaksi maalattua mattoa!

Ja Sinä taistelet suosi puolesta. Niin sen pitää ollakkin, mitäs
arvoa sillä muuten olisikaan. Joka tapauksessa voitto on varma!
Iske Sinä vaan, iske minunkin puolestani ja *hänen* puolestaan.
Mikä vahinko ettei hän voi ruveta iskemään kanssasi heti kotiin
päästyämme!

Niin, sitä mekin vaan odotamme sitä kotiinpääsyä. Ehkä meidän
ei tarvitsekkaan kauvan odottaa. Mutta vaikka täytyisikin, niin
minä odottaisin tyynesti vaikka kuukausia. Me voimme nykyään
paremmin kuin koskaan ennen. Tiedätkö, kun minä olen niin
iloinen että olen ruvennut laulelemaan, aivankuin ennen tyttönä.

Mitäs Sinä siitä sanot? Jospa siitä tuleekin lukkari … ja Sinä jäät
suollesi yksin!

Rakas, rakas! Suutelen Sinua suoraan sydämeen. Meidän
molempain lämpimät terveiset ... tiedän että kirjotat meille pian.
Se joka äidin-nimeä odottaa.

*****

Synnytyslaitoksella 10 p. kello 11 a.p.

Isä!

Nyt Sinä se olet! Anna silmiesi säteillä. *Poika*, tietysti! Tänä
aamuna kello 6. Kaikki hyvin. Terveitä molemmat, *hän* itse
terveys. Semmoinen suuri ja vankka! Elämänhalua täynnä. Ja ääni
... tarvitsetko komennusmiestä suollesi? En ole vielä paljo saanut
häntä tarkastaa. Makaa tuossa vieressäni. Näen toki kapalon raosta
esiintyöntyvän kätensä. Ei lihava ja veltto, vaan suuri ja
jäntevä. *Sinun* kätesi. Suomies tuli! Sielu? *Sinun* silmäsi! En saa
nyt enempää. Ensi postissa lisää. Suutelen häntä katseillani
puolestasi, Sinua ajatuksissani!

Onnellinen äiti.

33. KOTIINTULO

Syksyinen iltapäiväaurinko hymyili kedoille, iski silmää
ikkunanlaseille ja väräytti naurukuoppasia vastaanosuville seinille
ja metsänrannoille— muuten sää oli viileä.

Olavi oli tänään omituisessa mielenvireessä. Niin kuin vietereillä,
voimatta pysyä hetkeäkään paikallaan, levoton mutta hymyilevä.
Asemalle hän oli lähettänyt erään hevosmiehen tärkeälle asialle ja
pienen palvelustytön hän oli toimittanut niinikään asialle
kaukaiseen kylään—hän tahtoi olla yksin kotona, ehdottomasti
yksin.

Hän riensi kiireisesti kamariin, loi ympärilleen viivähtävän,
tutkivan katseen, vilkasi vielä kerran lämpömittariin seinällä ja
hymyili:

»Kyllä täällä nyt alkaa olla parahiksi!»

Sitte taas tupaan. Hellalla soitti kiehuva kahvipannu hiljaista, mutta riemukasta säveltä. Takan edessä oli aimo sylys valkoisia männynpilkkeitä.

Olavi nosti pannun tulelta, kaatoi kuppiin selvityskahvin ja sen takaisin pannuun. Pisti sitte kätensä taskuihin ja alkoi astua edestakaisin huoneessa, hymyillen ja hiljaa vihellellen.

»Mitähän hän nyt tuumii, kun en minä olekkaan itse asemalla vastassa? No, kyllä hän arvaa ja ymmärtää…»

Sitte hän taasen riensi hellan luo, kaatoi kahvia kuppiin ja maistoi:

»Se *on* hyvää—se on varma!»

Hän otti pienen pyyherievun. Pyyhki pannun tarkoin, nosti sen hellansyrjalle ja vilkasi levottomasti kelloon:

»Nyt niiden pitäisi olla Aittamäessä, tai ainakin Simolan kohdalla…»

Sitte hän kiiruhti astiakaapin luo. Levitti tarjottimelle valkoisen liinan, asetti kahvikupit, kerma- ja sokeriastiat ja kantoi valmiiksi varatun tarjottimen pöydälle:

»Hyvältä näyttää!»

Ja hän vilkasi taasen levottomasti kelloon:

»Nyt ne varmaan ovat jo Vääränkorvan käänteessä…

Ajavatkohan ne siitä juosten? Kunhan eivät vaan liian kovaan! No, Kyllikki pitää kyllä siitä asiasta huolen…»

Olo alkoi tuntua yhä omituisemmalta. Niinkuin kaikki, mikä painaa, olisi sulanut pois ja jälelle jäänyt vain ohut, kepeä kuori, joka sekään ei tahtonut enää pysyä maassa. Hän käveli ristiin rastiin, vilkasi tuon tuostakin ikkunasta ulos, eikä tietänyt mitenkä olla.

»Nyt!» huudahti hän vihdoin, katsottuaan taasen kelloon. »Kymmenen minuutin päästä he ovat täällä!»

Hän riensi miltei juosten uunin luo ja teki suuren, helottavan takkavalkean.

»Räisky, niinkuin mäntyinen puu voi koskaan räiskyä! Tervehdi heitä kirkkain silmin ja lämpimin sylin!»

Hän meni kamariin ja toi sieltä pienen vuoteen. Se oli kuin siro kori kuuden solakan jalan päällä—hänen omaa tekoaan, valkeanhohtavasta taivutetusta pajusta. Vuodekin oli kunnossa. Valkoisen lakanan palteet riippuivat kuin köynnös reunoilta alas, pieni punakukkainen peite hymyili lämmintä hymyään ja ylinnä pääpuolessa loisti pehmeä, lumivalkea tyyny.

»Tuohon noin!» puheli Olavi ajatuksissaan, asettaen vuoteen tulen eteen ja tuoden sitte heidän oman sohvansa rinnalle toveriksi. »Siihen minä hänet heti kannan, ja itse istumme tässä.»

Ja nyt, kun kaikki oli kunnossa, valtasi hänet sellainen ilonsekainen levottomuus, ettei hän tietänyt oliko hän maassa vai ilmassa. Hän tähysteli ikkunasta, meni sitte portaille, josta voi nähdä pitemmälle tietä pitkin, katseli ja kuunteli. Tuli taas tupaan ja arveli jo lähteä vastaan, mutta ei uskaltanut jättää huoneita tulen tähden.

Tienkäänteestä puiden takaa sukeltausi vihdoin ruskea hevosen pää esiin. Silloin hänen rinnassaan sykähti niin omituisesti, ettei hän voinut pitkään aikaan paikalta liikahtaa. Seisoi vaan ja katseli ikkunasta lähenevää hevosta kärryineen, Kyllikkiä valkoisine villahuivineen—ja sitä, mitä hän sylissään piti.

Tulijat jo lähenivät veräjää. Olavi riensi kuin tuuli lakittomin päin portaita alas.

»Terve tuloa!» huusi hän jo kaukaa riemuiten.

»Terveisiä!» kuului Kyllikin pehmeä, värähtävä ääni säteilevän silmäparin alta.

»Anna minulle, anna minulle!» huusi Olavi ojentaen kätensä Kyllikkiä kohti.

Kyllikki ojensi hänelle hymyillen villapeitteisiin kiedotun kääryn.

Olavin kädet vapisivat, kun hän tunsi sen käsivarsillaan.

»Auttakaa te, Antti, kärryiltä alas! Ja tulkaa sitte illemmalla uudelleen, en käske nyt edes sisään ... tässä kiireessä», puheli Olavi hätäisesti.

Mies hymyili, Kyllikki hymyili.

Mutta Olavi ei heidän hymyään huomannut, vaan riensi kääryineen jo rakennusta kohti. Muutaman askeleen päästä hän kuitenkin pysähtyi ja raotti toisella kädellään päällimäistä peitettä. Häntä vastaan pilkistivät pienet punervat kasvot ja niiden keskeltä kaksi kirkasta silmää.

Olavin rinnassa sykähti sellainen ilon värähdys, että hänen täytyi puristaa kääryä rintaansa vasten, muuten se olisi pudonnut. Hän peitti kiireesti avaamansa aukon ja riensi miltei juoksujalassa sisään.

Kyllikki katseli hänen touhuaan hiljaisesti sädehtivin silmin.

Kun hän sitte astui jälessä sisään, jäi hän iloisesti hämmästyneenä ovipieleen seisomaan. Takkavalkean ystävällinen tervehdys, pieni vuode, josta hänellä ei ollut aavistustakaan, sen rinnalla syliään tarjoova tuvan sohva, kahvitarjotin pöydällä—hän näki ne kaikki yhdellä silmäyksellä.

Mutta Olavi puuhaili vuoteen yli kumartuneena.

»Saahan näitä avata?» kysyi hän irrotellen nopeasti lukkoneuloja.

»Saa, saa!» nauroi Kyllikki, ruveten päällysvaatteitaan riisumaan.

Olavi oli saanut pienoisen peitteistään kirvotetuksi. Hän kohotteli sen pieniä, kapalokääreestä vapaita käsivarsia, kuin nuorta sotilaan alkua tarkastellen. Nosti sitte hänet pystyyn: »Pitkä poika!» Käänsi syrjittäin: »Suora kuin sotamies!» Katseli kauvan hänen kirkkaisiin, älykkäisiin silmiinsä ja kasvoihin, joissa luuli huomaavansa hienoja, hyvää ennustavia piirteitä. »Voi sinua, sinä kullanpala!» huudahti hän ihastuneena, kohottaen pienoisen ilmaan ja suudellen häntä kevyesti otsalle.

Nuori tulokas ei ääntä päästänyt, katseli vain kuin tarkastettava tarkastajaansa.

Olavi oli asettanut hänet jälleen pitkälleen vuoteelle:»Eikö sulla ääntä olekkaan, etkö sinä nauraa osaa?»

Hän rupesi silmillään kujeilemaan. Hän alkoi huulillaan sirkutella ja sihitellä kuin pientä arkaa linnunpoikaa maanitellen—ei hän sellaista ollut koskaan nähnyt, se vaan tuli itsestään.»Naurat, naurat, jo naurat! Sillälailla, sillälailla!»

Kyllikki oli tullut hänen taakseen ja jäänyt sohvanselkämykseen nojaten heitä molempia hymyillen katselemaan.

»Entäs ne kädet ... suomiehen kädet...? Puhuikohan se äiti totta? —Totta, totta! Sellaiset kourat! Oikea suomyyrä!» Hän suuteli riemuiten pieniä kätösiä.

»Mutta lapsi kulta, millaiset kynnet sinulla on...? Äiti on varmaan säästänyt sen ilon isälle...»

Hän juoksi Kyllikin ompelukorin luo ja palasi pienet sakset kädessä:
»Isä leikkaa, isä leikkaa!»

Hän laskeusi polvilleen vuoteen viereen:

»Älä pelkää ... hiljaa, oikein hiljaa ja sievästi! Noin! Ei isä niin kovakourainen ole, ei ei, vaikka on suuri!» Hän leikkasi ja suuteli tuon tuostakin pieniä sormia.

Poika hymyili. Kyllikki yhä sohvanselustimeen nojasi ja yhä lämpimämmin hymyili.

»Kas niin, nyt se on tehty! Sellainen poika—sellainen poika, Kyllikki!» huudahti hän kääntyen ympäri.

»Mutta hyvänen aika, Kyllikki! Sielläkö sinä seisot...? Millainen hupsu minä olen, kun olen sinut sillä lailla unohtanut! Tervetuloa, Kyllikki! Tuhannesti tervetuloa!»

Hän sulki Kyllikin syliinsä: »Kuinka reipas ja vihanta sinä olet! Nuortunuthan sinä vaan olet! Kiitos sinulle kaikesta ... äiti!»

»Kiitos itsellesi!» vastasi Kyllikki liikutettuna, valkoista vuodetta katseillaan hyväillen.

Olavi vei hänet sohvaan istumaan ja he alkoivat puhella toisilleen katseitten hiljaisella sunnuntaikielellä.

»Kaikkea!» huudahti Olavi äkkiä. »Jo minä olen pyörryksissä. Minähän olen keittänyt sinulle kahvia, ja nyt minä...» Hän nousi ja riennätti pannun tarjottimelle.

»Oletko *sinä* keittänyt kahvia—?» ihmetteli Kyllikki ilonhulveisin silmin.

»Kuka sitte, ei kukaan muu olisi saanut sitä tällä kertaa keittää.— Tule, Kyllikki!»

He istuutuivat pöydän ääreen ja joivat—sanaa sanomatta, ainoastaan toisiaan katsellen.

Lapsi äännähti, molemmat nousivat nopeasti.

»Mikä pojua vaivaa—ikäväkö tuli...?» puheli Kyllikki hellästi. Nosti pienoisen ylös ja alkoi puhua hänen kanssaan katseilla, kasvonilmeillä ja pienillä herttaisilla päänliikkeillä.

Poika rupesi hymyilemään.

Mitään sanomatta laski Kyllikki hänet Olavin syliin. Olavi loi kiitollisen katseen ja puristi pienoista rintaansa vasten. Hänestä tuntui niinkuin kaikki olisi sinä hetkenä kadonnut ja häipynyt hänen ympäriltään. Ja hän tunsi kuinka pienen ruumiin lämpö vähitellen tunkeutui kääreiden ja vaatteiden läpi aina hänen jalkoihinsa saakka—niinkuin puhdas, hiljainen hyväily. Hän tuli niin liikutetuksi, että lapsi alkoi täristä hänen sylissään—saamatta sanaa sanotuksi ojensi hän sen takaisin Kyllikille.

Kyllikki laski lapsen vuoteeseen, sovitteli tyynyä mukavammasti ja veti peitteen päälle, niin että ainoastaan pienet kasvot rusottivat valkoisella päänalusella.

»Miten paljo ihmiselle onkaan uskottu, kun hänelle on uskottu pieni elämä hoidettavaksi», sanoi Olavi väräjävällä äänellä, kun he olivat istuutuneet sohvaan. »Se on niin suurta, että sitä tuskin uskoo mahdolliseksi.»

»Ja kuitenkin se niin on», vastasi Kyllikki. »Tiedätkö, mitä minä luulen? Että anteeksianto ja sovitus ovat elämässä paljoa, paljoa voimakkaammat kuin kosto.»

Olavi nyökäytti päätään ja puristi hiljaa hänen kättään.?

Sitte hän alkoi taasen katsella pieniä rusottavia kasvoja valkoisella päänalusella. Ja hänen omille kasvoilleen kohosi vähitellen vakava, miltei synkkä ilme.

»Olavi!» sanoi Kyllikki hiljaa, ottaen hänen kädestään. »Sanotko minulle, mitä sinä nyt juuri ajattelet?»

Olavi ei vastannut heti.

»Ei, älä sanokkaan—kyllä minä sen ymmärrän. Mutta miksi sitä nyt ajattelisimme. Ja ... onhan hänellä ainakin vanhemmat, jotka ovat kokeneet yhtä ja toista—ehkei hänen tarvitse astua kaikkia meidän jälkiämme...»

»Sitä juuri minä ajattelin», vastasi Olavi.

Kumpikaan ei jatkanut. Vain lämpimät ajatukset kiersivät kuin vartioiden pientä valkoista vuodetta.

»Katso!» huudahti Kyllikki hetkisen päästä. »Hän on nukahtanut —kuinka suloinen hän on!»

Niinkuin lämmin päiväpaiste olisi levännyt huoneessa— kaikkialla, jokainoassa loukossa.

»Olavi?» sanoi Kyllikki, katsahtaen merkitsevästi kamarin oveen ja nousten seisoalleen.

Olavin kasvot ilostuivat ja he hiipivät varpaillaan kamaria kohti. Olavi avasi oven ja Kyllikki seisoi kauvan kynnyksellä katsellen huonetta, joka vaaleine tapetteineen näytti entistä suuremmalta ja valoisammalta.

Hän kääntyi ympäri ja tarttui Olavin käteen—riemuitsevat silmät kertoivat mitä hän tunsi ja ajatteli.

Olavi kiersi toisen kätensä hänen vyötäisilleen ja hänen silmissään näkyi sellainen ilme, kuin hän olisi äkkiä muistanut jotakin.

»Olenhan minä sinulle kertonut», puheli hän kuin haaveillen, kävellen Kyllikin kera tupaan, »kuinka Sisar-Maiju kerran kävi minua kotiin kutsumassa, silloin kun minä vielä olin maailmalla?»

»Olet, olet—se oli niin kaunista, etten minä sitä ikänä unohda!»

»Ja kuinka me sitte tulimme, ja kuinka me alotimme——

He olivat saapuneet peräikkunan luo.

——Katsoppas!» katkasi Olavi äkkiä lauseensa, osottaen kädellään ulos.

Alhaalla alangossa lepäsi Isosuo laajana, lähes silmänkantamattomana heidän edessään. Suonreunasta läksi kaksi kookasta viemäriä, joiden tieltä kihisevät miesparvet raivasivat metsää—toiset juoksuttivat ojaa jälessä. Ne olivat kuin kaksi mahtavaa, eteenpäin rynnistävää valtaväylää, jotka viittasivat kaukaiseen etäisyyteen. Ilta-aurinko loi punervan häiveen suolla häärivien miesten hartioille, siellä täällä välähti kirveen tai lapion terä, vesi välkkyi kuin hopea viemäreissä ja kostea mura kiilsi metallilta niiden reunoilla.

»Oo…!» huudahti Kyllikki ihastuneena. »Se on siis vihdoinkin alkanut!»

Olavi käänsi hänet ikkunasta itseensä päin, kiersi molemmat käsivartensa hänen ympärilleen ja katsoi hänen silmiinsä niin, kuin hän olisi siihen katseeseen sulkenut kaikki, mitä he olivat eläneet ja nähneet, huokailleet ja toivoneet.

»*Nyt* se on vihdoinkin alkanut!» sanoi hän hiljaa, puristaen Kyllikin voimakkaasti rintaansa vasten.

Also available from JiaHu Books:

Egils Saga (Old Norse) - 9781909669093

Kalevala - 9781909669109

Kalevipoeg - 9781909669116

Röda rummet – A.Strindberg - 9781909669345

Fröken Julie/Fadren/Ett dromspel – A. Strindberg - 9781909669505